Silas Corrêa Leite

CAVALOS SELVAGENS

KOTTER
EDITORIAL

LetraSelvagem

Coordenação editorial: Sálvio Nienkötter
Editores Executivos: Claudecir de Oliveira Rocha / Francieli Cunico / Nicodemos Sena
Design editorial: Carlos Garcia Fernandes
Capa: Paula Villa Nova
Preparação de originais e revisão: Nicodemos Sena

Grafia atualizada segundo o Acordo Ortográfico da Língua Portuguesa de 1990, que entrou em vigor no Brasil em 2009.

Dados Internacionais de Catalogação na Publicação (CIP)
Angélica Ilacqua CRB-8/7057

Leite, Silas Corrêa
Cavalos selvagens / Silas Corrêa Leite. -- Curitiba : Kotter Editorial : Letra Selvagem, 2021.
304 p.

ISBN 978-65-89624-54-7 (Kotter Editorial)
ISBN 978-65-89841-01-2 (Letra Selvagem)

1. Ficção brasileira I. Título
CDD B869.3

21-2613

LetraSelvagem

LETRA SELVAGEM
Rua Cônego de Almeida, 113
Centro – Taubaté-SP. CEP: 12080-260
Tel. +55(12)3426-8783
www.letraselvagem.com.br
editoraelivrarialetraselvagem@gmail.com

KOTTER EDITORIAL

KOTTER EDITORIAL
Rua das Cerejeiras, 194
Curitiba-PR. CEP 82700-510
Tel. +55(41)3585-5161
www.kotter.com.br
contato@kotter.com.br

Silas Corrêa Leite

CAVALOS SELVAGENS

SUMÁRIO

SEGUNDA PARTE

FINAL

PREFÁCIO

NO DORSO DOS MISTÉRIOS

Por Joaquim Maria Botelho[1]

O texto de Silas Corrêa Leite não é texto de quem vai à esquina, comprar fósforos para acender o candeeiro, com tempo, antes que escureça. É texto de quem vai longe, num andamento agalopado, meio frenético até, levar uma notícia que não pode esperar. Nessa corrida, é como se o exagero de ar batendo na cara da gente sufocasse, de tanto pensamento, de tanta reflexão, de tanta posição tomada. O leitor é o cavaleiro, no lombo dessa narrativa de aparente atropelo.

No caminho, a cavalgada solitária leva a meditações e faz a realidade transitar para o sobrenatural. E surgem as assombrações, os medos atávicos que nos perseguem desde as cavernas mal iluminadas, antes da invenção do fósforo e do candeeiro. E lá se vai o mensageiro, metido em suposições e mistérios.

Sirvo-me dessa alegoria para tentar compreender o "nada que é tudo", essa elucubração do repórter arguto e imaginativo que Silas

[1] Joaquim Maria Botelho é jornalista, escritor e mestre em Crítica Literária; autor de *O livro de Rovana* (romance), *Lá dentro* (contos) e outros doze livros. Assinou traduções do inglês (Cultrix, Global e Nova Aguilar) e do espanhol (Fundação Heinrich Böll). Foi presidente da UBE-União Brasileira de Escritores, entre 2010 e 2015, e é membro de várias academias de letras. Foi curador do Prêmio São Paulo de Literatura. Atualmente é empresário de Comunicação.

jamais deixou de ser, nessa narrativa prenhe de suspense e de premência. Pois é, como ele diz, "Deus não faz goiaba sem bichos".

O texto, de novo, é um galope. O ritmo, curiosamente, é quaternário, como que as quatro patas pataracando pocotós. De súbito, por exemplo no capítulo 18 da primeira parte, Silas muda o ritmo para frases curtas, quase como um trote quebrado, sacolejante. E retorna, no capítulo seguinte, o 19, a frases mais alongadas. Podemos descobrir alguns alexandrinos bem pensados, como neste "improvisadas lonas de encerados crus", ou neste "acendedor de estrelas nos céus do planeta". E há alguns achados de linguagem de muito bom gosto, como o momento em que o protagonista "sentou-se ao redor de uma fogueira meio desarmada de quentura".

Macunaíma, de Mário de Andrade, se desloca para acima da linha do Equador, como um corso, vagabundo errante. Silas parece querer fazer o mesmo, ainda que simbolicamente, com o indígena brasileiro, dando-lhe, por empréstimo, um hábito norte-americano, que é o gosto e o apreço pelos cavalos domesticados. Nas comunidades indígenas dos Estados Unidos, como navajos, seminoles, apaches e comanches, e nas comunidades indígenas canadenses, como Cree, Ojibway e Saulteaux, o cavalo desempenha importante papel cerimonial. E aí está: um metafórico deslocamento (ou mescla) espaço-temporal. Tudo relativizado, numa dialética que parece servir à transição para o mítico. Darcy Ribeiro calculou em 5 milhões o número de nativos, no período do "descobrimento". Hoje, não mais de 400 mil sobrevivem, muitos em reservas demarcadas, aculturados, despojados da língua, da liberdade cultural e da dignidade. Mas, de heranças culturais e de crenças, seus picuás vão carregados. Uma delas é mais explícita: o cavalo encantado, tema que comparece em várias das pesquisas de Vladimir Propp, que analisou em sua "Morfologia dos contos folclóricos" a narratologia dos contos populares e definiu sete esferas de ação. Algumas delas estão claramente exibidas no texto: o agressor, o protetor, o auxiliar do herói e o próprio herói. E, por que não?, quem sabe não esteja ali também um falso herói?... (De novo, talvez um parentesco distante com Macunaíma.)

Nesse aproveitamento do folclore, Silas registra algumas atividades votivas, num sincretismo que tangencia a liberdade poética. Os indígenas que o autor mostra em seu romance podem ser nativos, mestiços ou mamelucos de qualquer lugar do mundo, porque o mundo em que vivem não parece positivamente fincado neste universo físico que conhecemos. Decerto a inspiração veio de tribos e grupos remanescentes da região fronteiriça entre São Paulo e Paraná, que Silas conheceu, mas só podemos supor. E, talvez, a origem seja o que menos importa. Quem são, o que pensam e o que recomendam é aparentemente o que vale, para efeito da narrativa.

O texto é datado, nota-se pelas referências (lampião Aladim, gibis da época e outros que tais), adágios, parlendas, gírias, falares, superstições e ditos de um tempo bem determinado. Curiosamente, as frases feitas entram como recurso, e contribuem para confirmar o tom coloquial da narrativa, emprestando autenticidade ao personagem. E, na narrativa, muitos dilemas para o protagonista. Cavalos asselvajados, bebê indefeso. Infância distante, morte próxima. Depressão e resgate. Abandono e retomada. Realidade e fantasia. Lembranças de amor e ódio, concentradas na mesma pessoa: o pai. O pai em quem agora ele reconhecia semelhanças, o pai em quem ele mesmo se tornou, por força de aziaga e fatal circunstância.

No contexto, questionamentos e indagações de fundo filosófico-moral. E, em tudo, em seu amor, Silas será atento, antes, e com tal zelo, que não deixa de ser professor. Espalha informações e ensinamentos pelo texto, como que casualmente, mas nota-se o empenho pedagógico.

Na condução da narrativa, a alternância de narrador é marcante. O protagonista, por vezes, entra a falar em primeira pessoa, recurso para, talvez, explicar nuanças que o narrador não pôde, por falta de onisciência. Também salta aos olhos a alternância de tempo, num ir-e-vir como resgate indisciplinado da memória, e que ao mesmo tempo ajuda no grau do suspense. Nessa valsa "à mille temps", como diria Jacques Brel, o reencontro com o passado é constante; mais que isso, talvez represente a descoberta fantasmagórica de um passado misterioso, negado, ocultado.

No conjunto, é um romance centrado no fantástico. Da transição para o mítico ao puro transcendental, o autor cavalga pelos caminhos da crença e da descrença. Há um tanto do realismo maravilhoso sobre o qual pontificava Alejo Carpentier.

Cavalos Selvagens é um livro de indagações. É um mergulho na fé, uma nova forma de ver o mundo. As respostas – se existem – estão soltas no ar, entre a materialidade e a espiritualidade, entre o urbano e o rural, o dito civilizado e o dito primitivo. O leitor lerá indagações às mãos cheias. E fará o seu julgamento. Talvez obtenha algumas respostas. É ler para – se possível – crer.

À minha companheira Rosangela, a estrela bailarina que me fez perder o medo do escuro
Às minhas primeiras professoras, Jocelina Stachoviach de Oliveira e Nancy Penna, da Estância Boêmia de Itararé.
Ao pintor Jorge Chueri, magistral acendedor de imaginários.
In memoriam de minha mãe, Eugênia de Oliveira, Dona Nena.
E para meu filho Thiago Frederico Alvim Corrêa Leite, que levaram de mim, onde quer que estejas.

"O que ocorrer com a Terra recairá sobre os filhos da Terra.
O homem não tramou o tecido da vida: ele é simplesmente
um de seus fios. Tudo o que fizer ao tecido, fará a si mesmo."
(Chefe Seatlle – 1855 – *carta ao presidente norte-americano*)

"Se quiserem saber quem sou
Não sei quem sou
Só sei que em mim
A sombra e a luz
São vultos
Que se buscam e se amam
Loucamente
Se quiserem saber do meu destino
Não sei do meu destino
Não sei do meu nome
Só sei daquela sede
Imensa sede
Que ainda não foi saciada
Se quiserem saber donde venho
Não sei donde venho
Talvez venha do vento
Do deserto
Do mar
Ou do fundo das madrugadas
Não me amem tão depressa
(Não me compreendam tão depressa)
Não me julguem tão fácil
Por favor
Não me julguem tão mesquinho
Tão cotidiano
O pão que trago comigo não é pão
É fogo
O vinho que trago comigo
Não é vinho
É sangue
E eu vos afirmo
Todos hão de beber
Do fogo e do sangue."
(Carlos Nejar)

INTRODUÇÃO

"Quem tem fé, Voa!"
(Dias Gomes – *in memoriam*)

Sinceramente, eu tinha sabido muito mal-e-mal, e, ainda assim, *en passant*, das não explicadas mortes de uma criança e de um senhor em terras indígenas, numa área rural da minha querida Estância Boêmia de Itararé, cujos supostos corpos carbonizados foram, muito tempo depois, por imperiosa força legal, entregues às autoridades constituídas de Itararé por alguns membros da tribo, que eram sobreviventes de indígenas que viviam por quase mil anos na região, desde antes da invasão exploradora-colonizadora que fundou o Brasil-Cruzado de 22 de abril de 1500. Aliás, eu soubera de passagem, e ainda assim de forma rasa, por assim dizer, porque lera, rapidamente, curiosa nota policial curta a respeito, no jornal "Tribuna de Itararé", pouco antes da morte do seu proprietário, meu amigo particular, o jornalista João Contieri.

Curiosamente, no entanto, ao contrário do meu próprio estilo e "faro fino", eu nem sequer dei-me atiçado de pelo menos tentar saber mais a respeito do que realmente houvera. O que certamente poderia render-me até material para reportagem, inclusive para a internacional Revista Planeta com a qual vinha colaborando regularmente com alguns ensaios, artigos, denúncias, etc. Ficando por mim mesmo a pensar rala e estupidamente ter sido apenas um incêndio, numa tenda de lona da aldeia rural, que era longe da periferia e distante de área limítrofe do perímetro urbano do município de Itararé, minha cidade. As vítimas fatais estavam reclusas por causa de um temporal que causara estados de calamidade na região toda de Itararé; uma tempestade que rompera inclusive agrárias pontes vicinais na área rural, cortando a própria travessia de comunicação com minha aldeia, Itararé, Cidade Poema, como eu chamava meu berço esplêndido. Num primeiro instante nem dei direito e inteiro pela coisa como um todo.

Certamente que eu estava ficando empacado nas sondagens; estava ficando enferrujado o meu "instinto" farejador de repórter, meio que apagando captações. Será o impossível? No entanto, por estranha coincidência, algo inexplicável até, por força de uma notificação judicial de andamento de uma antiga pendência jurídica, tive que ir de uma hora pra outra resolver uma providência legal em Itararé, e então, circunstancialmente, amigos advogados do rol da sociedade me vieram com detalhes específicos que até então me eram inéditos. Como o fato de os índios serem até mesmo suspeitos de terem provocado uma espécie de "ritual" que vitimara o tio-pai e o sobrinho-filho, como me disseram de imediato os juristas, e, a bem da verdade, no apurado da situação não compreendi bem, não captei inteiro num primeiro momento de chegada e sem a necessária reflexão devida. Como se alguma coisa me avisasse para não atinar com aquilo, paradoxalmente ao contrário de minha personalidade, e mesmo de intrépido estilo de vida, correndo atrás de reportagens, auditando problemas sociais, caçando desmandos, delatando injustiças em fóruns internacionais globalizados, tantas impunidades ou presunções de, enfim, fumaças, desvendando brumas humanas, demasiado humanas.

Compreendi, no entanto, que não foi mesmo mera "coincidência" o meu "estar em Itararé", como eu pensara, porque, mal fiz a minha parte numa audiência em rito processual de trâmite regular, quando, ao sair do prédio do fórum de Itararé, na Rua Frei Caneca, um estranho menino simplório atravessou-me o cândido descer as escadas largas do imóvel, e entregou-me depressinha um papel dobrado que disse ser "recado urgente" e, com um sorriso limpo (que lia a alma da gente) completou, de um só fôlego, sem se apresentar: – É para o senhor, tome cuidado. E insistiu, ao mesmo tempo em que instigante e pueril:

— Não falte. É importante. Questão de justiça. Viveu um negócio aqui, disse o tipo, querendo dizer que alguma coisa estranha teria acontecido...

Fiquei surpreso, incrédulo. O que estava acontecendo? Ora, como escritor (além de repórter enxerido), não poderia fugir daquele mister, qualquer coisa que fosse, talvez uma nova causa, algum desafio, possível novo "abacaxi" ou missão. Passei a vida toda me metendo em encrencas desse tipo, por causa do meu jeito atinado, de minha índole de teimar em aventuras extraordinariamente perigosas, de buscar situações de riscos, cobrar justiça social, de ir atrás de problemas e situações que rendessem trabalhos jornalísticos, reportagens, ideias de livros, resgates da própria história oral. Quando não, algumas ameaças e mesmo processos nos ombros. Eu tivera litígios, por causa disso, com autoridades incompetentes e corruptas, com empresários gananciosos, latifundiários impunes, falsos líderes de ocasião, políticos neoliberais suspeitos, agentes públicos prevaricando, até grupos paramilitares em tempos nefastos de regime de arbítrio entre outras sandices mais.

Finalmente, apurei curiosidade. Já não era sem tempo. E coloquei olhar acentuado no rude papel de pão, e, rapidamente li que deveria comparecer à meia-noite, da sexta-feira próxima, dois dias depois, portanto, ao lado da "Arca de Noé". Que era como se chamava uma espécie de armazém turístico de tábuas que vendia souvenires e enfeitava a área central do Parque da Gruta das Andorinhas Bentas, bucólico centro agreste adjunto ao espumante e pedrento rio Itararé e suas lapas de pedras úmidas, suas cavernas de fiéis que, em romarias e procissões diziam ver a Santa Milagrosa, a Nossa Senhora de Itararé. Achei estranho aquele tipo de "encontro" marcado em lugar tão pouco convencional, e, até, para falar a verdade, algo frio, para não dizer perigoso, sombrio e desolado à noite. Cismei. Fiquei de butuca.

Convidei um amigo querido, o José Santana Tatit Raposo, na ocasião funcionário público da delegacia de polícia de Itararé, que, tomado de boa vontade, me levou de jipe ao local soturno. Depois que tomamos algumas cervejas no Biribas Blues Bar, ele me fez a bondade de ocasional serventia. Por sorte, na bendita noite, havia uma lua alta entre poucas estrelas minguadas – parecia um belo queijo mineiro pendurado pelo paisagista Burle Marx no toldo celeste de Itararé. Nuvens alvas como cisnes brancos, e nuvens negras como cascas de tatus teciam um xale xadrez com alguma ternura em polaroid no alto da noite. Mal encostamos o jipe verde, entre sons desconhecidos, voos de morcegos, barulhos de grilos, retardatárias andorinhas desgarradas do redil pétreo, sapos, vaga-lumes e cigarras estridentes, e vi que alguns tipos, numa fogueira de grimpas secas de pinheiros, perto de uma biquinha de água, sondavam disfarçadamente o meu chegar.

Pareciam estranhos, mas não suspeitos. Não estavam conversando e nem bebendo. Como se ali apenas esquentassem as mãos. Seriam eles os que precisavam de mim, buscavam por minha ajuda e eventual intermediação nalguma coisa? O meu parceiro José Santana, armado, ficou mais tranquilo ao reconhecer alguém entre eles. Disse que parecia tudo muito seguro, tranquilo. E acrescentou:

— São índios locais. Eles não são traiçoeiros. Devem estar em encrenca das grossas. Ou desesperados, para irem buscar ajuda num paisano, não de uma autoridade constituída de Itararé.

Eu escrevia para o jornal O Guarani da família Hermínio Lages. Era escritor, tinha composto o Hino ao Itarareense, tinha até alguns conhecidos parentes e amigos locais, mesmo morando em São Paulo por quase trinta anos. No entanto, pessoas mais instruídas ou mesmo leitores dos jornais locais, me conheciam pelo menos de nome. Para a grossa maioria da população periférica, no entanto eu era um ser comum, um desconhecido. Dirigi-me tranquilamente até o grupo, que continuava aquentando fogo.

Um dos tipos, ao me ver ir em sua direção, girou repentinamente nos calcanhares e veio ao meu encontro. Disse um seco "boa--noite" sem intimidades (mas sem medo ou ousadia) e mostrou-me ostensivamente uma pasta que, em seguida, voltou novamente para baixo do braço direito. Depois me ofereceu cigarro, que refuguei, agradecendo. Instante seguinte mostrou-me um cantil com água (como se me oferecendo) e disse, sem mais nem menos – como se estivesse inseguro, incomodado ou coisa assim (estaria me "avaliando"?) – que aquela pasta de couro era entrega direta e referendada para mim. "O que era"?, perguntei, tentando achar os olhos do índio no breu da noite carregada de um súbito vento estranho, incomodador, repentino. "Qual é o segredo?" insisti, "Qual é o problema?" Ele olhou-me seguro e apenas disse: "Um amigo seu, que foi aluno do Grupo Escolar Tomé Teixeira, de Itararé, mais de quarenta anos atrás, pediu que lhe desse isso, depois de tudo".

"E o que é tudo?", perguntei, tentando ser sereno, confiante e seguro de mim. Mas sem saber exatamente o que falar. Eu estava nervoso. Preocupado. Instinto de sobrevivência? O coração sovado disparou um alarme, um trem. Perigo? Ele respondeu:

"Ele costumava brincar de índio e *cowboy* americano com você; e vocês se diziam amigos solidários até a morte. Chegaram até a fazer uma espécie de juramento. Cortaram o pulso com faca. Quase pegaram um tétano, mas fizeram um belo pacto de sangue. Depois, por uma série de circunstâncias, troca de classes, grupos desfeitos, professoras novas, foram separados na amizade pura e pueril. Mas você sabe desse amigo e do que fizeram de acerto verdadeiro. Chegaram às vias de um acordado pacto de morte, se alguém não socorresse o outro, quando procurado, quando buscasse ajuda... quando realmente precisasse..."

Fiquei pasmo. Eu me lembrava (e ainda assim vagamente no fósforo da ocasião inusitada) daquilo tudo. Fiquei num misto de surpreso e feliz. E ainda muito emocionado com a rica reminiscência no apurado do momento e da hora. Peguei a pasta que ele finalmente ofertou-me, agora sim, lendo meus olhos emocionados no gume da lembrança doce e preciosa para mim. Eu passara no teste? O índio continuou: "Ele precisa de você". Lembrei-me o nome do amigo. Recordei, mas não disse. Apenas puxei o elástico para abrir a gorda pasta azul da cor do céu, mas ele avisou:

— Aqui não! Na cidade grande. Longe daqui. Pode ser perigoso para algumas partes interessadas que não querem nunca mais se revelar. Faça o que tem que ser feito. Faça o que ele pede que você faça. Não se demore. Nem fique mais de dois dias em Itararé para sabermos que você realmente aceitou o encargo. Volte de onde veio. E leve esses documentos; esses papéis escritos às pressas, esses testemunhos, esses recolhes, esses rascunhos. Você é importante; será mais seguro. Faça isso pelo seu primeiro amigo, faça isso por você, pela cidade que você adora, por nós, pela vida inteira, pelo mundo, pela Natureza, pelo Planeta, pela Via-Láctea, por Deus.

Súbito, respeitosamente, com a mão direita tocou-me o ombro direito, mal se curvou rapidamente algo respeitoso, e saiu como veio. Meio de supetão que fosse, chispou dali, apurando os passos em seguida. No instante seguinte foi acompanhado em fila indiana a menos de cem metros pelos demais índios de sua tribo. Atravessaram a ponte rústica sobre o rio Itararé (as cavernas bentas embaixo), ganharam os calipiás do longe que era o vizinho Estado do Paraná. A lua atravessou algumas nuvens cinzas. O céu roncou um trovão – São Pedro mudando os móveis de lugar em hora tão tarde da noite? – e, se eu não apurasse os passos na releitura do momento cujo breu se assomava, tomaria chuva repentina e das grossas. Em questão de minutos, enquanto eu, tomado de emoção inexplicável, cismava alhures, foi como se um repentino e inteiro breu da noite derramasse baciadas de chuva e eu pensei no amigo Álvaro Henrique. Uma imagem, um nome que agora me dizia de clareza, de coisas límpidas, de sentimentos puros revisitados. A infância antiga que trazemos sempre conosco, num rocambole de doces memórias.

De repente, a noite subitamente tornara-se entrevada entre os pedregulhos do parque quase intransitável. Corri buscar segurança e cobertura. Em segundos, eu e meu amigo Santana Tatit estávamos no jipe, no sentido de aclive do Campo Santo das Andorinhas de Itararé (que eu implicava de chamar Cemitério "Lágrimas do Céu") e que dava pelo perímetro urbano da entrada sul da cidade de Itararé, minha terra-mãe.

Sondei as folhas na pasta. Parecia um diário de percurso. Tinha cartas. Uma espécie de agenda improvisada em blocos, rabiscos de dados, documentos pessoais e até alguns objetos rudes, primitivos. Mais anotações, garranchos, garatujas e até algumas palavras em inglês, em espanhol ou meio que em portunhol mesmo. E ainda adágios e citações peculiares, palavreiros só usados ali em Itararé. Coisa própria da riqueza cultural da região, com lavras de misturas de migrantes, imigrantes e até muitos polacos fugidios do êxodo rural do vizinho Paraná em área latifundiária carente.

Três dias depois, em São Paulo, capital do Estado mais rico da nação, eu lia, tomando uma cerveja preta com colarinho espumoso, o calhamaço de anotações do amigo Álvaro Henrique. Que depois virou livro graúdo que remendei, acertei dados, corrigi, depois de pesquisas discretas ou feitas indiretamente, ponhamos assim. O céu por testemunha.

Mudei verbos, acertei o que o tópico frasal pedia, acrescentei parágrafos esclarecedores do possível, e entrego-o agora, bem arrumado, na medida do possível, à causa da humanidade.

Que a humanidade venha a fazer por merecer; venha a entender o que aqui é lastro de testemunho à vida, ao amor, à essência da natureza na qual nos incorporamos. O amor é a mão que balança o berço da civilização. E mais não digo, conto a história.

PRIMEIRA PARTE

"É falso dizer "eu penso": deve-se dizer "alguém me pensa". Porque Eu é um outro. Se o cobre se desperta sendo clarineta, não é mais cobre. Eu assisto a eclosão do meu pensamento. Se dou um toque com o arco do violino, a sinfonia repercute nas profundezas ou vem de um salto à cena (...) É preciso ser vidente. O poeta se faz vidente, imenso e pensado desregrante de todos os sentidos. Todas as formas de amor, sofrimento, alegria, a procura de si mesmo, esgotam em si mesmo todos os venenos para guardar tão somente as quintessências."

(Rimbaud)

"Eu sei que eu sonhei para você um pecado e uma mentira
Eu tenho minha liberdade mas não tenho muito tempo
A Fé foi quebrada lágrimas precisam ser choradas
Vamos fazer alguma vida depois de morrermos
Cavalos selvagens não conseguiriam me carregar embora
Selvagens, cavalos selvagens não conseguiriam me carregar embora."

(Jagger – Richard)

UM

"O fim de toda a nossa busca será chegar ao lugar em que começamos.
E ter a sensação de descobri-lo
pela primeira vez..."
(T. S. Eliot)

Estava com a maldita biópsia do exame laboratorial e o extenso laudo médico no interno bolso do belo paletó de linho preto. Estava ferrado.

Queria sumir, enterrar-se num buraco perdido do mundo e esperar passar o maldito pesadelo. Torcia para que tudo só fosse apenas um "maldito pesadelo".

Fingia não acreditar na mágoa que lhe lancetava o peito entrevado. Tinha sido um realista a vida toda, e agora, aquela sentença terminal era sua dolorosa cruz imediata de realidade triste e imutável. Lutava, mas não cabia em si. Entrou no possante carro importado da Ásia e, abrupto, casca grossa, sentou-se (sem cinto de segurança) e, quando mal se sentiu, começou a correr feito um doido. Saiu da Avenida Paulista, centro econômico da décima potência do mundo, perto de onde tinha ido ao seu médico particular e especialista em busca de resultados positivos (e não de uma surpresa inusitada) e agora, em fuga, perseguia depressa e estranhamente, como se movido por algum instinto animal, o sentido da via Marginal Pinheiros, zona oeste de São Paulo. Um caos íntimo o entrevava. O carro feito um bólido era só um pequeno mundo em movimento. Estava passado dentro daquele mundo. Ele e a Senhora Dona Morte, coberta de ouro e prata.

Quando atingiu a Marginal Pinheiros, continuou correndo sem parar. Mal reparou rapidamente, ainda muito magoado, que já estava perto do largo pedágio da Rodovia Castelo Branco. A mesma estrada conhecida como a palma da mão, pela qual viera, humilde e rejeitado, vencido, quase trinta anos atrás, em busca de um lugar ao sol, atrás de uma estrada de tijolos amarelos, para ser forte, fazer-se rico, sair-se vencedor. Vencedor. Agora poderia estar muito bem de vida, era reconhecido; nem meio século de idade, até aplaudido internacionalmente pelos prêmios conquistados na área de publicidade, mas, intimamente e naquele triste momento crucial, paradoxalmente também se encontrava totalmente derrotado. Estava um caco.

Um metro e oitenta, moreno claro, cabelos castanhos crespos, olhos negros incisivos, lábios finos em sorriso largo, queixo quadrado e nariz de descendente de italianos, conteve um tique nervoso ao repugnar-se pelo estigma que lhe dera a horrível doença terminal. Será o impossível? A quem recorrer, pensou, depois da não aceitável explicação pouco convincente do maldito médico do convênio internacional. Pela primeira vez, em menos de cinco anos, finalmente lembrou-se de única meia irmã caçula, nascida vinte anos mais nova do que ele. Que naquela época por certo estaria grávida do primeiro filho, conforme soubera por carta de uma fofoqueira prima distante, residente em Sorocaba.

Ali estava na estrada recém-recapeada e vazia. Correndo feito um aloprado. Voava no seu conversível verde-musgo, como se um pobre coitado fugindo de si mesmo, indo coincidentemente em sentido à sua aldeia natal, quase quatrocentos quilômetros longe da poluída capital paulista com deszelos de políticas públicas, mais o sucateamento da máquina do estado a partir de vínculos nefastos com antros de políticas neoliberais.

Uma brisa entrou pelos recursos do carro rico. O suor de nervosismo acentuou-se pelo calor do sol, mais um estranho e repentino vento polar levemente gélido. Tudo isso, no entanto, não lhe deram tempo de sacar as lânguidas lágrimas. Estava tenso, muito tenso. A tarde enfastiada de final de outono; e tinha um punhal de caçador de trevas fincado em seu coração dilacerado. Correu como um louco, sem propósito. Estava com a cabeça fora do lugar. Tinha sido, finalmente, prudente, sóbrio, sério, fizera os exames por rotina e precaução, e o que ganhara com isso? Aquele desgraçado Laudo Médico no bolso do paletó de grife. Corria, pisava no acelerador. Desviava-se sem dar alertas ou sinais, sem acender faróis, sem ligar as lanternas; voava e o coração parecia ter um navio apitando o soco (de um ritmo desesperado) dentro de si. Lá, no fundo, de alguma maneira, um palhaço cego começara a fazer piruetas no trampolim da morte. Rindo de sua desgraça. Rindo do sentido inexato da sua vida. Questionando-o com perguntas que germinavam dúvidas cruciais, coisas como "de onde vim, para onde vou – quem sou?". Automaticamente, e sem notar, de supetão, apertou uma tecla vermelha no painel portentoso do carro, e o sistema de mp3, sintonizado numa estação moderna qualquer, em estéreo soou em alto e bom tom o rock-balada de Bob Dylan:

Soprando no vento (Blowin in the Wind)

"Quantas estradas um homem precisará andar/ Antes que possam chama-lo de homem? Sim, e quantas marés precisará uma pomba branca sobrevoar/ Antes que ela possa dormir na areia?/ E quantas vezes precisará que balas de canhões voem/ Até serem para sempre abandonadas?/ A resposta meu amigo está soprando no vento/ A resposta está soprando no vento.../ Quantos anos pode existir uma montanha/ Antes que ela seja lavada pelo mar?/ Sim, e quantos anos algumas pessoas podem existir/ Até que sejam permitidas de serem livres?/ E quntas vezes pode um homem virar sua cabeça/ E fingir que simplesmente não vê?/ A resposta meu amigo está soprando no vento/ A resposta está soprando no vento/ Quantas vezes precisará um homem olhar para cima até poder ver o céu?/ Sim, *yes*, e quantos ouvidos precisará um homem ter/ Até que ele possa ouvir o povo chorar?/ E quntas mortes custará até que ele saiba/ Que gente demais já morreu?/... A resposta meu amigo está soprando no vento... soprando no vento..."

Parecia que, de alguma maneira estava no piloto automático. Andou horas se atirando (para morrer!) no asfalto. Sem medir risco. Sem parar para respirar existência segura. Sem fome, sem sequer ter uma explícita crise de choro agora, com dores e mágoas inidentificáveis; náuseas misturadas com remorsos de frustrações não apaziguadas em si. Arrependimentos incontidos nos corotes das memórias. Estava como se tocado pelo mesmo instinto tribal e primário que chama animais para o ninho de origem, quando se sentem velhos. Era como se fosse um pobre cavalo selvagem que, quando percebe instintivamente que vai morrer, retorna ao estábulo, ao curral, ao padoque, às pradarias distantes do berço, às plagas de origem. Os verdes campos de sua terra.

Sim, ele era um pobre burro xucro voltando para Itararé, sua terra, terra de seus pais, um espaço de divisa entre o Estado de São Paulo e o Estado do Paraná. Tinha sido graciosamente vitorioso por maravilhosos vinte anos com variados prêmios como publicitário de renome, mas ali, voltando-se para si mesmo, nada mais era que um pobre derrotado. Quantas derrotas há na desilusão, no arremedo da morte, na frustração com Deus, na frustração com a vida? A resposta estava soprando no vento... A resposta...

Corria e parecia (e não queria) enxergar nada. Não queria ver e nem se olhava no retrovisor oval. Estava prudentemente com medo de espelhos. Seu passado era um ponto de interrogação no abismo. Voava como se não sentisse o pé forçando os gomos modernos que eram os pedais do acelerador; como se guiado pelo anjo da morte, mais um maldito espantalho com bandeiras rasgadas de percursos sem donos. Martelos de fogo batendo no peito. Já não era mais um búfalo poderoso na franja do rebanho empresarial.

De repente, por um átimo de milésimo de segundo, reparou finalmente que já estava viajando por quase duas horas, mais da metade do percurso de São Paulo à cidade de Itararé, sentindo-se como se caminhasse ao mesmo tempo para um buraco negro do cosmos, pois o céu – como se bebesse de sua amargura – pincelara de losangos de carvão o toldo do altíssimo e longínquo devir, seu imediato destino. E ele corria, sozinho, agora na precária e perigosa Rodovia Raposo Tavares, passando da cidadela de Itapetininga, rumando para dentro daquele betume sul, anunciador de temporais no caminho, como se também embarcasse inteiramente vazio para dentro do poço fundo de si mesmo.

Um ocasional pedaço de reinventado instinto de sobrevivência fê-lo despertar circunstancialmente do torpor que a morte inaugura no interior das pessoas sensíveis, machucadas, em crise. Reparou, finalmente, que estava a mais de trezentos por hora. Por sorte que a rodovia estava bem tranquila, apesar da pista única. O revoltado Dr. Álvaro Henrique Schiolla continuou correndo. Pensando agora na irmã Núbia Angélica que estava para parir o primeiro filho, tão desejado, tão perseguido, apesar de também ser algo turrona como ele, da pá virada, difícil de lidar. E com muitos parceiros em relacionamentos amorosos bem conturbados, conflituosos, inseguros; que ele sabia não acontecerem bem, pois faziam mal às partes. Continuou correndo, sem temer revés ou acidente de percurso. O documento do laboratório, com a avaliação médica, era como se uma parte arrancada de si. E tinha sido colocado com torpor e ódio, com nojo desaprendido até, no fundo bolso interno do paletó. Sua vida estava por um tênue fio. E não estava se segurando nesse fio.

Ali, no volante do carro esportivo, pensou seriamente em cortá-lo pelo meio. Pensou em acabar com tudo aquilo. Pensou em atirar o veículo belo, possante e veloz, sob as rodas de um carro-pipa de óleo diesel que passara à sua frente e depois o segurava no trânsito e no ímpeto; o retinha um pouco na parte frontal da pista em curva acentuada de aclive. Pensou em forçar a meia ultrapassagem, e, no decurso rápido, fazer a besteira fatal, girar trezentos e sessenta graus na pista; dar um cavalo de pau. Morrer, matar-se. Acabaria com tudo aquilo. Sentiu um amargor na boca. Suou frio. Alguma coisa, num raro átimo de microssegundo o impelira a reagir mesmo sem esperança, e ele continuou novamente correndo, ao desimpedir-se acelerado. Como se quisesse buscar socorro na fuga; como se fosse voltar para a solitária irmã, única parente, próxima vida, porto de encalhe, colo de socorro. Como se nela pudesse dependurar as tralhas de suas reservas de forças, vestir seu pijama de carência, tirar os arreios de suas buscas sem remédios, achar uma saída, uma explicação, um sinal que fosse.

Não tinha sido um orgulhoso e destemido vencedor? De um pai severo, com o qual tivera várias divergências e brigas, logo rompendo com o lar e ganhando o espetáculo do circo-horror-show do mundo. Pois vencera com talento, dinamismo, criatividade e determinação, mas ali se restava derrotado por uma doença terminal. Um inferno aquilo. Voltava triste para Itararé, em busca mal sabia do que. Ainda sentiu de forma estranha e nova, uma pontada mal disfarçada de saudade da irmã caçula, Núbia Angélica. Só a vira duas vezes.

Pensou nela e sossegou um pouco o ritmo do coração arfando. As mãos crispadas no volante molhado de suor. Pensou no pai e já não mais sentiu remorso, piedade, nem se sentiu rendido em ódio ou refém de rancor. Aprendera, com o tempo (e sem saber), a amar as pessoas como elas eram, sem forçar mudanças impossíveis. Pensou na mãe Virginia Aurora que mal conhecera, pois morrera no parto dele. O pai casara outra vez; tivera a caçula Núbia, fruto desse novo relacionamento. Depois o casal que se arranjara em amor e paz, numa tragédia de trâmite internacional morrera num atentado provocado por terroristas muçulmanos radicais, quando em viagem de segunda lua de mel a Terra Santa, apesar do velho muito dissimulado fingir que não sabia que já desenvolvia um câncer no pulmão por causo de malditos vícios. Ele procurara gentilmente, na medida do possível, manter uma boa vida de relação sadia e amigável com a meia irmã problemática e extremamente insegura, enquanto concomitantemente abrira seu próprio caminho profissional, legando tudo aos cuidados dela depois do luto, depois de órfão total. Deixando a fazenda do velho criador de cavalos selvagens, fugindo, esquecendo, tentando ignorar, procurando ser somente um vencedor, lutando, trabalhando, estudando jornalismo e publicidade, depois fazendo pós-graduação na Universidade de Oxford, sendo alguém na vida por mérito próprio, reconhecido até pela mídia que o premiara no exterior. Agora ali, aquilo tudo. O limbo de seu infinito particular. Inútil paisagem. Sangue ruim.

Estava voltando forçosamente para o seu lar, para a sua bela Itararé adorada. Mas o que tinha a oferecer era apenas uma receita cara de quimioterapia, uma inútil bula de laboratório, um laudo médico que dizia que ele lutara em vão, pois os desígnios de Deus talvez não sejam os nossos. Deus não faz goiaba sem bichos. Notou Itararé ali pertinho. Você sente uma irradiação quando volta para Itararé. Correu em busca. Depois ganhou rumo do perímetro urbano pela velha entrada principal do município de Itararé, a Vila Osório. Dirigiu sobre seu chão de origem, berçário, terra-mãe, aldeia natal, área cheia de pinheiros (batidos pelos chicotes do vento e pela sanfona rude de um temporal perto e imediato). Passou em seguida pelo alto centro velho da bucólica Itararé, quase três horas e meia depois que deixara São Paulo. Foi quando finalmente reparou que uma tempestade caía forte sobre toda a parte central da pitoresca aldeia que amava tanto. Observou, melhor inteirado, rodando alguns minutos mais entre paralelepípedos molhados, que tinha saído do centro e já estava entrando no princípio sul do perímetro urbano, depois ganhando o limite das terras de seu pai. Notando também que a ponte pela qual passara alguns segundos atrás, ligando o local ermo e rural à periferia carente de Itararé, estava em vias de ser levada pelas águas de enxurradas de uma enchente provocada pela tempestade que ali caíra talvez uma hora antes e fizera um desboque. Ele, não apenas estaria ilhado no horrível cálice de si mesmo, mas ainda voltava para ver sua irmã carente (sob aquele clima de tempestade) e também se restaria ilhado em grande risco, longe da civilização, por causa da queda da ponte. Apesar de que poderia estar bem pertinho de quem deveria ser seu ombro amigo, seu degrau de consolo, sua pomada de conforto; um cofre de desabafos e choros que criara no mais íntimo gume de si. Queria um ombro amigo para chorar desesperos. Precisava.

Entrou bufando com o carro na sede da fazenda. Depois passou pelo estábulo, buzinando, fazendo estardalhaço, querendo atenção. Tentando identificar presença, demarcar território livre e também ser benvindado. Carente como ele só. O medo dá coices no ego? Era um azarão.

Logo sentiu o conhecido e antigo cheiro de feno velho. O conhecido odor quente da umidade pegajosa dos animais que precisavam ser escovados; do suor ardido deles, de estercos antigos – ah! a infância perdida em mazelas e frustrações! Foi quando ouviu, mal desceu do veículo, um inesperado grito forte e rápido, oriundo da casa sede do lugar. Um reflexo perto de janela semiaberta no andar superior, com uma precária luz de vela acesa, mostrava que o horror estava presente ali pertinho. Impregnando terror no favo do momento latente, como se talvez ele tivesse chegado exatamente na preciosa hora certa. Num momento de grave perigo. Viçou preocupação. Era duro de lidar. Era bom de briga. Saía-se bem em problemas, conflitos, enfrentações. Não tinha vencido na vida em situações contrárias sendo santo, um banana, numa sociedade hipócrita.

O clima era assustador. Ali tinha algum pertencimento seu, ponderou, cismando, de butuca. Morcegos voaram baixo. Quando criança tinha medo do espantalho do milharal. E agora? O grito: o sangue falou mais alto. Sentiu medo. Sentiu o cheiro de seu medo.

Uma intuição arrepiada varreu-lhe de fio a pavio a medula. Os cavalos relinchando nervosos mostravam-se assustados, revelando o poder do medo. Morcegos voaram. Álvaro correu feito um louco a procurar ansiosamente pela irmã caçula, pois sentiu que ela estava precisando de ajuda urgente; estava em perigo, e ele, pela graça da sorte ou de sua majestade o destino, chegara exatamente na hora certa. Momentaneamente esqueceu sua dor, sua cruz pessoal. Foi em busca do que estava acontecendo ali na sua Fazenda Luar de Itararé que parecia abandonada de recursos primordiais para funcionar bem.

Jamais iria esquecer aquele dia.

DOIS

Sob as grossas pancadas da chuva torrencial de outono (labiriscas trovejando no céu turvo), que se encorajaram de repetir no desmanche do dia, mas já sem as ferroadas terrestres dos perigosos relâmpagos fuzilando a crosta terrestre daquele meio vale, final de outono com mudanças bruscas de estações (ia ser uma longa temporada de chuvas), ali, na Fazenda Luar de Itararé, apressado Álvaro atropelou poças d'água, pisou estrumes molhados de cavalos e outros animais domésticos, e correu sentido da escada central da casa-grande que era de estilo colonial. O grito horrível se repetiu desta vez demorado e lânguido – era como se gritasse dentro de si – depois, as cortinas da janela do quarto da irmã balançaram com os respingos de restos da chuva vertical, a chama da vela apagou-se com o vendaval curto e ele, atropelando tudo, angustiado, em desespero, pôs as folhas da porta de entrada da varanda abaixo a pontapés, arrombou-a e ganhou a escada interna. Subiu desesperado o pavimento superior de seu lar de origem, recordando que lá passara momentos maravilhosos – plantando girassóis; quase sentindo uma emoção na alma limada pela dor. Uma nuvem negra. O perigo morava ali perto, sentiu, precipitado e com pavor, nervoso, coração disparando um trem no peito arfando. Corria feito um louco, às cegas atropelou móveis e empecilhos pelo arremesso de percurso. Cavalos no peito. Entrou no quarto meio lusco-fusco que sabia ser da irmã. Ela estava prostrada à meia-luz, com a parte debaixo do corpo marmóreo sem roupa, desesperada com as contrações. Entrara em trabalho de parto. A bolsa rompera? A criança estava só parcialmente fora dela. A cabeça ainda estava dentro da mãe. Ficara dependurada nela. Curvada no chão de tábuas de peroba entre lençóis vermelhos, alvas pernas abertas, a mirrada criança roxa presa a ela pelo ventre largo e exangue. O frio e a chuva vazando em dueto assustador pela janela aberta do piso superior. A irmã parecendo não resistir à dor extrema. Olhos virados, já passando de desespero e crise, como se em convulsão terminal de dor. Entrara em trabalho de parto e estava perdida. Não providenciara companhia. Era bebê precoce? – o feto tinha mais ou menos seis meses. Não contara com aquela situação? Estava sozinha. Estava por um fio, o cordão umbilical tenso, escuro. Sentiu que tinha que ser rápido. Ela parecia abandonada de sentidos, sem mimos primordiais de arranjos necessários. Não tinha tempo a perder, nem água quente ou recursos. Atirou-se atônito a ela, já pegando uma tesoura velha que repentinamente vira sob uma cesta de costuras (ao lado da velha caixa de ferramentas verde do pai perto de usados chapéus de feltro), entre cachimbos, pedaços de chocolate com formigas saúvas e flores vermelhas secas. Puxou ao seu jeito, meio forte, meio moleirão, tenso. A criança foi tirada pelas pernas. Puxou o baby polaquinho. Saiu com dificuldades. Tremendo cortou o escuro e teso cordão umbilical. Depois, forçando o corpinho, a placenta rompeu numa aguaceira; ácido nucleico e sangue, e, finalmente a criança fragilizada de tez com pouco oxigênio, saindo, enfim, a forçar um choro miúdo, fraquinho, inaugural na existência. Não necessariamente nessa ordem. Não entendeu direito aquilo; registrou aos solavancos o que lembrou e como se lembrou. Confuso. Batimento cardíaco tênue o bebê. Respiração espontânea. A pequena criatura de olhos elétricos, nos braços inseguros. Pele alva. Boca como um botão de rosa-pitanga, dedinhos perfeitos, minúsculo nariz róseo... sobrancelhas arqueadas como a de um lobo-guará. A irmã Núbia estava escura, fria, inerte, silenciosa demais. A face extremamente roxa, pendida na cabeça tombada para um lado nenhum. Olhos selados. Descansava? Estava morta.

TRÊS

Super nervoso, suando frio, destemperado, se recompondo aos poucos como podia, procurou um pouco de leite de vaca fervido para dar para o bebê recém-nascido (não sabia se podia lhe dar aquilo já que leite materno não teria). Não deu. Enrolou a criança num enorme lençol, dando voltas. Tomou um cálice de conhaque quente (que achou sobre um bidê de mármore velho) para apaziguar a surpresa misturada com medo e susto. Que dia, aquele! Foi quando sondou um conhecido e antigo binóculo alemão num prego sem cabeça da parede, e deu-se a confirmar, por um minuto – depois de rápida apreciação ao derredor em terras imediatas no entorno e ao longe –, que estava mesmo sem qualquer elo de comunicação com sua querida Itararé, a mais ou menos trinta quilômetros, se tanto, se calculara bem. Estava em casa. Seu lar inteirinho, todo seu, era aquele canto. Numa casa clássica, teto alto, armários de madeira escura combinando, mesa atulhada de coisas, um lugar despojado, diante de uma janela enorme. Na parede cinzazul algumas fotos antigas, calendário velho, relho, cabresto, rabo-de-tatu, chifre de um cervo (que seu genitor caçara ainda jovem) e uma placa verde dizendo "lar doce lar", ao lado de um desenho de uma lua, um anzol e uma estrela. Uma cozinha como aquela era tudo o que queria no mundo. Mas, paradoxalmente também, estava como se refém ali. A ponte silvestre que ligava o rio das almas com a periferia distante de sua aldeia, tinha sido arrancada pelas enxurradas advindas da chuva torrencial que caíra. Depois, cismando mediu-se: a pobre irmã morta tinha que ser enterrada; tinha um moloide e frágil sobrinho para cuidar até que viesse o necessário zelo da ajuda providencial. Notou também, sementes de girassóis criando musgo, tudo quase podre dentro de um saco nodoso de juta. Perto de uma escada que dava para o porão da casa, foi que reparou, sementes especialmente produzidas e que precisavam ser urgentemente semeadas, antes que estragassem também os mantimentos da despensa. Tudo estava sendo infestado por um cheiro tóxico.

Tinha saído de São Paulo (e de sua dor terminal) para aquilo? Tinha de propriedade ali; tinha nas mãos, sob sua guarida uma casa colonial branca com cercas de tabuinhas ao derredor, um estábulo vermelho e muitas primaveras vistosas por sobre cercas também caiadas de branco, vermelhos portões, janelas, telhados, tudo da cor de sangue escuro, e ainda mato rasteiro ao derredor dos caminhos que entravam ou desembocavam ali. A fazenda praticamente abandonada!

Estava desesperado. Aturdido. Não sabia o que fazer. Não havia explicação para aquilo tudo. Nem ventos e nem respostas. A silencitude do inusitado. Seu cativeiro com remorsos? O temporal passara. Os animais estavam arredios nos vários alojamentos dos estábulos que cercavam a casa-grande. Era muito trabalho para ele. Que coisa estranha, esquisita, matutou. Teria que se matar para dar conta de um bebê, de cavalos largados, com fome e com possíveis doenças por falta de cuidados técnicos, muita semente especial para plantio, além de ter que lavar tudo, passar, cozinhar, dar conta da fazenda com chiqueiros, algumas vacas leiteiras, rações, hortas, plantações de subsistência, pomares e bosques para extrativismos. Era um homem de negócios, de escritório e só. Um empresário e olhe lá. Não trouxera o celular (esquecera no consultório médico). Não tinha rádio em casa; a luz faltara por causa também da queda da ponte, e tinha, de visão, os lugares por onde correra livre e puro na época do arredio pai vivo, quando era criança, e, ao longe, a Serra do Bom Sucesso de restos de tribos indígenas desconfiadas e reclusas.

Aquilo tudo como se a lhe trazer de novo os maravilhosos (sabia agora) tempos difíceis que, quando começara a pensar, senso crítico apurado de neto de anarquistas da Itália, começou a cobrar muito do pai. Tendo acentuados problemas de relacionamento, até que foi indicado (na marra) para um colégio interno, do qual fugira, dera no pira mal tivera dezesseis anos. Passara fome, vagamundeara, sempre no intuito de tentar um belo trabalho, achar rumo para a sua vida, contar com a estrela da sorte, o sonho; os estudos e a carreira em uma metrópole grande. Já não bastava sua cruz para carregar, e ainda tinha agora que, por um desarranjo do crucial destino algoz, ser improvisado meio fazendeiro e ineficaz babá de um bebê que levava seu sangue (e a perpetuação de seu clã para o futuro), e ainda, num zelar precário, executivo despreparado que era, ser pajem de cavalos selvagens? Aquilo parecia não estar acontecendo. O pesadelo continuava. Tinha que manter os pés no chão. Conseguiria?

Não tinha como buscar ajuda. Era, ele mesmo, em corpo, alma, mente, raiva, músculos, saliva e valia física, a sua própria ajuda e misericórdia para tudo. Teria que dar o melhor de si, se superar. Aliás, passara a vida toda dando todo o melhor de si, superando-se sempre. Tinha ali uma vida frágil (em local sem recursos) dependendo dele. Não tinha essa de pegar ou largar. Onde já se viu isso? Era pegar ou pegar e ponto. Não tinha plano b ou manual de sobrevivência. Era o sangue de seus ancestrais em suas mãos. Como cuidaria do menino? Que nome lhe daria? Sim, Percival. Era esse o nome de seu avô, pai de seu pai. Seu genitor se chamava Nathan. Tomara uma decisão. Estava em casa, mais: estava como se dentro de seu próprio coração. Tinha uma vida para amadurecer ali, não sabia como, não levava jeito, além de poder finar de-vereda, a qualquer momento, pois o médico especialista, doutor Abrahão Ajzemberg, lhe assegurara pouco mais de três meses de vida. Estava desesperado, mas, desespero não resolveria nada. Tinha que agir, mexer-se. Tinha que ser forte mais uma vez só e pela última vez na vida. Dar conta de si e de seu continuador no futuro. Respirou fundo. Sabia que saco vazio não para em pé. Teria que tomar partido da situação e administrá-la, custasse o que custasse. Mais um jogo, uma trama, uma vida passando as etapas todas de sofrências.

QUATRO

"O importante não é a casa onde moramos
Mas onde em nós a casa mora."
(Mia Couto)

O que dar a uma criança recém-nascida, sem mãe e sem leite natural, do peito? Água, chá, leite, café, soja em pó, sucrilhos, biscoitos, farelo de aveia, fubá mimoso, bolachas? Pior: o que um tio executivo, homem de escritório, criador de reclames publicitários, poderia saber, poderia entender de comida de bebê, de ração de cavalos, de arrumar fraldas, cueiros, sapatinhos e toucas, de tocar uma fazendola que misturava estábulos, currais, áreas de abandonos e canteiros de girassóis? Se tinha que se virar, que se virasse. Era nisso que pensava. Estava precário de saberes. E não tinha livros técnicos, secretárias, assessores ou terminais de computadores para, depressa, urgente, via Internet, aprender a lidar com aquilo, no descorçoo inusitado da situação precária. Teria que ser ele mesmo o realizador, o cuidador de tudo. Até passar o tempo ruim, de vacas magras. Até os engenheiros recomporem a única ponte de ligação que era o elo de contato com a civilização perto; até religarem a luz, ou, os graves riscos da pobre criança vir a morrer de fome – de maus-tratos por imperícia ou imprudência dele – ou de morrer de doença, de descuidos, por toleima, ou, ainda, os cavalos domados em recinto fechado, reclusos, para serem vendidos em leilões ou rodeios, passarem limites, quebrarem cercas, ganharem os campos distantes, cafundós. E a morte ainda para vir buscá-lo, porque estava devidamente jurado por ela. Mas ainda não tinha devidamente aceito estar pronto, no mais íntimo de si, para se entregar sem mais nem menos, sem luta. Não contava palha às vezes de que era duro na queda? Entre uma inconsequente criação de cavalos selvagens, "crioulos", e cuidar de uma criança tão pura, frágil e inocente, não titubeou. Era prático e realista, tinha de o ser. Foi até os currais, os estábulos brancos com telhas goivas pintadas de vermelho forte, entre uma raia, as baias, e os padoques iguais, e soltou rapidamente os animais todos. Prestou zelosa atenção de carinho especial neles. Era o mínimo que podia fazer, desculpou-se, encorajado. A decisão de sua vida.

Depois voltou e fez um chá verde para o bebê (de camomila), sopa de caldo de feijão, inadequado mingau de fubá com leite. Estaria sendo correto? Se virava como podia. Pensou que sim, contendo ímpetos de inventar riscos. Pobre Álvaro. A prematura criança tinha febre, andara chorando, mirradinha de tudo, extremamente mole nos gestos ainda nem iniciados direito e já lentos movimentos frágeis, incompostos. Quando o mirrado Percival finalmente dormiu, o executivo Álvaro foi até o sofá listrado e chorou baixinho, chorou muito. Como se escondido de alguma coisa. Depois, pressão baixa, desfeito o nó do embate íntimo, angustiado ainda, pegou no sono agitado, pois o dia tinha sido longo, pesado e terrível, e a noite carregara em imagens do pesadelo insarado no inconsciente. Acordou com o sinal-tropel do nenezinho fazendo um miúdo berreiro ardido, querendo comer de novo. Dormiria e acordaria. Comeria e dormiria. Correu fazer uma gemada com ovos de pata. Misturou com porções fartas de açúcar mascavo e leite em pó integral, e serviu depressa, desajeitado, desastrado, numa vítrea chuquinha com tons de verde-oliva. Devia ser horrível aquilo, pensou, mas fez. Improvisando. Querendo mostrar serviço e mimo de estima. Aquilo poderia não fazer cem por cento bem, mas, com certeza, totalmente mal não faria.

Notou que o sobrinho estava com o intestino solto. Como obrava fedido; como uma mãe poderia sobreviver àquilo tudo? Não teve jeito. Tinha uns panos encardidos à mão, improvisados tarecos com nódoas ou cerotos, inclusive sacos de farinha de trigo. Enrolou o nenê que parecia procurá-lo com os olhinhos miúdos de tudo, tentando captar movimentos e sentir sua presença próxima. Ali ele era uma improvisada "mãe de gravata", mãe de ocasião. Seus amigos íntimos, aliás, fazendo chistes, diziam brincando que ele era uma bananeira que já dera goiaba. Na mesma cuba da pia velha da cozinha lavou fraldas sujas, separando pratos, abrindo latas de provisões, catando feijão e deixando de molho, separando cascas de ovos ameladas e talheres de prata entre picumãs e musgo. Ali era seu canto, seu rancho, seu escritório, improvisada cozinha-copa estilo americano no interior, sofá, mesa, bebê. Dor. Achou chocolate vencido numa lata com ferrugem. Tomou, num copão de plástico verde (com propaganda de Lott para Presidente), com leite gordo. Ia ficar obeso, balofo. Preparou um tanto à parte. Para ao caso do nenê piorar. Mais fraco, observou, tentando parecer o que não era: prudente. Tinha usado um cavalo para puxar o corpo da irmã que envolvera em lençóis e que enrolara melhor em cortinas velhas e, depois de fazer um buraco raso perto do jardim, atrás de um borbulhante veio d'água entre um areal escuro e um bosque, ali, silenciosamente e respeitoso enterrou o corpo já murcho de tudo. Cortou dois galhos de roseiras secas e fez uma espécie de improvisada cruz modesta, torta, amarrando com cipós silvestres. Era assim que se enterrava um cristão? Nunca tinha enterrado ninguém. Também nunca tivera uma criança aos seus cuidados. Era quase que um pagão, por assim dizer. Pensou em dizer um salmo decorado de livro escolar (adorava os Salmos de Davi) – para que servia aquilo de fazer preces? – mas a dor da próstata doente o acordou para a dura realidade do mal que já era sua canga. Era noite de seu primeiro dia ali. Céu de chocolate.

A luz não tinha voltado. Os engenheiros da prefeitura de Itararé nem deram pela queda da ponte. Tudo parecia estar às moscas, a irmã falhara no comando.

Estava de alguma forma entre a cruz e a espada. E tinha uma parte de si, vivíssima (viva e frágil), para cuidar; dependia dele e essa responsabilidade era como se um talismã muito além de seu ser estar em crise, de seu estar em si. Recusou-se terminantemente a morrer em momento tão impróprio. Reinaria resoluto até que viessem os socorros, enfermeiros, médicos, arquitetos, domadores, tratadores de animais. Notou que um velho cavalo pampa, branquíssimo com manchas marrons (pampa pastoril de alazã) – parecia que o nome dele era Maçarico, se bem se lembrava – não se afastara com os outros animais. Parecendo ter entregado o comando da manada a outro animal, que tinha se arranjado repentinamente com um novo líder. O Maçarico ficou perambulando por ali, comendo gramas curtas, folhas de árvores, galhos de verde tenro, bebendo água da chuva num cocho velho. Álvaro parecia reconhecer naquele bicho, alguém em particular, que no seu cérebro cansado e doentio, não conseguia, de chofre, identificar. Achou até bom ter aquele animal por ali, para o caso de uma precisão emergencial. Sim, poderia montá-lo, ir buscar – a uns trinta quilômetros planície abaixo, talvez, quando o rio das almas baixasse – um lado íngreme sentido da Serra do Bom Sucesso, e, em horas, talvez, troteando por uma trilha difícil estaria de novo de Itararé. Mas teria que ser caso de precisão, urgente. O trajeto era de risco, havia um desfiladeiro rente, ele o conhecia mas só de muito antigamente, mais de trinta anos atrás, e a trilha poderia ter sido desfeita ou mudada, se ainda estivesse aberta, não houvesse a mata atlântica da serra perto avançado de forma densa sobre ela. Acendeu com dificuldades o fogo e esperou o próximo choro do Percival, ainda se formando na precária musculatura.

A criança dormia muito, o tempo todo, acordava a cada três ou quatro horas, alternando momentos de sono e vigília. Trazia mingau das Almas. A gosma no canto da boca ao acordar... Mais sereno, resolveu rever os álbuns de fotos da família achados numa prateleira de cedro cheiroso. Para matar saudades. Passar o tempo entre o vigiar-se doente, sem remédios, e vigiar a nova vida da qual era guardião e para o qual teria que ser ponderado e extremamente prestativo e eficaz. O que a vida estava lhe aprontando ali? – pensou. Num dia, estava num prédio enorme, de mármore, no centro econômico da América Pobre. Corria mais dinheiro em São Paulo do que em todo o resto da América do Sul. Dali a instantes, marcado abruptamente para morrer, e, em minutos, estava na rodovia de asfalto feito um louco, correndo pra perto do berço, do ninho, das supremas origens que passara a valorizar. E agora estava afundado em dor com a perda da irmã caçula, lágrimas para chorar, mas, muito pelo contrário, tinha que ser forte e manter alerta todos os sentidos – todos eles, até os que esquecera de treinar – olhos bem abertos, pois uma vida em potencial dependia de si, mesmo que tivesse que abandonar a lavoura de girassóis da família; e ainda tivera que largar os cavalos selvagens à própria sorte. Tentaria fazer, e muito bem, a sua parte, até que viesse socorro; que fosse ligado de novo o elo que se rompera com a civilização. Montou uma cama de campanha perto de um improvisado berçário que levou pra baixo, sondou as poucas roupas da criança mal esperada, sem um enxoval completo como deveria. Estava descobrindo as coisas aos poucos. Tudo era muito esquisito.

Achou a carta do maldito companheiro sem escrúpulos da irmã destramelada, dizendo que já não a amava mais, que iria embora, passar umas férias em cassinos na *Ciudad del Leste*, Uruguai. Era de seis meses atrás. Achou aqui e ali peças de algumas roupas semeadas. Sentiu o cheiro doce de uma roupa virgem e nova da criança, misturado a um tênue perfume de talco infantil, adocicado. Conhecia aquele cheiro: era sua infância perdida no tabuleiro longínquo do tempo. Lembrou-se que quando estava no estábulo, sentiu o cheiro de suor de cavalo preso que lembrava o seu velho pai. O inconsciente ligara um triste arquivo memorial. Foi difícil conter a emoção, enquanto sentia o perigo. Aquele cheiro identificava suas origens, seus traumas, suas raízes, suas marcas de uma convivência que, com a idade, tornou-se difícil. O velho genitor era duro de lidar, irascível, e, começando a ficar precocemente esclerosado ainda, algum problema de reposição de hormônios talvez, piorou toda a relação. Ele também estava se tornando um chato cobrador adolescente, sem mãe para intermediar, apenas de mulher de confiança na fazenda, a esposa Luzia do índio Nordo, à qual era apegado, e que lhe ensinava a ter calma e paciência, na medida do possível.

Depois que apanhou de rabo-de-tatu do velho, depois de já ter apanhado de chicote de surrar animais, achou que era melhor reagir. Feito um cavalo-do-cão tocou fogo num estábulo novo de lavagens de animais e que era o xodó do genitor. Foi uma loucura. Quando o seu pai descobriu, deu-lhe uma surra de vara de marmelo, que lhe deixou feridas e cicatrizes por anos. E foi então internado num Colégio Adventista em Tatuí, de onde precocemente fugiu, indo em busca de seu destino. Sofrera, vagara pela cidade de São Paulo, passara fome, mas achara uma escada para o céu. Virara o jogo, trabalhara feito um condenado, dia e noite, estudara muito, recuperara seu prestigio, vencera na vida, saíra do pântano das ruas. Nunca ligou muito para a família, em que pese ter ajudado a meia irmã (que o contatou) quando perdera os pais no acidente aéreo no oriente médio. Assinou papelada passando pra ela o abacaxi da direção do rancho. Fizera um péssimo acordo, pelo jeito. Depois deixou que ela tocasse sua parte desde a partilha da herança. Nunca pensou que um dia voltaria à casa paterna, conheceria de novo os verdes campos de sua terra, e ainda ali estaria ilhado, doente, para morrer. E com a estranha e inusitada missão de cuidar de um bebê, já que os cavalos abandonara, em que pese alguns, já domesticados, com certeza, ainda estivessem por perto.

O mesmo belo animal, aliás, já idoso, não deixara a sede da fazenda. Indo e vindo por ali; dava sempre com ele a relinchar (como se o identificasse, o chamasse), quando ia tirar água do poço ou arrancar raízes e folhas para chás, catar ovos no galinheiro, tirar leite de algumas poucas vacas ou de meia dúzia de cabras, ou arrancar tubérculos de mandioca para sopa gorda do bebê que, com o passar dos dias ganhara firmeza nos pés, alguma massa muscular, como se ficasse paulatinamente um pouquinho mais forte e rijo como precisava. Mas ainda tinha febre, diarreia; a comida de Álvaro não era de uma mãe perfeita e acabada. Ou de uma aia preparada. Era a gororoba de um desengonçado executivo estúpido a lidar com anúncios maravilhosos de cigarro, de cerveja, de lingerie e de lojas de departamentos, não de lidar com vidas tenras; não de voltar a ser doce, calmo, mãos de veludo, inseguro ali para lidar com a beleza e a esperança que há na existência limpa e linda de um recém-nascido, sangue de seu sangue. Na cozinha enorme, adjunta à copa completa e larga, com uma mesa grande e dois sofás, ali, homem de escritório, no primeiro andar, armou seu canto, seu cafofo, seu puxadinho, seu quartel-general, aliás, dele, para morrer, e do menino, para viver. Sobreviver. Era prático. Simples. Mas estava a sós consigo mesmo. Fosse como fosse, o guri era um passaporte de fé para continuar ativo, sobrevivendo. "Oriente-se, rapaz", pensou alto, dizendo a escora íntima pra si mesmo.

CINCO

Lembrou-se do pai. Quando ele nasceu o velho já era entrado em idade, talvez tivesse passado de quarenta e tanto, a mãe com bem menos anos. A genitora tendo morrido no parto, o pai o refugou de início, castrando sua essência primordial de sensível. O casal de índios sem filhos o cuidou com afeto superior, bons tratos especiais e carinhos exagerados, pois não eram férteis, não podiam gerar. Depois foi notando que, mesmo disfarçadamente e por paradoxal que fosse o orgulho algo doentio do pai, o velho foi ficando impaciente, nervoso, piorando. Talvez carente de uma companhia fêmea para expor estima fisiológica ou calar ressentimentos de perdas, tendo também alguns problemas financeiros de ocasião, já sem muita saúde para cuidar da fazenda, tendo que lidar com boias-frias intratáveis, serviçais preguiçosos, alguns desaforados polacos sardentos fugidos da seca que assolava o nordeste do Paraná vizinho à Itararé, município de divisa. Dava trabalho a fazenda. E ele foi crescendo cada vez mais carente, sensível, meio que largado da necessária estima paternal eficiente. Aliás, os peões fazendo chiste diziam que era mais fácil tirar leite de uma galinha do que o pai sorrir; parecer um pouco feliz ou seguro de si, sem a panca construída para se fazer defeso, parecer o que não era, nem forte e nem seguro. Outros caboclos também cascudos, brincavam de dizer que o pai era mais grosso do que papel de embrulhar pregos.

Quando começava a ser jovem, deixando de brincar com cavalo de cabo de vassoura, aborrecente rapagão (e o pai mais severo que nunca) foi que surgiram os problemas. O velho parecia estar caducando (baixa estima?) ficando deprimido e ainda mais chato, e ele resmungão, metido a valente, problemático. O velho de vez em quando ainda bebia, como se querendo fugir ou esconder alguma coisa, mais a composição de um tanto de misto de melancolia, estados nostálgicos, consciência pesada e saudades revisitadas. Tudo somado a isso, os cavalos selvagens com doenças, alguns tratadores ruins, e o casal de índio achou que as brigas do velho com o filho eram exageradas. Tentaram protegê-lo. Não se cuidaram. Passaram dos limites do que regia eventual hierarquia ali. Foram demitidos de supetão, depois de serem crias da região; com antepassados deles servindo ao carcamano patriarca da "famiglia" que embarcara para o Brasil numa primeira leva de imigrantes, um descendente de "oriundi" da Ilha de Ponza, sudoeste da Itália, antiga Gaeta, lugar em que nasceu Pôncio Pilatos. Foi a gota d'água. Álvaro cobrou ao seu jeito, revoltado, impetuoso, possessivo, querendo dar o troco, sem saber lidar com tudo aquilo na sua insegurança de tanto peso para tão tenra idade. Memórias: galopes matinais... adestradores... domadores de cavalos selvagens... administradores de cocheiras, treinadores, veterinários. Crinas, rédeas, chicotes, cabrestos, pelegos. O vento no rosto de um ou outro jóquei deitando cabelo em corridas e treinos. Peitou o velho. Deu com os burros n'água. Onde já se viu aquilo? O velho exagerou na surra. Pior foi depois, quando, ao término de uma aula no Grupo Escolar Tomé Teixeira, foi pagar contas no Banco do Brasil em Itararé com o pai, e lá, o jovem Álvaro esqueceu a pasta de couro do velho. Com importantes papéis de terras devolutas, arma alemã, documentos e uma boa importância em dinheiro. Só notaram a falta na volta, passando já da ponte do rio das almas. Pois o velho perdeu as estribeiras de vez. Fê-lo voltar correndo, ao lado da carroça com o animal a galope, e, uma vez chicoteava o cavalo que puxava firme a "gaiótinha" de duas rodas, e de outra feita surrava o filho que corria feito louco, desesperado, lado a lado com o animal, espavorido, retornando à Itararé em busca do que esquecera. Nunca mais Álvaro perdoara ao pai. Nunca mais falara com ele. Até que colocou fogo no que o velho mais amava: o novo lavadouro térmico de cavalos selvagens. Foi um erro, uma loucura; os pobres animais não podiam pagar pela insanidade do pai a quem puxara de temperamento, nem podiam pagar por sua insensibilidade e irrazão na burrice do ato impensado. Foi uma desgraça, uma vergonha, quando o genitor descobriu tudo. Ao lembrar-se daquilo tudo, vendo nas fotos o velho de barbas grisalhas, vestido todo de negro de cima até embaixo, chapéu de feltro cinza e aba larga, guarda-chuva e galocha, sempre emperiquitado, vaidoso, até teve saudades marotas do finado velho. Como se parecia com o pai, concluiu, de tromba. Não era ruim a ponto de guardar trastes da vida e ressentimentos para sempre, ocupando a cabeça com mágoas ou desalinhos. Passara muito pior na vida. Passara fome. Sofrera violência. Ficara marcado. O pai até que compensava sendo exigente para o seu bem, mas severo, sistemático, às vezes justo, às vezes sem treino para compor atitudes decisórias, nervoso, implicante, ranzinza, tentando ser carinhoso ao seu jeito, aos supetões, quando não, dava a depressão (ou baixa estima) e se entregava a beber conhaque esquentado em taças grossas, vergado pela solidão, consciência pesada talvez, alquebrado intimamente pelo medo da morte, mais os problemas financeiros e o próprio amadurecimento dos anais do tempo no seu íntimo transido. Pois ali ele estava tentando ser inteiro, passando a limpo as páginas viradas pelas tempestades de sua vida, enquanto ouvia o crepitar da lenha no fogão, o cheiro pesado de querosene no lampião Aladim, o leite morno pronto para ser servido ao guloso e cagão do sobrinho que amava mais que a si mesmo. Pela enorme janela de duas folhas, via ao longe – entre girassóis de vários tamanhos, pondo suas belas flores para fora – primaveras colorindo tons escarlates, mais a vergada cruz improvisada do túmulo da irmã Núbia com a qual se esquecera de lidar direito. Tivera pena dela.

Ouviu um fino chorinho chamador (clarinete desafinado ou taquara rachada?) no berço alvoroçado. Calçou os chinelos grossos de couro cru que encontrara sob um bidê de marfim, sentiu que alguma coisa dentro do coração sorria deliciosamente leve e suave, e foi dar de comer àquele que registraria como seu filho. A quem deixaria toda sua riqueza e, pelo menos ali, algumas gotas do que restava de amor do mais dentro e estupidamente escondido do plano afetivo e linear de si. Ao seu modo, naquele momento que socava leite quente com mel de abelha na criança, era feliz, muito feliz. A surpreendente grandeza das pequeninas coisas. Sorriu. Não estava mais embezerrado num canto qualquer como uma coruja velha. Teve ideias de palerma. Se tivesse glândulas mamárias... se pudesse produzir leite materno... Mas homem com água no mamilo diziam que era leite de bruxa... Já pensou? Estava ficando lelé da cuca, apalermado mesmo, onde já se viu isso? Sonhava. Não via a hora de pegar o piá crescidinho; colocar os pés dele sobre os seus, ensiná-lo a dar os primeiros passos ou pedir que andasse para abraçá-lo. "Dandá pra ganhá papá". Não era sonhar muito? Viveria para ver tal dia?

Lembrou-se, sem saber como e por que, de um trecho de fala bonita de León Tolstói a quem admirava, e que dizia mais ou menos assim: "Há quem passe pelo bosque e só veja lenha para a fogueira..."

Pois ele estava ali no bosque de sua contemplação, como se apanhando pedaços importantes de céus para a sua última e derradeira esperança ainda sem asas, sem milagres. Mas "um louco é um exército", disse Torquato Neto.

SEIS

No outro dia, mal morreram as estrelas, enquanto sofria para tirar água do poço velho com um balde de madeira com resina rubra, resolveu de também encher os cochos, para o caso do velho pangaré (que não fugira com os outros cavalos) sentir sede e ali poder se saciar melhor. Foi quando viu o esquisito animal já de certa idade imprudentemente comendo sementes de girassóis e estranhou. Seu pai dizia que aquilo intoxicava selecionados animais, que cedo ou tarde teriam problemas no bucho e acabavam morrendo. Ficou nesse cismar imediato, não ponderou muito sobre aquilo. Vira repentinamente e de passagem alguns tipos distantes sondando o outro lado do rio, apontando a ponte caída; vira também águias por sobre a Serra do Bom Sucesso. Mas o súbito chorinho reticente da criança o chamava para uma realidade imediata e urgente. Era o provedor emergencial dela. Os precários "cueiros de ocasião" estavam no improvisado quarador, quando não num varal de arame farpado, enquanto marotas abelhas silvestres e borboletas cor de ouro iam atrás dos belos e esguios pés de girassóis. Sentiu um vento frio. Depois achou que era melhor não sair passear com o rebento como pensara, pois o baby estava ficando algo rosado e já esboçava um sorriso curto; quase o reconhecia meio barbudo, sem tomar banhos, rude rabo de cavalo, e ainda com algumas pontadas repentinas na virilha. Prometeu a si mesmo cuidar da criança dentro do possível. Intimamente jurou por Deus. Um Deus pessoal, diferenciado, lá dele. Viu o cavalo velho ao lado dos panos e teve vontade de tirar uma foto com um lambe-lambe imaginário; dançar uma mazurca ou uma polca, comer bolo de fubá salgado que a velha mulher do índio fazia com capricho, bem como, teve uma vontade de abraçar seu pai recluso que o ferira de dor. Ele o sabia compreender agora. Entendeu finalmente que o amava. Sim, numa soma de momentos tinha sido um pai severo, mas, aqui e ali, de algum jeito algo incoerente no expressar emoções ou amor, parecendo impoluto e sempre seguro de si, mão aberta com ele. Com o pai era assim: uma no cravo e outra na ferradura. Uma lenda local dizia que maus fazendeiros se transformavam em cavalos-sem-cabeça depois da morte.

Álvaro também se tornara um precoce revoltado de alguma coisa. Aborrecente. E acabara por levar tudo com má vontade, havendo um choque de opiniões, conflito de gerações, pondo tudo a perder na relação complicada. Agora estava ali – sentia-se dentro do próprio coração – e até brincou, pensando em seu "lado feminino" sendo exercitado na criação de um ser humano. Pensou... ah se pudesse dar leite... Riu, feição de maroteiro, fazendo tipo. Perci era tudo, era a quem daria restos de seu amor pouco praticado, a quem daria seu precioso nome, sua presença até o último suspiro, já que era mesmo como que um ocasional fugitivo por causa da morte (um fugitivo da morte?), e, ainda assim, um lutador. Só lhe restava mesmo a luta.

Lutaria contra moinhos e ventos, mesmo com alguns instintos de sabenças entre erranças, para superar a dor fatal e manter-se vivo, custasse o que custasse. Lembrou-se de que pai em áureos tempos brincava com ele, com uma antiga trovinha lusa que dizia: "Da morte ninguém escapa/ Nem o rei, nem o bispo, nem o papa/ Porém eu escaparei/ Comprarei uma panela/ Entrarei dentro dela/ E quando a morte passar direi:/ Aqui não tem ninguém!"

Ah... por Deus – pensou – tinha sido um dia lindo e ele começara a compreender a razão de viver, segundo a segundo, minuto a minuto, hora a hora; uma nova e rara (e difícil) oportunidade de achar-se a si mesmo, de alguma forma, nalgum jeito. E sentia-se feliz por estar no lugar que estava, mesmo em condições precárias.

Sentia-se em contato direto com uma bela paleta da natureza toda explodido a sua volta, sentindo-se parte integrante dela. Como se uma árvore com nódoa, e cupins, claro, mas, ao mesmo tempo também como se uma águia velha cuidando do ninho; um cavalo velho aleijado por dentro (como dizia a canção de Lennon), cuidando de um pobre tordilho desmamado desde a barriga da mãe. Mas estava no lucro, pensou. Pelo menos estava ainda em cima da terra, não debaixo dela.

SETE

"Quanto tempo, meu Deus/ Para entender-Te/ Ainda me resta?/ (...) E quando eu tocarei o risco absoluto do teu silêncio?" (Walmir Ayala)

Dormia sempre atento. Algo instintalmente ligado. Um cansado olho murcho fechado, e o outro olho cismando acontecências no espaço adjunto. Sempre pertinho da criança, com preocupação ao mesmo tempo de contaminá-la com seu medo de morrer, e com seu medo de deixá-la sozinha, abandonada, para padecer de fome se não fosse acudida e salva a tempo. Sabia que era um bode velho bancando uma ama seca. Teria que ser o mais racional e prudente, sistematicamente (como o pai?). O instinto e o sangue falando mais alto. Resolveu tentar fazer alguns sinais com fogueiras. Não soube lidar direito com a situação. Talvez os índios de algumas tribos o viessem sondar e assim o poderiam ajudar. O fogo apagou. A lenha úmida. O pano não regia os ondulos das tentativas de estetizar a fumaça fraca, capenga. Desistiu. Não sabia os códigos-chaves. Um homem moderno num campo primitivo era inoperante. Não estava mais em tempos de descobrir a pólvora, a roda, o vidro.

De noite foi olhar a vazante do rio. Para ver se dava para passar de carro num local em que as margens eram mais baixas. Mas a descida de risco era de terra vermelha mole, e no baixio, os pedregulhos, dos assoreamentos pluviais, eram perigosos. Ele não teria muito tempo, com riscos de deixar a criança sozinha, pois temia haver farejadores lobos curiosos, tamanduás comedores de formigas bravas, raposas enxeridas e outros bichos que começaram a aparecer aos poucos, ao verem o pouco movimento da fazenda, o quase abandono de cuidados. Poderiam invadi-la, já tendo Álvaro observado que o próprio galinheiro tinha sido atacado, e, pelo pouco que se lembrara do que aprendera com o velho índio Nordo, as pegadas poderiam ser de onça, se não lhe falhava a memória nos reparos.

Teria que deixar as suas próprias pegadas finais naquele lugar, na existência, origem e raiz, manto de terra. Perdera o medo do Espantalho do milharal. Álvaro às vezes fazia conexões estranhas sobre o seu precário estar ali: uma ilha. E dois pôneis sobre os campos abertos e floridos da Fazenda Luar de Itararé. Crinas e cavalgadas – de uma sobrevivência emergencial dentro do possível, com quase tudo contra. Ou ele e Perci eram quase fantasmas sob a névoa da Morte Ruiva, cor de fogo, cavalgando um azalão negro? A solidão absurda; e a dor como mola mestra. A coragem é o planejamento do medo que faculta a sobrevivência? Teria que ser. Pior: também vira no chão do seu recanto algumas pegadas de pássaros que não existem.

OITO

A maior parte da água, da caixa d'água alta, nem tão pura e cristalina, apesar de gélida, vinha do alto da montanha. Até certo ponto a céu aberto, correndo entre pedras lisas e depois entre vãos de rochas subterrâneas. Depois, um percurso enorme de quilômetros por canos de taquara, que finalmente davam na enorme caixa feita de pedras. Fora seu pai quem fizera toda a engenharia hábil do percurso para serventia interna da residência. A água de beber, no entanto, potável, de confiança, achava melhor tirar do seguro poço pertinho dali, pois podia sempre ser cuidada. Depois as águas internas corriam por canos velhos de ferro fundido. Desembocando em jatos pesados pelo declive na torneira da pia enorme de cimento escuro e carcomido pelo tempo. Álvaro lavava Percival, ali, exatamente ali na pia da cozinha. Esquentava água no enorme fogão de lenha ao lado, fogão com belo forno, temperando depois a água de banho na funda pia fechada e a criança deitada nela, não exatamente gelada, nem muito quente. Propiciando um rápido e bom banho morno.

Cuidando para que a janelona defronte às bocas do fogão de vermelhão não vertessem correntes de ar frio, ou tivessem resquícios de ventos caiporas que atingissem o frágil corpo do neném tão delicado no conjunto das circunstâncias, mas já bem viçado por causa de alimentos pesados para tão pouca e tenra idade. Estava fazendo a coisa certa? Que falta fazia a presença materna. Álvaro bem compreendia. Sabia o que era isso. Passara por tal situação. Já estivera do outro lado do problema. Na correria do momento, surpreendeu-se ao misturar abacate-manteiga com sal, ao invés de açúcar cristal. Provou e ficou com ânsia de vômito. Estava meio perdido, concluiu, preocupado. Era um perigo para a criança, se não soubesse agir direito. Mas, se precisasse, cantaria uma canção de ninar para o rebento sangue de seu sangue. Talvez até, preciso fosse, feito um tio-pai babão, contasse uma historinha qualquer de ninar, se bem que o bebê mal assimilava sons, sondava movimentos, balançava a cabeça, olhos brilhantes, carregados de energia e luz. Lembrou-se da história do Coelho de Alice. Siga o Coelho de Alice, pensou, espelhos mágicos, sangue de seu sangue, luz de sua luz. Tava ficando xarope?

Quando voltou para dentro de casa, depois de sair para refrescar um pouco a cabeça e deixar de cavoucar memórias, foi que assustado viu que a pobre criança ardia de febre. Tinha a língua em gosma numa cor vermelho-escuro. Os olhos cheios de alguma espécie esquisita de remela inesperada, ainda os narizes entupidos de tatus repolhudos. E havia um cheiro quente, forte e ruim do hálito a sair da garganta doente, além da coriza vazando e um mau cheiro alertando que o pobre coitadinho tinha obrado de novo.

Assustou-se.

Estava sendo testado? Rito de passagem?

Chegou a pensar nessa hipótese um tanto remota. Não tinha muitos remédios estocados em casa, nem tantos recursos para precisão de doença grave. O cavalo que perambulava por perto relinchou curto, como se tossisse uma espécie de alerta também, e ele teve um surto ocasional de memória apurada. Repentinamente e de forma clara, lembrou-se de um chá ruim, e ao mesmo tempo esquisito, feito pela índia Luzia que se dizia neta de feiticeiros guaianases, quase extinta tribo que habitara a região de Itararé em tempos coloniais e do Brasil-Império, idos de mil e quinhentos e tanto. Era um chá de gosto horrível. Feito de raízes de amoreira silvestre, hortelã-do-brejo, poejo macerado, mais bem batida gemada de ovos de codorna e folhas de laranjeira-brava que na região havia como praga.

O gosto era de amargar, deusolivre!, lembrou-se outra vez. Mesmo assim, sem medir tempo ou distância apurada, correu cuidar de caçar o que era preciso, no mais rápido gume do tempo e do demorado procurar que fosse, para depois juntar com mel de abelhas-tiês e dar uns golpes da bebida quente para o menino dodói. A quem depois teria que vigiar a noite toda, a noite friorenta; em silêncio-quase-prece, temendo estar o pobrezinho na linha frágil entre a vida e a morte. Cuidando da delicada noite de um serzinho que estava em suas mãos, ainda que não soubesse exatamente e de forma cabal como acudi-lo, como cuidá-lo, mas, por Deus!, teria que fazer o melhor possível. Teria que fazer até o impossível, aliás. Se o menino morresse, ele se mataria. Afastou a ideia de jerico. Onde já se viu?

Pensou em Deus. Pensar em Deus era contar com o Criador do Universo? O medo converte, aviva, instiga, tira as cracas das insensibilidades revisitadas.

Em pouco tempo de desesperada procura louca, como se um Ser abençoado, catou e correu macetar bastante os ingredientes. Preparou e esperou ferver o bendito remédio indígena, natural. Atreveu-se, inseguro que estava, de até a passar as grossas e largas mãos molhadas do chá pegajoso no peito chiando da criança, na garganta, em ambos os ouvidos (vazando uma espécie de leve cera derretida), e na boca enfebre, já com os lábios partindo o intermitente calor terçã. Lembrara, no momento, por um fragmento de memória, de que lera nalgum lugar que um bebê necessitava a mesma água salgada que existe no oceano, exatamente como o conteúdo do soro de uma placenta, para sobreviver bem e saudável fora dela. Pensara em preparar um soro especial desse tipo. Estava impaciente.

Depois desse acidente de relembrança que parecia invulgar, sovado pela expectativa, nervosamente tomou e também serviu ao bebê três exageradas doses do xarope passando de quente, quase fervendo. Quase matou o pobrezinho do herdeiro.

A criança passou a noite inteirinha delirando. Virando a cabecinha mole de um lado para outro, febre alta incontida, tossindo, resmungando, gemendo baixinho com poucas forças, grunhindo ardido, forçando os frágeis pulmões e até, de certa forma, na medida do possível, expectorando aos poucos. Além de ter tido uma diarreia desandada que o pobre zelador dela, despreparado e perdido, não percebera, pois estava preocupado com a carente parte alta do corpo, não a escondida parte baixa; torcendo para que aquele anjinho sobrevivesse mais uma hora, mais um momento, mais um dia, mais um raiar de manhã, mais um lumiar do auroral, feito um pequeno paciente-cobaia de sua insegurança para tamanho ato de destreinados amores e de mal-aprendidos cuidados cheios de improvisos.

Quando o dia finalmente amanheceu inteirinho; quando ouviu de novo o barulhar das adjacências (a orquestra da natureza) e que captou que o pequeno ser humano ressonava ainda com dificuldade, mas respirava: quando viu o sol arrebentar as avencas douradas pelas frestas dos vitrais da janela dali da fazenda Luar de Itararé, foi que, mais calmo, suspirou a missão cumprida, por etapa; respirou aliviado. E se sentiu um pouquinho vencedor de mais aquele estágio de aprendizado na imensa luta contra o gomo do tempo, suas mazelas e consequências de percurso.

Quando Percival, finalmente despertou chorando de fome, arrebentando um berreiro, anunciando a acertada recuperação improvisada, ele sentiu na alma, na mente, no peito, que era mesmo o melhor e mais bonito "bom dia" que recebera em toda a sua atribulada vida. "Bom dia, Dia Abençoado do Meu Coração Enfeitado de Luz." Bravo!

Que Deus estivesse sempre assim do seu lado. Mas Deus é a soma de todas as coisas. O aço e a pelica. O amor e a dor. A faca cega no limbo.

Dias depois, no entanto, por incrível que pareça, tudo mudou para pior. A chuvarada voltou a insistir, reinando, intermitente. Depois a temperatura caiu ainda mais e depressa. As andorinhas bentas das cavernas (e das urnas de pedras dos veios subterrâneos) do rio Itararé começaram a voar rasante e baixo, sentido sul, anunciando geada, geada das bravas.

A casa ia ficar um gelo. A Serra do Bom Sucesso no cume branquelo-prata era como se tivesse um gorro diferente no seu pico, ao longe e alto, e, talvez à noite fosse vestida de uma touca branca; no momento, o sol fraco e bem merreca punha alguns poucos reflexos frouxos de sua crista de vida. "Sol e chuva/ Casamento de raposa", pensou todo frajola.

NOVE

Ligou o carro importado. Para a bateria depois não pifar, não haver falha no motor, quando houvesse precisão emergencial. Ligou em seguida o aparelho transmissor e, a popular emissora Rádio Clube de Itararé tinha "páginas musicais sertanejas com sanfonas em vanerões gostosos". E Cascatinha e Inhana cantavam: *"Quando amanhece o dia no meu sertão/ Parece que a natureza tem coração."* Depois, o repórter Hélio Porto, em um noticiário emergencial, informou que, com a chuvarada de época, a cidade estava ilhada. Várias barreiras periféricas tinham caído. Uma outra ponte interestadual – que ligava Itararé, divisa de estado, com o vizinho Paraná – tinha sido levada pelas águas volumosas das enxurradas e das enchentes do rio Itararé, impedindo o fluxo da malha viária entre as duas áreas (sudeste e sul) que em Itararé faziam comunicação de divisa. Algumas outras travessias no perímetro urbano tinham caído também. Tinha havido algum prejuízo material. Alguns casebres que beiravam os transbordantes córregos Tatit e da Prata, que corriam paralelos à cidade, deslizaram entre as barrancas arenosas. Tinha havido perdas humanas. Havia previsão de tempo ruim por meses. O Planeta Terra estava pedido. O tempo enlouquecera. A Comunidade de Defesa Civil da Prefeitura Municipal de Itararé estava em alerta para aqueles problemas locais, emergentes, ainda com riscos de doença graves como leptospirose e outras enfermidades.

Álvaro tinha sua própria expectativa ali, seu problema sazonal, localizado, para pensar outras situações distantes do seu meio imediato. Desligou o rádio e foi lanchar. Fritando dois ovos com cebola.

Comendo com bacon mal passado, mais um precário virado de feijão com couve muito mal temperado. Depois, preocupado, transido, entrava e saía de casa. Ora a sondar o tempo, ora a medir a altura do rio, ora a saber dos animais domésticos ou silvestres que andavam peregrinando pela sede da fazenda, perto de sua bela casa colonial branca, ao lado de um enorme estábulo vermelho. Pássaros entravam e saiam da casa. Como se tivessem ninhos interiores. Como se ali, local provisoriamente seguro, fosse espaço deles, alguns, talvez, com filhotes para alimentar. Enchiam o ambiente engordurado e com picumãs de rápidos e passageiros trinados sadios e confortadores. Pica-paus, tatús, preás, famílias inteiras de gambás e até algumas pacas e pares de antas ele vira rondando por perto, mais um bando de periquitos e matracas fazendo sinuoso e alvissareiro verão. Além de, aqui e ali, montes de borboletas como se de seda branca; formigonas vermelhas cor de fogo, besouros como o vira-bosta e outros, mais várias teias inoportunas de aranhas perigosas que tinham invadido o ambiente, aqui e ali já entregue às moscas, principalmente o porão e o andar superior, já que o sótão estava cheio de trastes velhos, cheirando a mofo.

Estava dentro do espetáculo da natureza, mas era ao seu jeito racional parte viva do contexto universal todo. Um elo humano, um elo espiritual.

Era como não houvesse saído nunca de casa, de seu lar-não-tão-doce-lar; a barba pretíssima por fazer. Mal asseado do principal e necessário trato cotidiano, mal enjambrado. Como se uma incompetente "mãe de gravata" carente, cuidando de sua cria recém-exposta ao curtume da vida. Mãe-pai. "Pãe" ou "Mai"?"

Pensou em sua adorada mãe, que só conhecera por um belo álbum caprichado de várias fotos (mãe pálida como leite e quase transparente) mais o ouvir-dizer da velha índia Luzia, que se tornara a sua aia ali e companhia prestimosa.

A genitora loura, olhos azuis escuros (da cor do bule de café que tinham em casa), lábios finos, sempre pintados de vermelho, muito vaidosa, delicada, sensível, culta, adorava poemas de mulheres. As chamadas poetas loucas. Tinha vários problemas de saúde para viver num local sem recursos ou fora de um lugar com hospital e especialistas por perto. Era diabética e a vida toda tivera problemas de depressão por questões de hormônio. A gravidez dela fora de risco e tinha sido, certamente, um erro do casal, que na verdade não previra um filho. Acontecera. Ela mal tinha vida para si mesma. Era bonita, extremamente sensível, mas, ao mesmo tempo, extremamente frágil. Era meiga, muito fina, espírito altivo, diziam todos que a conheceram e que, admirando-a sobremaneira, sentiram sua morte prematura.

Viu o pai de novo em várias fotos, engalanado. Sondou-o abraçado à esposa. Sorrindo de um jeito majestoso, magnífico e inesquecível. Parecia que a amava mais que nada no mundo. A mãe sempre saía mal nas fotos, de lado, prismas mal feitos. Não a via inteira. Para ele, ela nunca seria inteira? E aquela caixa de ferramentas, verde, que o desafiava. Tinha medo de abri-la. Aquela caixa parecia representar ali a autoridade paterna, de alguma forma. O que teria em seu interior? Depois, disfarçando intenções, pensou de novo em si.

A quem ele lembrava, com aqueles cabelos crespos, aquela barba grande mal cuidada, aqueles olhos enormes negros incisivos como se lessem as páginas em branco da alma das pessoas; como se lessem os leques corajosos do tempo acuando, como se lessem ausências pertencidas, tristezas vazadas, falhas em desacertos de companheirismos, amizades imprestáveis e amores servis. Tava podendo.

Hora de dar "remedinho" e "mamá" pro nenê. Sopinha rala de arroz. Arroz doce muito mal feito. Papinhas ruins. Caldo de feijão--jalo. Tentava caprichar. Precisava. Sopinha de cereais. Leite com aveia. Leite em pó com toddy. Mingau de maizena com pelotas. Argh! Improvisado mingau aguado de arroz-quirera com leite condensado vencido. Salada de amoras macetadas com coalho de leite ou mel com própolis. Inventava improbabilidades. Cada hora uma mistura. Ao seu jeito de ruim de cozinha, despreparado.

Trocou as fraldas. Ora eram normais, ora improvisadas com panos rotos.

Como cagava fedido, pensou, meio matuto. Tio Zoológico inteiro ou mero Tio-Coruja?

Arrotou, o coitadinho. "Minha Criança!" Álvaro pensou alto. Ficou feliz. Calculou: o guri era raçudo, puro sangue. Tinha ficado Bobo.

Riu-se, cheio de si. Fez panca de Burt Lancaster maleixo e cainho depois da maleita. Ou seria um estrambólico novo Jeca Tatu pós-moderno?

Ouviu – lembrou-se – muito guri ainda, da velha Aia Luzia dizendo que os alimentos como as plantas, as árvores, os ventos, os animais silvestres, as cachoeiras, a natureza, tudo, falavam, e falavam o tempo todo. Tinham uma linguagem toda própria. Ela mesma parecia conversar com todo o universo naturalmente. Era especial. E ainda dizia, contando palha talvez, que ele o guri, riquinho, cara de polenta azeda de milho branco, precisava apenas ter essência e sensibilidade para aprender a escutar tudo também em sons, cores, cheiros, estéticas, pulsações, odores, filamentos, relevos, polpas e tudo mais. Ele riu muito, achou graça daquele faniquito de sua mãe de colo e mãe de leite. Achou graça feito um burrinho de presépio, mal encruado em cueiros e talcos de berço nobre. Agora a doce e meiga lembrança vadiou em sua mente caçando o que cismar, no desenrolar do cordame das horas solitárias. Para ele, no entanto, refugiado de alguma maneira ali na fazendo em petição de deszelos e abandono, sozinho como um ermitão, encruado em toleimas, parecia, isto sim, que os benditos alimentos todos, arroz, feijão, ovos, limões, leite, farinhas, temperos, sal, óleos, pós de gelatina vencidos, tudo, se pudessem falar gritariam "Socorro, fique longe de nós, deixem-nos em paz, você não é do ramo, não sabe nos usar, vai nos estragar em gororobas terríveis... Deus nos livre e guarde".

Nunca pensou que passaria, ou melhor, que teria que passar por aquilo tudo, e, ainda assim gostar muitíssimo, sentir-se humanamente útil, serviçal.

Que experiência e tanto era aquela! Respeitava muito suas lágrimas.

DEZ

Uma águia-mãe, com certeza, tinha feito ninho por perto. Observou também alguns cavalos selvagens que tinham rompido a cerca verde de tabuinhas brancas das proximidades, e estavam ruminando na horta, entre cenouras, pés de alface, belo couval alto (com "cruquerês – lagartas de couve), agriões esparramados de florezinhas brancas minúsculas, e ainda um canteiro de pepinos já passando do tempo da colheita. E viu muita coisa mais, reparou, de certa forma preocupado.

Nuances de nuvens de fumaça em rolos altos pros lados da Serra do Bom Sucesso. Era como se um plug primitivo de vida. Sinal de presença humana, indígena, cismou, questionador, ao mesmo tempo que esperançoso. Os índios ainda se comunicavam por tapetes celestes de fumaça? Ou por tambores, apitos?. Os índios não sabem por que a lua não cai, mas aceitam e adoram o universo fantástico sem pestanejar. Há um Ser Superior, concluem! E isto basta. Sinal de gente por perto acalma quem precisa de energia para vencer etapas em todos os níveis. O que acontece com as lágrimas que não derramamos? Epictetus, filósofo grego (55/135 d.C.) dizia : "Você veio a este mundo não porque assim escolheu, mas porque o mundo precisa de você". Será o impossível?

Álvaro não pensava em ações em alta, nem se imaginava em noitadas num motel com uma mulher, a "caliente" amante amada, nem em algum véu de tristeza entrincheirada na alma, tampouco em escritórios, famílias, violências urbanas. Pensava num gracioso elo simples do outro lado do espaço geográfico que o cercava, naquela paisagem bucólica de origem, cheio de presenças antigas e revisitadas com desarmações de si mesmo. Sentia-se feito de cristal finíssimo num mundão de arames.

Tinha que se preservar.

Um dia até, pondo acentuado reparos no derredor de sua "ilha" de reclusão forçada, chegou a reparar em pegadas: pés descalços, calcanhares forçando algum peso extra. Estaria alguém furtando a fazenda, dilapidando seu patrimônio meio abandonado, buscando eventuais coisas escondidas ali? Os índios da reserva das imediações, com certeza, tinham vindo buscar alguma coisa. Talvez estoque de pequeninos frutos para repor provisões de sobrevivência em tempos difíceis, ou talvez a sondá-lo ainda vivo. Luzia não tivera filhos, adotara algum sobrinho pelo menos? Misturou estações. Adorava a aia indígena. Era como se ela fosse um piano a solar um prelúdio singelo dentro de si mesmo. Revestiu-se de ternura apurada no favo desse pensar. Era um sensível, afinal.

Nunca perdoou seu pai por tê-los despedidos, quando o defenderam resolutos, seguros e serenos de si. Eles morriam por verdades, por honras, por dignidades. Era da cultura deles serem assim. Eles morriam por companheirismos, pelo amor de suas vidas, pela família. Morriam pela grandeza cívico-comunitária do que pensavam e do que representava a corrente natural dos elos da vida, como se membros sóbrios e probos de uma orquestra de sensíveis, de acontecências afins; num meio em que o bicho-homem era mera parte comum na arquitetura das coisas, na engenharia das espécies, das "proteções" naturais, das pradarias, das florestas e relevos, das coxilhas, dos crepúsculos e horizontes.

E ele, por quê e por quem vivera? Pra provocar o que e a quem? Dúvida cruel. Ensimesmou-se. O céu por testemunha.

Quem era ele ali? Um homem e suas circunstâncias. Pior.

Era um intruso querendo origens, mimos, raízes, saídas de emergências, asas. Asas?

Era um pobre caipira encrenqueiro, detravessado, carregando culpas e neuras, um estrangeiro, um emboaba, como diriam os índios. Um estranho no ninho? Um babaquara privilegiado a cuidar de um curumim que recuperava forças, entre alguns pés de girassóis, entre intrusas ervas daninhas vergando o caule por causa de pragas, doenças, raras estiagens e amuos do tempo desequilibrado, mais matinhos vagabundos ao rés do baixio chão entre cemitérios de abandonos. A casa muito mal-cuidada, mal-caiada de branco antigo, um vento polar vindo do sul a trincar os dentes, uma vida a esperar pelas improbabilidades, sem ter termômetro ou bússola para conscientemente medir a própria constância ou não, sem qualquer estatística, dogma ou pragmatismo. Vivendo o dia pelo dia. O momento pelo momento. Deixando-se levar ao cadinho do amanhã, ao farol de Deus, como fosse que escrevesse seu livro dos dias, de páginas de rostos, no seu testamento de homens em movimentos de peças, como se num magistral jogo de xadrez, levantando, atirando, moldando, vergando, conforme fosse de sua sapiência, envergadura divina ou decisão superior.

ONZE

Um dia, logo ao mal arrebentarem as cristas alvas do sol feito um meio sonrisal no horizonte, ouviu finos e estridentes assobios rápidos, como se códigos, mensagens, comunicações primitivas. Pareciam sinais rudimentares de presenças humanas. Só podia ser. Estaria impressionado agora? Cismou um instante, mergulhando no silencial a tentar identificar presenças. Orelha em pé, sondou-se. Antenas ligadas, ficou encafifado.

Talvez fossem caçadores perdidos. Ou pescadores que estivessem por perto do rio piscoso próximo. Talvez algum contrabandista esperando carga aérea do Paraguai. Ou bandidos do narcotráfico agindo nas imediações que, segundo ouvira falar, davam bons e improvisados campos de pousos clandestinos, como soubera também por comentários de conterrâneos policiais, como o Tenente Lago de Itararé.

Pegou um lençol branco já meio amelado de poeira e uso ruim, que até encardira porque nunca era lavado como deveria (com competência), e, com um pedaço grosso de carvão de lenha, escreveu em letras garrafais um belo e pomposo S.O.S. nele. Sem luz, sem energia elétrica e sem comunicação com a cidade, estava isolado e precisava de ajuda. Valia tudo, pensou, à espera de um milagre. Mas milagres não acontecem por acaso.

Depois pendurou o lençol com o pedido de socorro junto a uma parede lateral branca da casa de veraneio da fazenda, verificando que ficasse visível no sentido da estrada, da ponte, do foco de chegada. E assim pudesse permitir a necessária visão de quem quer que viesse pelo portal de entrada do lugar. Estava precisando de socorro. E poderia agora torcer e esperar que alguém lesse o pedido de ajuda e viesse sabê-lo em precisão. Será que alguém observaria aquilo? Confiou muito na hipótese, sonhou com essa probabilidade.

Certa noite, perturbado e inseguro, ouviu barulhos esquisitos e inexplicáveis. Não era um covarde, nunca fora. Aliás, era meio metido a valentão, bom de briga, destemido e muitas vezes incoerente, inoportuno e detravessado, agitado. Exatamente como o genitor (a cara de um e o focinho de outro), reconheceu, pondo acentuado reparo nessa descoberta que o reafirmava em pose íntima. Também era bem recatado, pão-duro, comedido, quando se fazia defeso. Os amigos publicitários, maldosos, fazendo troça, diziam que ele tinha um escorpião no bolso. De madrugada, depois de trocar as já precárias roupas íntimas de Percival, de dar-lhe sopa de batatinha inglesa com farinha velha de milho branco, curioso ouviu novamente novos barulhos que pareciam de movimentações no paiol. Tomou a decisão de repente. Era assim, era seu estilo. Não podia evitar de ser o que era.

Criou envergadura. Pegou uma garrucha espanhola do ex-namorado metido a sebo da irmã caçula, meteu-a no lado direito da cintura – estava engordando – tomou também da velha espingarda do pai que estava presa pelo cordão a um grande prego enferrujado sem cabeça, e desceu amiúde, algo precavido, assomando-se silenciosamente até o local de onde sentira terem vindo as bulhas. Com certo arremedo de precaução e instinto apurado, saiu verificar o que estava havendo, caminhando silente entre sombras de calhas grandes, adjunto às pontas baixas dos tetos laterais. Entrou no paiol imenso que ficava atrás do estábulo, mas o que viu depois de muito sondar desconfiado, foi o velho cavalo já reconhecido de outras andanças por perto, como se bem acomodado no celeiro. Ali se alojara, e comia satisfeito arroz com casca, derrubando arreios, pás, selas, pelegos, mantas, diversos outros objetos de montarias. Desordem geral. Bagunça. Álvaro não podia fazer mais nada. Nem se deu por satisfeito. Sentiu-se de alguma forma vigiado, sem saber explicar por que; como se sua vida corresse perigo, como se houvesse risco para sua estadia ali, como se alguma coisa tivesse para acontecer de uma hora para outra. Foi isso o que sentiu, sem saber exatamente porque sentira isso. Tinha que dar um jeito de ilhar-se seguramente em casa. Ter provisões nesse recolhimento, para se sentir guardado de riscos, sempre alerta, para quando fosse necessário alguma resistência, algum revide por algum infortúnio, algum invasor, talvez algum "visitante noturno" inconveniente, tendo tudo à mão, uma caneca d'água, uma garapa, uma limonada, alimentos, armas, e munições, claro. E tudo isso também, para servir a quem viesse pedir alguma esmola, eventual adjutório de peregrinação, em caso de necessidade que devesse amigavelmente servir com prudência. Tinha coração mole, afinal. Aproveitou para, sem medir piedade ocasional, matar um gordo tatú-canastra que encontrou vagando na soleira da porta, e que tinha acabado de urinar entre um cidral e uma rama de roseira sem vida. Estava precisando de mantimentos. Principalmente de carne. Era prudente. Queria deixar as lapas de charque e as latas de alimentos industrializados para segurança futura. Naquela noite friorenta comeu carne gostosa, tenra, de sabor, assada no forno, fez até uma sopinha para o Percival, que já tinha um desdentado sorriso doce e mole, banguela e carinhoso de reconhecê-lo perto e prestativo. Sondava-o. Foi a sorte. Passou longos três dias preso em casa. Geara, caíra uma neblina inexplicável, e mal se enxergava a um palmo adiante do nariz. Improvisou com fios velhos de ferro elétrico imprestável e ligações com antenas de tevê, e, depois de arrancar o rádio do carro, ligando-o na bateria de qualidade, trouxe uma minúscula caixa de som para dentro de casa, colocando na mesa da cozinha, perto de uma prateleira entre vidros de molhos caseiros e latas de bolacha de água e sal. Naquela noite gélida passou ouvindo emissoras de rádios do litoral de Santa Catarina que pegavam bem com pouca estática aqui e ali. Curtindo rock, blues e jazz. Depois, samba, bossa-nova, baiões. Enquanto a criança descobrindo aqueles sons esquisitos, ora dormia, ora ouvia alguns ocasionais chiados que tudo representava barulho inovador, descobertas. Vez em quando o roufenho aparelho de rádio tinha alguma estática ocasional, saía da estação pontuada no dial, numa delas, restos de uma canção de Renato Russo (Quatro Estações) dizia, indo e vindo o som, a voz, a letra *"... porque esperar, se podemos começar tudo de novo agora mesmo/ A humanidade é desumana/ Mas ainda temos chance/ O sol nasce para todos/ Só não sabe quem não quer (...)/ Até bem pouco tempo atrás/ Poderíamos mudar o mundo/ Quem roubou nossa coragem?/ Tudo é dor/ E toda dor vem do desejo/ De não sentirmos dor/ Quando o sol bater na janela do teu quarto/ Lembra e vê/ Que o caminho é um só..."* – Talvez o guri estivesse se deliciando com a gostosa música que passou a invadir mansamente o quarto em que se achavam rendidos, mais o quente crepitar da lenha gemendo no fogo (normalmente grimpas secas caídas de pinheiros) e uma luz amelada respingada do lampião Aladim, ainda a preocupação de Álvaro em se saber seguro, cuidando do bem estar de seu protegido.

....

"Eu pegava a criança pequenina com insegurança. Com medo de machucá-la. Não brincaram comigo, quando criança, eu não sabia brincar. Como não soubera brincar ou mesmo ser criança como deveria. Mal lia uns gibis, mal rabiscava uns traços de esboços de desenhos e olhe lá. Pegava a criança, tentando dar toque de delicadeza, na medida do possível, mas, ainda assim, mãos de pau, mãos de como um empresário pega uma planilha de números, um mapa estatístico de produção. Sem treino. Sem experiência de tato, afeto. Mãos de como um toureiro pega um abacaxi (assim senti), com um baita medo brigando com o emergente estado de necessidade. A fragilidade do corpinho. Como se fosse um golfinho, um boneco vivo, um ursinho de pelica – que respira! E emociona. Enchia a enorme cuba da pia que também era grande. Temperava a água. Água quente, fervida, depois água fria que vinha das montanhas. Ali lavava o sangue de meu sangue. Depois enxugava com o que tinha por perto... à mão: panos soltos... toalhas de mão, toalhas de rosto, toalhas de corpo, toalhas de banho, guardanapos de pano, panos de pratos. A inexperiência provocada... Uma barbaridade. Só vendo pra crer. Como se um executivo no escritório improvisado. Secava o abençoado sobrinho peidorreiro e ranhento assim. Faltava pendurá-lo no varal. Já pensou? Depois o beijava, como quem beijasse a asa lilás de um anjo. E o colocava como a um abacaxi na fruteira, na cesta-berçário de imbuia cheirosa, de rodinhas. Era como se colocasse a mim mesmo ali. Não abençoava, não tinha essa visão. Não ainda. Queria que o piá sobrevivesse, depois viesse a dar o seu quinhão de luz no planeta vida, feito um rancho de estrelas. O espaço entre folhas de escritos (a ideia do livro seguia triunfante), uma parede grande, cinzazul, velas de prontidão, calendário velho, folhinha antiga. Sagrado Coração de Jesus. Percival era o passaporte além da angústia. A senha. A corrida para evoluir e descobrir mundos. Aquele guri era abençoado. Eu era marcado. Que improvisada dupla fazíamos. Mal um Batman, mal um minúsculo Robin. Batman e Robin, Legião das Sombras, Liga das Sombras? Não, Liga da Sobrevivência Possível. Um se escorando no outro. Num gibi antigo do Batman uma fala: "Não é o que sou por dentro/ Mas o que faço que me define". Isso, isso! Talvez o sobrinho-continuação fosse um elo de mim, além de mim, muito além, acima e sobre todas as coisas. Eu só compreenderia quando soassem todos os sinais, muito além dos símbolos, códigos, enfrentações. Estava aprendendo. E aprender contribui para o ego limar os cerotos da individualidade. Todos por todos. Era isso. Estava tendo lições de pertencimentos. Existencialização: é no erro que o corpo padece e aprende pelo fazer? Trouxe para perto do sofá-cama o torneado berço de imbuia com grades (busquei-o no andar superior para entrincheirar ali na copa e cozinha, seu escritório) – e era o mesmo móvel em que eu fora colocado ao nascer, órfão de mãe, ali naquele mesmíssimo lugar criado pelos índios. Até descobrir depois a rede que os índios tinham por costume usar sob tendas de lonas verdes ou azuis. Eu mal-e-mal punha as roupas que a irmã mal e porcamente comprara para o parco e incompleto enxoval do bebê. Punha, modo de dizer. Colocava e pronto. Vestia mal: não sabia combinar meinhas com blusinhas, toucas, camisolinhas, pijamas, vestimentas, aliás, a bem da verdade, nada ficava bonito, apenas vestia e olhe lá. Mal-e-mal "embalava" o guri nas roupas, como se o embrulhasse (como se a um pirulito róseo) numa proteção de linho encardido, de seda rústica, de algodão com ceroto, de flanela xadrez cafona, brega. Vestia tudo que bem protegesse. Tinha essa ideia. Vestir era importante como cuidar. Mas não era mãe, não sabia de nenhuma maneira o significado disso. Era prudente e só; na verdade apenas cobria o corpo. O importante não era cobrir, não era isso o que valia? Ah, um homem sozinho, sem mulher, é um basculante numa loja de cristais."

....

Uma noite pegou o ranhento piá no colo com avental cheirando pimenta, e, como uma espécie de mãe barbada cantou, cantou quase chorando, uma paródia improvisada de cantilena de dormir para o herdeiro. Chorava porque no fundo sabia que ninguém nunca tinha cantado algo parecido pra ele. Mas soou, como foi possível, o desafinado tio-coruja:

Boi boi boi
Boi da cara branca
Pega esse guri
Que tem medo de carranca

DOZE

Quando, mais pra frente, no tabuleiro dos dias, o sol outonal finalmente inchou a auréola inteira do dia aclareado, o manso e manchado cavalo pampa que comia sementes de girassol saiu a relinchar do celeiro em que passara a noite. Foi quando Álvaro sentiu o barulho identificador. E ganhou ritmo de sair pra fora de si, da casa em que se restara entrincheirado, sondando as matizes e iluminuras das acontecências. Saiu esticar as canelas um pouco, bater pernas, andarilhar. A perambular entre a casa e a estradela que o trouxera até ali. E depois foi sondar a casinha de meia-água fechada da antiga Aia perto de um silo de tijolinhos cor de rosa-chá.

Voltou e resolveu sair com o Percival. Carregando ao seu jeito rude no colo (lera que o sol tinha vitamina A), cobrindo-o precariamente com uma toalha e com um corta-febre cheirando a azedo de urina, vômito e baba infantil. O menino tinha tudo para criar anticorpos com aquilo.

Ele se sentia doce, meigo. Dono de si e dono daquele momento mágico de serenidade e paz, regido por suas próprias mãos e que representavam tanto, mesmo com algum risco que fosse. Mas que saberia, como soubera até então, administrar, na medida do impossível até. Não ia se entregar facilmente. Não era disso. Não era assim.

Quando Percival arrotou o improvisado e maleixo café da manhã que escoava com o romper do dia (leite com farinha e resto de arrozina), inconveniente e algo moleque imitou-o também, arrotando falso e abrupto com som de trombone-contrabaixo. Depois, pisando errado propositalmente, troteando uns passos, saiu a fingir uma dança de valsa pueril, embalando o menino ao ritmo que lhe lembrava uns trechos da famosa ária Nabuco, de Verdi, musica clássica que adorava, e que por várias vezes ouvira com a Orquestra Filarmônica de Moscou, até decorar trechos inteiros para saber assobiar certinho e afinado.

O que estava fazendo ali, naquele lugar, naquele fim do mundo, quis pensar, se recompondo, como se querendo fingir bons modos de gente adulta; ou, adultizada? Pobre Álvaro. Estava se decompondo ou ganhando alguma nova estrutura de vivência?

O cavalo Maçarico seguia-o, como se numa curiosidade instintal. Achou interessante aquilo tudo, no barulhar campal da matina. Notou que o animal, de alguma maneira, lembrava-lhe alguém conhecido; lembrava de alguma coisa ou de algo que não concebia de concluir nunca a exata interpretação inteira que fosse. Parecia vigiar seus modos, seus gestos, seu próximo passo, seu desvario seguinte, sua insegurança inédita num estoque de presenças quase esgotável. Devia estar tomando conta do local. Ou o ajudando a vigiar a casa, pensou, com algum desdém encruado. Logo em seguida teve certeza disso, quando o cavalo passou apressado ao seu lado, bufando, forçando o trote, quase fungando a força demasiada que fazia, e, adiantando-se cerca de vinte metros para frente da estradinha mal cuidada que bifurcava entre o forno de barro branco e o moinho de farinha e, de súbito, empacou. Levantou as pernas dianteiras de cor marrom e, como se estivesse tendo um acesso de loucura, começou a atirar as patas do alto ao chão, visando atingir, pisar alguma coisa imaginária, talvez um inimigo fantasma. Quando Álvaro correu curioso sondar o problema, foi que viu que o cavalo estava pisoteando a cabeça de uma cobra venenosa, de quase metro e meio de tamanho, e que acabou matando. Finalmente sentiu realmente que, de alguma maneira, aquele bendito animal estava como a lhe ser um guia, um serviçal, um vigiador. Feito um anjo da guarda, um companheiro, uma espécie de criatura "encantada" a servir de ajuda, de alguma forma, em suas obrigações; em sua ocasional serventia no intrépido destino ali empacado entre o servir inusitado ou o morrer.

Álvaro ficou imensamente grato ao animal. Até tentou passar-lhe a mão direita na crina suada. Mas o animal maltratado estranhou o gesto, selvagem, refugou bufando. Estava desacostumado de contato ou préstimo de cuidados desde muito tempo. Prometeu dar aveia e açúcar ao animal, toda manhã, para que ele precisasse arranjar sozinho somente água e grama que nas redondezas tinha de montão.

Ficou nisso a impressão mal depurada.

Olhou para os lados de sua adorada Itararé e teve saudades da escola que frequentara quando no curso primário no Grupo Escolar Tomé Teixeira, ou do Clube Atlético Fronteira, quando ia a festas sociais com o pai que jogava bilhar e cartas de baralho entre amigos boêmios, notívagos, no meio do forfé todo. Recordava de alguns amigos que arranjara na cidade que era a mais bonita do sul do estado, um canteiro de árvores frutíferas, altos pinheirais, santas nascentes, grutas encorpadas, *canyon* enorme, cachoeiras fantásticas, desfiladeiros que arranhavam o céu, além de artistas, cantores, poetas, atores, músicos, pintores e grandes pessoas no sentido ético-humanista da palavra.

Depois murchou expectativas. Em seguida levou a criança de olhos vivíssimos para dentro, começou a preparar um naco de carne de tatú, assado na casca mesmo. E resolveu fazer uma espécie algo precária de guisado. E também uma enjoativa canja de galinha com cenouras que tinha ralado para escaldar o jantar do guri, antes de recolher-se. Seria bom para todos pensou. Principalmente para aquela criança que encorpava, ganhava peso, rósea tez, ficando com a face rechonchuda, pele bem alva e os cabelos pretos, bem pretos, próprios de descendentes de imigrantes da Itália, como ele o era.

....

"A infância de Álvaro: um guri órfão de mãe desde o nascimento, com uma asa só. Que falta lhe faz uma asa mãe. Desde o nascimento, empregados rodeando, dando do bom e do melhor, a Aia Luzia sempre prestativa e solícita, o Pai sisudo quase sempre de tromba, os animais de criação enfeitando os campos, as árvores frondosas, os pássaros alvissareiros, frutas às pencas. Itararé enluada, a escolinha (o pai o levava e trazia todo santo dia), os cavalos selvagens domados e rendidos nos estábulos, as pedagogas joviais cheirando a talco, tratando-o como uma espécie de bibelô, mas o pai pondo pose, assuntando-o, deixando que o paparicassem, a Aia Luzia tendo-o como um ser todo especial; mas também tinha os seus familiares, sua tribo, seu clã, suas criações do arco da velha. Dividia-se como dava, às vezes também sobrecarregada, pondo os bofes de fora. Leite de vaca, leite de cabra, na chuquinha cara; o terreiro da infância triste e incompleta, até alguns poucos amigos curumins (filhos dos empregados quase servos) – mas o pai punha desconfio (não queria que ele se misturasse), cismando alhures, reinava, de butuca, quase discriminação. O pai vivia e morria pelos animais, os cavalos selvagens, razão de sua vida, de mando, de poder, de lucro, por tantas facilidades comerciais, mercantis. Ele, Álvaro, piá de tudo, mal-e-mal uma espécie de bezerro desmamado pela morte da mãe, guri moleirão criado como um bibelô, o herdeiro oficial, valendo pouco mais do que uma criação de raça para o velho genitor às vezes algo entrevado, quase sempre da pá virada, aqui e ali um tipo enfezado demais. Raras vezes o velho tinha para ele um afeto táctil, um brincar de roda cotia ou pular carniça que fosse, um mero afago de passagem. Mas ralhava muito, qualquer coisa, tantos motivos, razões imperfeitas de suas reinações memoriais. Que bicho o mordera? Talvez La Fontaine o enquadrasse como um asno carregado de ressentimentos. A fossilização da criatura humana, como disse Balzac? Álvaro, sapeca, muito maroteiro, topetudo, intrépido, fazendo um pandareco, sangue italiano, não guardava desaforo nenhum. Era uma no cravo e outra na ferradura também. Corria atrás de galos vermelhos nos quintais. Brincava de ler feito fuga-ilha, viajava: gibis do Flecha Ligeira, Kit Carson, Saci-Pererê, Fantasma, Tarzan, Mandrake, Príncipe Valente. Seu mundo cabia direitinho nas histórias em quadrinhos. E lia também "Rita Formiga". Personagem que ele mesmo inventara de inventar: criava, desenhava e escrevia em pedaços de compensados, em pedaços de caixas de papelão, de sapatos e de chapéus, que o pai vaidoso estava sempre comprando, pimpão, cheio de penduricalhos. Tinha pesadelos em algumas noites atribuladas. E o Espantalho Belchior Beladona – apelido dado pelo pai num dia que vira passarinho verde (que velava o milharal das gralhas azuis) – o perseguia no sonho. Quando estava para ser atacado, alcançado, levantava voo. Seu espírito saía de si. Um berreiro. Acordava o mundaréu. Corriam o capataz, a velha Aia Luzia se estivesse por perto, o vigia noturno, a cozinheira, a camareira. O pai emplumado perdia o sono, fumava o cachimbo, dava pitos, implicante. Para não perder a fronha da noite perdida o velho ia reler Shakespeare que adorava. Hamlet observava a Horácio que há mais coisas no céu e na terra do que sonhava a nossa filosofia. O menino era bem tratado, querido, quase adorado. Punha cores limpas nas cinzas da casa. O pai mais o sondava do que o acompanhava. Volta e meia, no entanto, aqui e ali, como um milagre, primavera regulando espigas no íntimo transido, levava-o a passear na garupa do cavalo Maçarico. Davam umas voltas nas redondezas, sondando serviços, guaritas e cercas de arame farpado. Ele adorava. Abraçava o pai pelas costas, sentia seu cheiro, seu suor, sua respiração, então o via como um humano como ele. Chorava escondido. A emoção é o corpo da criança percebido na rede de significados. Era carente o guri. Para passear fora da Fazenda Luar de Itararé, o velho levava-o de cabriolé, uma charrete velha (os indígenas diziam uma "gaiota"), e iam tomar dolé de groselha preta na Sorveteria do Marcondes, na Rua Newton Prado. Passavam às vezes no Bar do Calixtrato, na Praça Coronel Jordão, para uma tubaína (refrigerante caseiro, gasoso) de Abacaxi do Vilela, ou mesmo uma Crush estupidamente gelada com canudinho verde-amarelo. O pai e o cachimbo. O pai e uma toleima na fronte franzida, vaidoso, todo trancham com seu relógio Patek Philippe. Será o impossível? Às vezes, poucas vezes, o pai o levava ao *matinné* no Cine Itararé, para assistirem a uma fita em cinemascope com o Burt Lancaster. O coraçãozinho despedaçado de Álvaro enchia-se de sonhos, esperanças, fermentos, avencas, decantações entre desventuras, sensível, manteiga derretida com déficit de atenção por parte de quem mais o devia amar, vendo aquilo tudo, de alguma forma, indireta que fosse como uma ocasional ternura... recebendo então o afeto que se encerrava em seu peito juvenil. Ah, o pai prometera levá-lo para conhecer o mar. Nunca cumpriu a promessa. Um mar tinha secado em seu peito. Cacos dispersos. Telas do passado. Memória vazada como uma caneta tinteiro."

....

Agora ali, um tio babão, papel invertido, do outro lado da situação, cuidando do Percival. Lavava chaleira, bule, panela, frigideira, xícaras, tudo na mesma pia. Ali também banhava o herdeiro do futuro, entre tranqueiras, restos de cascas de batatas, de ovos, de amendoim, de melancias. Não, não tinha uma mulher dentro dele. Não exercitara nunca o seu chamado lado feminino. Bem que desejou produzir leite. Bem que desejou, para suprir o filho Perci. Era fragilizado apenas. Um sonhador, pés no chão de lágrimas batidas. Tinha sido condenado a sobreviver, a resistir, e era aí que o bicho pegava, como certo dia pensou, sondando o devir. Será o impossível? Fazia fé que iria escapar daquele desafio. Morte e vida lado a lado. O céu e o inferno. Era um pai sem ser, como seu pai o fora sem saber. A roda da vida. Não devia julgar o pai. Mas podia ser julgado pelo filhote, seu "talismã"? A vida dera uma baita volta, pensou, desconfiado. A sua busca, um juízo de valores. Qual "de-quê" o estava preparando para alguma coisa e para quando? Era bom nem saber. Jamais poderia imaginar. Um fantoche tem o direito de escolher seu prêmio no cabide de pregos da vida? O circo estava armado.

TREZE

Aquela noite foi muito difícil de dormir. Não pregou o olho. Sequer conseguiu pegar direito e inteiro no sono. E nem era por causa da criança que deitou e desarmou como um anjo em paz, até roncando baixinho, arfando os frágeis pulmões. O baixo ventre lhe doía o câncer, conforme fisgava alguma coisa na virilha por causa do problema fatal na próstata, e então arrancava lânguidos gemidos exauridos de dor, querendo, a doença, talvez, que ele não esquecesse nunca do que fora feito, querendo que ele sacasse que era finito. E que pensasse sempre na canga da miserabilidade humana, quando, por alguma alegria de instante se dava por seguro, tranquilo e em paz com suas memórias guardadas no cofre do íntimo. Era como se ele não pudesse sequer valorizar pequenos instantes de felicidade, nem de estar vivendo de forma maravilhosa e intensamente ali, pois vinha a vazante crucial da doença lhe cobrar o revés, apontar o segredo algoz do ritmo agitado da vida enfebre. Um pesadelo real. Rude cruz.

Mal amanheceu e deu graças a Deus, quando, finalmente saiu do breu com pios soturnos e enxergou a bendita luz nascente de um novo dia em sua trajetória na existência difícil. Pela janela de duas folhas da cozinha que ficava adjunta ao quarto apegado (depositara ali suas tralhas de mão), viu longínquos movimentos bruscos de um caminhão enorme do outro lado do rio, sondando ainda alguns tipos com feição de pescadores ou caçadores mateiros, teimando olhadas rápidas, intenções diferentes, medindo com preocupação os movimentos. Os sujeitos carudos, como fuinhas, de longe também medindo as estruturas dos pilares da ponte que caíra, como conferiu por intermédio do binóculo. Olhavam, falavam, gesticulavam. Alguns outros tipos polacos anotando dados, medindo, fazendo sinais. Como se relatando tudo uns aos outros, como se colhessem dados para levar para as autoridades constituídas de Itararé. Tinham jeito de pescadores. Talvez estivessem alocados em ranchos pelas redondezas, e para ali se deslocaram, inclinados a medirem os problemas que as chuvas e enchentes causaram. Pareciam pessoas tranquilas, serenas. Caboclada da região.

Pela janelona acenou feito um louco, colocando meio corpo superior para fora, agitando um improvisado pano de chão que tinha sido uma blusa de pijama velho de feltro xadrez. Gritou o mais alto que pode. Até que se resolveu de repente a sair agitando depressa os sujos trapos de vedar ventos e panos de prato com manchas de tomates. Um aloprado a correr intempestivo, sentido do local da agitação humana. Indo graciosamente e feliz ao encontro dos primeiros seres humanos que vira em meses. Os pobres coitados nem deram de imediato por ele em louca pantomina desatinada. Nem poderia alegar que se parecia uma coisa feia feito espantalho ou alma penada correndo em qualquer direção que fosse, como um tongo, um saranga, um coió barbudo e cusarruim. O fato é que, quando os sujeitos curiosos finalmente repararam em seu jeito de espantalho com faniquitos de sons e gestuais, simplesmente pegaram rapidamente apetrechos vários, entre botas, varas, latas de minhocas, puçás e mochilas verdes, e em instante como chegaram, sumiram. Tomaram de novo a condução grande. Um caminhão azul, no qual subiram. E desandou o veículo a voltar serelepe pelo caminho que serpenteava lados de uma resma de cerro verdejante com capim de bruxa, de onde certamente vieram medir possíveis futuras reformas. Ficou preocupado com o fato de não terem notado que a rede de energia elétrica que dava na fazenda caíra; que o seu canto rural estava sem luz. Os postes, entre árvores frondosas, talvez não revelassem o problema para quem passasse na estradela. Álvaro ficou um bicho, sentiu como se uma rejeição da espécie. Um ET sem contato com a terra-mãe, Santa Itararé das Letras... Ficou nervoso. Cuspiu calibre grosso de coriza e palavrão. Não compreendeu aquilo tudo direito, meneou a cabeça de nervoso, torceu o nariz vermelho de raiva, xingou a mãe do momento. Ficou de pá virada, de tromba, beiçudo. Quase trincou o tornozelo ao chutar com raiva um monte feito cupim seco de terra rente a um tufo de capim tiririca; quase atirou o boné de carcamano no chão de terra rósea. Viu o carro feito um brutamontes disparar e plantar poeira vermelha no estradão que ganhava distância. Teve uma comichão de acesso de raiva impolida. A virilha coçou um estilhaço duro de dor retesando, feito elástico puxando pelo capengar, deu uma ocasional ojeriza imensa dos seres humanos. Procurou esgotar a dor parando um instante. Afinando o tempero do ímpeto. Depois voltou, resignado, mas exageradamente hostil, calando impropérios no peito. Fingindo estar forçosamente cândido, em retorno no sentido da casa, de suas obrigações, de seu destino e de sua sorte. Não entendendo porque alguma coisa em si o repugnava; quando era quase um aprendiz de sábio ali, um verdadeiro Ser inteiro, meio zen de ocasião que até fosse, cumprindo prazerosamente seu dever com as obrigações, com a liturgia sacrificial da maldita vida que lhe escorria pelas mãos, pelos poros, pelas veias, pelo relógio de areia do tempo, até porque era mesmo um pobre traste jurado em desgraça para sempre, jurado de morte, marcado por ela. Mas não se deu piedade gratuita à frustração encorajada de ódio. Tinha que ser mais forte que qualquer obstáculo. Tinha que ser mais forte do que era realmente.

No dia seguinte, à noitinha sósia, quando fora catar cavacos, grimpas e lenha pro fogão, sentiu um impulso inexplicável de voltar depressinha para dentro da casa. Como se ouvisse uma espécie de "chamado" mal explicado em si. Estava ali, se apurando, se assuntando, como se limando os sentidos vitais. Como precisava aquecer o fogo e as provisões de lenhas eram poucas, talvez nem durassem o fogo aceso da noite inteirinha, ainda perambulou, bronco de tudo, algum tempo, entre arvoredos, atrás de achas de lenhas, cavacos de galhos secos e tudo mais. Súbito, sentiu um inexplicável baque no psicossomático. Como se tivesse sido ferido pela flecha ou lança da morte. Brecou movimentos. Era tarde demais? Os olhos viraram. O peito arquejou. O cérebro ganhou pingentes de estilhaços de luz. Babou sangue e caiu por causa de uma síncope inevitável, somada à dor do câncer como que se lhe rompendo a pélvis, sentindo-se em vertigem, para morrer. Tinha chegado a sua hora? Quedou-se. Caiu no terreno gemendo, tendo uma convulsão por causa de terrível dor insuportável. Desmaiou. Havia um espantalho... Espantalho, arquétipo do medo. Estava entregue às sombras da morte, cuja canga de dor imedida já trazia consigo, no interior de si, na incurável doença terminal. Não, não sabia ainda a compreensão íntima das acontecências. Era um espírito desorientado. Um antepassado o tomaria conta, feito um totem, na fatalidade de um lobo, um falcão, uma águia, ou mesmo um fuzilo, um relâmpago em labirisca celeste, uma seta, uma sombra (entre a sombra e a escuridão), ou um espírito ancestral evoluído?

....

Claridade opaca. Luz coada. Imagens vagas, trajadas de reflexos sem contornos definidos. Sombras que remontam a rasgaduras de linhagens ancestrais. O Eu errante em remendos sobre uma sombra-trapézio, um espelho-lâmpada, um esqueleto-ar. Túnica de pele morta agarrada à vida. A pele viva da visão oscilante, surto-circuito; a existencialização no engenho da ancestralidade. Lavoura de espíritos, árvores de estrelas. Portal da dor. O mundo nosso, o inferno de outro mundo? A minha alma gritava dentro de mim.

QUATORZE

Teve pesadelos horríveis, bizarros, dantescos. Caçadores sem rosto. O cheiro escuro da morte. Já doía saber a mortalha, a terra-mãe, Itararé. De medo suou sangue. Suou e sentiu o cheiro do medo suarento. Um canhestro Espantalho não o deixava em paz. Depois sonhou que o estimado sobrinho morrera. Depois, um novo sonho ruim emendava com outro ainda pior: vira (no seu estado depressivo) que o menino caíra num poço, depois, que fora picado de cascavel. Foi uma noite miserável, triste. Ficou um lixo. Bisonho. Sonhou que estava no purgatório, no limbo entre o céu e o inferno. Pode ver e sentir o fogo ao lado, sentir cavalos passeando por perto (e o cheiro inesquecível da sudorese epidérmica deles). Sentiu um estilete ser lhe enviado de forma indelével abaixo do bucho, atingindo o vão das pernas. Como se tocasse o nervo podre de sua dor, como se cortasse o olho negro de sua doença horrível, desgraçada. Aquilo era o inferno? E havia os empapados olhos gordos e escuros que vinham sobre si, sobre sua face de tenso. Consultando seu respirar difícil, seu prumo de oxigênio, seu ritmo cardíaco, seu pulso. Um cheiro forte de limão verde. Seu recurso vital? Ouviu gritos, luzes, sombras se mexendo, como se numa espécie precária de referência ao Mito da Caverna de Platão que tinha adorado ler. Suou, xingou, passou mal, murmurou. Teve devaneios, onirismos, letargias. Acordou. Ou sonhou que acordou. Viu. Ou sonhou que viu. Estava – ou sonhava que estava... e nada sentia. Existia e só. O espírito tateava o "Nada". Nevoeiro, filamentos de teias, reflexos e refluxos. Não sabia o que era. Gostou de ser "aquilo" que não sabia nomear, não identificava como vivível. Foi quando ouviu o choro de clarineta que identificou como se de criança e, de chofre, despertou assustadíssimo, pensando no seu nenê. Ainda bem que acordara daquele vagar.

Acordou de alguma maneira inteiro. E era muito. Quanto tempo se passara desde que caíra no terreiro pesteado de bosta de cavalo e seixos? O primeiro pensamento antes de dormir, e o primeiro ao acordar, era para o menino. Agora ali. O que acontecera? Foi a pergunta que se fez. Questinou-se, tocou-se. Estava na cama e havia alguém em casa. Quem seria? Estranhou. Alguém em casa? Cheiro de chocolate quente. Cheiro de tabaco. Tossiu meio por instinto e meio por algum raro e rápido medo avisador. Marcando presença acordada. Tentando de alguma maneira com medo encruado, marcar território. Ouviu que, o que quer que fosse de intruso em seu lar e do menino, punha em risco a segurança ali. Sentindo-se em risco ou para ser acuado mal desperto e ainda convalescendo, caiu depressa da cama, rolou. Ao mesmo tempo em que o suposto intruso que fosse, galgou janela a fora, caiu na varandinha frontal que assinalou a queda brusca com estardalhaço, em seguida sentiu que o estrangeiro inoportuno (e perigoso!) – um ladrão? – sumiu. Talvez em sentido de um areal entre pedras. A seguir certamente ganharia o bosque, depois a mata atlântica densa ali perto, e isso iria despistar qualquer ronda de cerceio ou perseguição imediata para saber quem era o tipo. Não se achava em condições normais. Estava fraco, entregue, depauperado e algo perdido. A dor sem nome provoca vazios. A muito custou se mexeu, saindo do chão que se restara, despencando pro sofá-cama ao lado do berço de imbuia com rodinhas. Contorceu-se ao máximo. Era preciso avaliar, medir tudo. O que tinha havido? Recuperando forças. Cismou. Reinou.

Havia leite quente sobre o fogão e um mingau esquisito, grudento como se fosse de algum tipo que não identificava de farinha. A criança parecia devidamente banhada com claro e percebível mimo de Mãe, mimo até de cheiro. Chegou a sentir sua presença ali ao lado e sorriu pequeno, doce e curto. Com a pequenina boca ainda esboçou um grunhido ininteligível, quase anunciador, mostrando os olhos brilhantes, alguma baba na boca como sinal grudento e mole de que tomara uma espécie de papinha especial, diferenciada ("gotosa"?). Sem que ele, no curso do momento, identificasse quem tinha feito aquilo. Mal se lembrava, num imediato, tentando recuperar sentidos, de coisa alguma. Estava como se ligado a algum fogo, talvez ritual de sonho, algum link de pesadelo de doente terminal. Teria visto a Estrela da Morte, como guardou a frase de um filme antigo de Elvis Presley? Isso ainda iria acontecer outras vezes. Alguém o estaria velando às escondidas? Procurou a caixa de ferramentas verde do pai. Sossegou um pouco o facho. Estava no mesmo lugar. Um referencial, de algum modo.

....

Entre dezenas de livros de poemas de propriedade de minha mãe Virginia Aurora, Poetas como Hilda Hilst, Cecília Meireles, Sylvia Plath, Florbela Espanca, Anna Akhamátova, e quase todas as obras de William Shakespeare e de Fernando Pessoa (com todos os seus heterônimos), achei uns restos do que seriam a carcaça do diário de minha irmã Núbia Angélica feito com papel reciclado. Lamentavelmente quase todas as páginas rotas, sujas, rasgadas – com manchas de bebidas (uísque, conhaque) nas folhas, manchas de remédios (ou drogas), talvez chá (ou chimarrão) – com apenas a última folha (de dias antes de minha chegada) sendo legíveis para algumas poucas impressões apuradas com denodo de leitura:

"Maldição! Tudo errado de novo. Só podia. De novo escolhi o tipo imperfeito, um cacareco. Nunca dei certo com homens. E sempre atraí trastes. Não ia ser diferente agora. Tenho mais nojo do que arrependimento ou frustração. Sempre me relacionei mal com eles todos. Pai, irmão, colegas, amigos, amantes, professores. Parece uma sina. Uma cruz. Agora o pai do meu filho, ao me saber de quatros meses – de barriga, "embuchada" – como disse o caipora lazarento, deu no pira. Foi cantar noutra freguesia. Refugou. Feito um bicho do mato, resolveu pular fora, se entocar nalgum lugar qualquer, fugir da responsabilidade. Pensei que com ele seria diferente. Ah o filho tão desejado. Sou às vezes uma romântica, às vezes casca grossa. Desde a perda do pai, que eu me vejo ainda mais perdida do que naturalmente sou.

O meu irmão fechado em seu mundinho, tem lá seus problemas, a luta dele, a cruz dele, a sina dele, o sonho dele. Tento pensar no meu filho, mas tudo é muito estranho agora, tudo muito diferente. É como se não fosse comigo. Tenho medo de pirar. É como se eu não estivesse grávida, não pudesse gerar. Como se fosse apenas uma gravidez psicológica. Penso agora: que preparo tenho eu, para gerar, para ser mãe? Não cuido direito nem de mim, como posso cuidar de uma criança? Não saberei direito o que fazer, como nunca soube nem pra mim. Sempre foi assim. Quando eu deveria pôr os pés, coloquei as mãos. Quando deveria colocar as mãos, coloquei os pés. Será o impossível? Estou no mato sem cachorro.

Agora, grávida e abandonada, com enjoos, resto-me rendida em casa feito uma anta obesa. Até quando tudo isso? Não sei se saberei me comportar com uma mãe, como manda o figurino. Não sei se saberei suportar a gravidez toda. Pensei em abortar. Nem pra isso prestei, nem pra isso tive a decisão, a coragem. Serão um inferno esses nove meses até o parto. Devia buscar ajuda, mas começo a ter medo de seres humanos. Não confio em ninguém. Minhas amigas do Colégio Athenas, ou do Cursinho, ou até mesmo as do Clube Atlético Fronteira de Itararé, acham que sou uma perua da pá pirada. Não vão muito com a minha cara. Acham que sou uma dondoca, metida a sebo. Será que eu regulo bem? Vá saber. Escrever é preciso. Viver não é preciso. Eu escrevo para mim, para os meus fantasmas. Há mulheres que querem que seu homem seja o Sol. Talvez eu devesse querer a Lua. Os infelizes procuram vilões para as próprias incompetências pessoais".

Tenho medo de, de novo me meter a besta, me envolver socialmente, e novamente atrair vermes. Não devo confiar nos homens. Eles não são de fritar bolinhos. Ando bebendo muito. Estou cismada, angustiada, minhocas na cachola. Ando feito uma palerma, com essa gravidez tão tolamente desejada, e agora assim, indesejada. Crise. Como posso ser perfeita, se não sei fazer a coisa certa nunca? Minha vida, que agora está de cabeça pra baixo, tem sido uma tragédia atrás de outra. Pareço forte, mas é só fachada. Sou uma frouxa. Insegura, sangue italiano, mas ainda assim e por isso mesmo, uma tola, infeliz. Nem sei direito o que é existir. Até quando isso? Quem me salvará de mim? Escrevo, leio, como, bebo, tenho enjoos, tenho medo, mas não posso esquecer de destruir todas essas tolices que escrevo. Iriam pensar o que de mim, lendo essas barbaridades? Li nalgum lugar, faz tanto tempo, que de tanto procurar monstros acabamos parecendo com um, assim como, de tanto inventarmos abismos, um dia um abismo olha pra gente."

QUINZE

Voltou a si no dia seguinte, feito um bagaço. Uma carcaça. A alvorada. Conjeturou. Cismou. Ficou reinando toleimas. O que teria se passado na noite do dia anterior? Teria sido realmente só um mero e ocasional sonhar diferente, incomum, com estoque de presenças? Ou alguém o estaria pensando? Mas, quem? Tudo era possível. As coisas mudadas, mexidas na casa, as corretas arrumações por quem conhecia do ofício. E as comidas ajeitadas, com capricho de costume e carinho de noção de cozinha e zelo?

O que se passara, afinal de contas?

Notou que em seu corpo algo obeso agora, bem abaixo do umbigo, à esquerda, havia um corte fino. Como se de uma agulha de tricô (ou espinho longo de laranjeira) que ali tivesse sido enfiado. Estranhou e ficou preocupado. O que ocorrera, por quem e por quê? Estava coberto também, estranhamente, como se por uma espécie de musgo recente, ainda cheirando ruim. Formando a cicatriz nova uma espécie de curativo com uma parte interior de casca dura de árvore cheirosa que se colava à ferida e à epiderme vermelha como se lixada. O que era aquilo? Ou seria verdade que a casa tinha fantasmas como alegavam as crendices populares?

Ouviu um relinchar que já compreendeu como amigo. Amigo identificador no mais íntimo que fosse inexplicável de si. Uma qualquer dor, identifica uma outra qualquer dor.

Lembrou-se depois de ter descoberto estoque de aveia em latas camufladas entre garrafas vazias, e amendoim cru em vidros de mantimentos. E servia doses diariamente ao animal prestimoso. Não podia esquecer que, de certa forma, ele lhe salvara de um risco anterior. Nunca mais esqueceria aquele animal e aquele dia de perigo. Mas tinha sofrido alguma espécie precária de cirurgia rudimentar (assim deu de entender), e, pelo gosto da boca, em algum lugar e momento forçaram-no a tomar alguma coisa de extremo mau gosto, muito ruim, cujo paladar azedo e cítrico ao mesmo tempo lhe sujara os lábios e era marrento na pegada da língua adormecida ou anestesiada de alguma forma.

O rádio que deixara ligado soava baixinho um resto de transmissão. A bateria do carro estava pifando. Mal dava para captar, pelo chiado sonoro em inglês, o trecho da música assoprando as frases da letra: “Perdi minha origem/ E não quero voltar a encontrá-la/ Eu me sinto em casa/ Cada vez que o desconhecido me rodeia...” (Wanderlost, Bjork, cantora islandesa). Que loucura! Quanto tempo ainda teria de descanso entre um novo rompante de dor, e uma ajuda tão necessária pelos riscos que ali corria, ele e sua parte mais sagrada que deveria proteger como a própria vida, o sobrinho Percival? A casa parecia respirar limpeza, com belezura, como se tivesse sido varrida, lavada e defumada por algum incenso. Estranhou. O restante era tudo a mesma coisa. As tralhas, os outeiros, as coxilhas, as árvores secas como espantalhos de outono, a geada que matara muita vida. Mas ainda havia codornas do campo, lebres, e algumas pontas de legumes aparecendo, sabendo ainda que, se precisasse de peixe de água doce, tinha o rio já recomposto em seu leito natural por perto. E ali sabia de boas cevas antigas para se pegar fácil algumas tilápias, pirapitingas, bagres, cavalinhas e lambaris com caniço e samburá. Podia contar com aquilo tudo, por mais algum tempo de utilidade e precisão?

O que tinha acontecido consigo, matutou, feito um arigó? Talvez sofrência no despertencimento, à margem de sua desconstrução.

Quem o teria ajudado? Um anjo, um viajante, um mascate cigano, um índio prestativo? O recanto de seu clã tinha “encosto”? Novamente o medo do espantalho ia e voltava. Quem o tinha feito sofrer uma espécie de delicada operação bem calculada cirurgicamente? Implicou.

Quem o tinha cuidado, sarado sua dor e ao mesmo tempo, cuidado de seu declínio de decrépito protetor da criança?

Deus, de alguma maneira (para um incrédulo) era misericordioso, pensou sinceramente emocionado. Nada fazia sentido exato.

Chorou outra vez em sua vida, desde que saíra de casa muito cedo, quando até passara necessidade, fora agredido, sofrera maus-tratos do mundo cão.

Sentia uma nave pousada dentro do peito, mas sentia que ainda não era hora de partir. De alguma forma compreendia seguramente isso. Tinha algumas lições a aprender. Aquele mundinho, aquelas forçadas circunstâncias, tudo lhe serviriam de válvula de escape para alguma coisa, como uma serventia da escola da vida sem nunca ter repetido. Que Deus lhe valesse, acudiu-se de pensar, tentando manter-se equilibrado, sereno. Confiante.

Uma brisa fria trouxe de longe um cheiro de presença mal escondida, clandestina que fosse. Com o cheiro – que parecia ser um pito novo, ardido, cigarro fedorento, mas inaugurado em tempo recente no lugar – encheu o ar de seu estar e ficou confiando na possibilidade de ter alguém que o sondava com boa intenção; certo prazer de saber ajudar, ainda algum medo de se apresentar com riscos de parte a parte, ao se identificar.

Estava revisitando todos os sentidos vitais, antes de dizer um definitivo adeus à senda da existência?

Pardais entraram cozinha adentro, trazendo ramos verdes nos bicos ligeiros. Mudança de estações. Fechamentos de ciclos. Ou oxigenação de seixos íntimos?

....

Deveria... deveria... (– o que não deveria? –)... a cabeça, em estilhaços de pensares, viajava a mil envelopes de arquivos neurais para a consciência de seu narciso descobrindo o avesso do espelho. Deveria... deveria... ter ido para um mosteiro, enclausurar-se, batizar-se para não morrer pagão, tentar depressinha ser um cordeiro de Deus no aprisco de um confinamento reparador... ou deveria pegar a sua cara magnun 22 de cor prata, importada da Alemanha, e dar um tiro na cabeça... no coração, acabar com tudo?

Deveria... assim mesmo, marcado para morrer, tentar cumprir a agenda concorrida de trânsito internacional – viagens, cursos, palestras, prêmios, livros sobre publicidade, sobre semiótica, memórias inventadas, prêmios internacionais – ah Deus! Tem cabimento? Num momento era como se uma águia no topo da maior montanha do mundo, vencedor, pimpão, orgulhoso, admirado, rico. Depois da maldita sentença de um médico amigo, era menos do que um grão de mostarda no espaço de sua margem, de sua íntima destruição, de sua desconstrução enquanto cabeça, tronco e membros; ligado, talvez, por uma réstia de um fio-terra que nem era mais seu cariz. A dor era como se fosse uma âncora, o colocando em si, dentro de si, preparando-se para desmoronar, morrer, dar com os burros n'água, virar pó.

Antes, tantas expectativas, ótimas previsões. Iria casar, ter filhos, ter uma casa de campo em Portugal, uma cobertura ou mansão em Boca Ratón nos Estados Unidos. Trocaria de carro todo ano, talvez adquirisse um helicóptero para se locomover em São Paulo – "da força da grana que ergue e destrói coisas belas" (panamérica de áfricas utópicas, como cantou Caetano Veloso). Sonhos, frustrações, vida sedentária, planos para dez anos dentro do espiral do futuro, tudo em vão, não sabia nem se estaria no pergaminho do dia seguinte.

Agora ali, nulo, um mero dígito num zero a esquerda de si mesmo, sentado à beira do caminho de uma trilha qualquer da estrada; estrada de tijolos amarelos do universo que certamente nunca mais voltaria a ver daquela ótica, daquele prisma, daquele jeito, com aquela dor, aquelas neuras, macetado, dolorido, entrevado. Às vezes não sabia o que fazer. Chorava bastante. Escrevia alguma coisa. Então a dor era outra. Estava no mato sem cachorro, como diziam seus bem-humorados conterrâneos boêmios e contadores de causos de Itararé. O desespero por colocar em riscos seu menino-herdeiro, sobrinho-filho, guri-continuação, piá, curumim... Perci... Mesmo assim, não podia jamais desistir de viver, não podia sequer pensar na hipótese remota de morrer. Será o impossível? Não, não ali. Não como estava. Não era de fugir de problemas. Era de enfrentar e vencer. Não ia perder pra si mesmo, jurou intimamente. Fez uma revisão da vida, de si. Escorou-se. Resiliência. O ninhal verdadeiro de cada ser humano é a aldeia em que nasceu, como um vagido. A morte é só o coração da alcachofra. Temos que tentar ir desfrutando pari-passu a bendita vida, pétala por pétala, gosto, tempero, ternura, tinta, som, sabor... grude... Aprender e evoluir é a chave do mistério.

Em São Paulo chegara derrotado, passara fome. Aos poucos e com tantas dificuldades mudara, estudara, vencera. Depois, sacou, na grande metrópole, as pessoas perdidas. Lugares cheios de cabeças vazias. Todos com celulares, *i-podes*, tatuagens, mp7, *walk-mans*, torpedos, *pen drive* – como se cincerros de gado urbano – mais a geração teflon dos jovens perdidos, querendo esquentar ideias sem terem aderência, vazios de si e com burros modelos-referenciais do entorno. Outros, tipos como avestruzes, ouvindo ranger a rede e eles pegos pra drogas, curtumes, transgressões, sexismo, violências, músicas perigosas, sim, a morte não manda e-mail. Com ele tinha sido diferente? Por quê?

Lembrou-se de uma amiga da escola de Tatuí, sua antiga e simpática colega de classe, Vitória Catarina Holtz, que um dia, dez anos depois, encontrara no Metro Santa Cruz, em São Paulo, feliz pelo encontro (o coração alumbrado). Quis conversar, quis dizer de propostas antigas, saudades, abraços apertados, desejos revistos. Talvez pintasse o clima de uma paixão platônica finalmente possível. Disse que precisava falar com ela. Feliz por revê-la depois de tanto tempo e desencontros, mas ela, correndo, pós-moderna, bufando, tensa, dizendo, sim, sim, adoraria falar com você, me manda um e-mail, para conversarmos – o sinal fechado, vai abrir, vai abrir! – e a amiga presencial se foi. Quando poderia ser vida táctil. Deixar de ser virtual. Talvez o amor de sua vida, elo e soma sequencial; tudo perdido. Aguas passadas não movem sentimentos. A cabeça a mil por hora. Narciso cego, édipo manco, deveria... o que deveria... o que não deveria?... Cada ser humano tem seus próprios labirintos e válvulas de escapes. Mas, em tempos difíceis, a solidão é sempre ultrajante...

DEZESSEIS

Um chato galo maluco com crista vermelha cantava o seu repetido solo estridente, e era bem madrugadinha ainda. O galo iniciara o tear da aurora itarareense, manhã cor de abóbora. Muito cedo ainda, cedo demais, cedo para sempre no lado "sentidor" de Álvaro mal desentrevado de tanta toleima em cismar alhures, feito um abilolado e pobre ser posto em risco crucial ou situação-limite. Abriu a janela. E viu a beleza da Estrela Vésper dependurada no céu cheio de sucrilhos brilhantes. Lua de prata no céu. A terra girava ao redor de seu eixo por 24 horas de luzes e sombras, para depois retornar ao seu ponto inicial. Ele tinha voltado também. A casa era seu refúgio. Poderia tentar sobreviver como a toupeira, debaixo da terra, roendo raízes, focinho sujo, sem se expor à claridade. Ou meter-se a besta quadrada. Reagiu, sensível. Impetuoso pensou em ganhar o terreiro nu como viera ao mundo, e, como dizia uma balada antiga, aproveitaria então para tomar um Banho de Lua.

Notou que o cavalo pampa pelo qual se apegara de forma estranha, dormia perto, rente à janela, com algumas goteiras lentas do suor noturno, feito orvalho, batendo cartão na pelica rude de seu dorso peludo. Restos de pios e sons noturnos ainda faziam eco, como se repetindo aprendizados novos. Um animal sente de que lado sopra o vento. Dá as costas e continua a ruminar. Bovinamente resiste. Os bambus se vergam ao vento e acatam "soar" a música tocada neles. Talvez devesse ter um gato. Ou um novo cachorro outra vez. Que saudades do pastor-alemão de nome Duque, que morrera picado por uma cascavel. Nunca teve sorte com animais, muito menos com o bicho-homem. Não era de pegar amizade facilmente...

Alguns mutuns (mosquitos "porvinhas") ainda picavam; como se anunciassem chuva em três dias naquelas ferroadas que até já se desacostumara de reclamar, ou de soltar palavrões cabeludos aprendidos na lavra do longe e nos becos dos licores de ausências. Detestava picadas com marcas e inchaços incomodadores que lhe provocavam alergia. Havia roupas lavadas e como se passadas com ferro de brasa sobre uma ponta do sofá da sala. Outras peças sob uma brega mesinha de centro com pote de água com cheiro.

Quem o estaria visitando regularmente durante a noite, às escondidas, enquanto ele pegava pesado no sono a sonhar que era outro, em outro país, outra realidade, uma realidade substituta, outro palco iluminado? À noite, em que todos os gatos são lebres no dizer popularesco, o seu sono pesado, era, como diria William Shakespeare, um estúdio para o refinamento educacional da Morte...

Quem o estaria ajudando rotineiramente – e usando o velho ferro de brasas de passar roupas – como se uma missão? Quem o salvava paulatinamente e para quê, para quem, para quando de identificação ou ataque definitivo e fatal? O bebê Percival forçava um gesto imaturo de tentar precocemente romper-se para fora do berço. Às vezes puxava o berço de rodinhas para perto do sofá-cama, ou da cama de campanha, assim vigiaria melhor, sentiria o sono, a respiração, a enorme presença de uma espécie de asa ali. Ao assomar-se, o bebê já teimava precocemente em galgar (de improviso) mal-concatenados galopes bobos num cavalo de ocasião, feito travesseiro de macela-do-campo. Já querendo resmungar intenções com ele, exatamente como fazia o beiço de implicância do seu finado avô.

Levou-lhe leite quente com mel numa chuquinha, mas a criança mostrava-se enjoada daquele triste espécie de repetido "purgante" matinal que era a comidinha do desjejum.

Que desperdício. Álvaro tomou no bico da mamadeira mesmo. Como se assim fizesse pique para a criança que, pito-carito, sondando, não gostou do que viu, nem da enfrentação pretensiosa.

Não tinha nem tamanho ainda, mas já tinha topete.

Notou que era uma espécie de papinha, e diferente da que fizera de precaução, no antebeiço da noitinha anterior. Alguém misturara na dose certa alguma coisa gostosa a mais. O nenê não sabia o que estava perdendo. Deixou metade para ele, precavendo-se novamente.

Afinal, aquilo era o seu café da manhã, gostasse ou não, quisesse ou não, já que o engoliria forçosamente, quase que na marra. Era muito neném ainda para ser topetudo ou mula empacada como seus familiares, como ele, tio-pai. Teria as catedrais dos anos para tamanho acinte que lhe era peculiar, no mesmo diapasão da prole e do clã.

De longe viu os belos cavalos selvagens pastando, guiados agora (e de novo) pelo velho animal que conhecia muito bem e de perto, e que às vezes parecia ser dono dali, das redondezas, dos pastos, das crias novas, da tropa toda, da manada.

Os pés de girassóis pensos pelas flores enormes cercavam todas as estradinhas, trilhas e cantos, como se fossem a moldura naturalmente bela da Fazenda Luar de Itararé também encorpada de várias primaveras com viço rubro plantadas ao longo de seu espaço divisor.

A casa tinha também forno interno, chaminé peludo de picumãs interiores, lareira côncava abandonada, uma sala de estar desusada, uma copa e cozinha avantajada, um quarto central feito suíte perto da cozinha, quando ali se alojara algumas noites (escondendo a dor do herdeiro), mais dois quartos, inclusive um de visitas raras, nunca dantes usados, e um outro bem zelado e limpo que tinha sido o seu ninho antigamente, mais uma saleta de leitura, uma biblioteca rara com armários de imbuia-brava, dois úmidos e nodosos banheiros frios, uma varandinha para o lado interno das terras, uns ajardinados sem arranjos que rodeavam tudo, um paiol adjunto a um estábulo, mais uma casinha externa. A casa do feitor mal cuidada, e, mais ao longe, uma casa branca, coberta de sapé, a menos de cem metros, que tinha sido o local em que sua aia Luzia o cuidara muitas vezes; em que o índio Nordo o alojara diversas ocasiões de fugas. Havia ainda uma pinguela campestre, travessia pedrenta precária que dava entre o córrego e desembocava, afluindo no rio das almas, tudo decorado com primaveras cor de sangue plantadas pela sua mãe Virginia Aurora.

Pela janela aberta contemplou o tapete celeste do céu e a rama radiante do estrelário majestoso chamado Cruzeiro do Sul. As andorinhas de Itararé, cavalgavam o vento como se partes do infinito. Levavam lágrimas de Itararé para as pálpebras-nuvens do Criador, Marceneiro do Universo. Itarareense não morre, fica encantado, vira andorinha, diz a lenda. Ah Jesus Maria José, as fábulas com as quais lidamos parte de nossas vidas, às vezes se tornam verdadeiras.

Não soube explicar exatamente porque, mas lembrou-se de uma canção bonita que o velho pai cantava, cuja letra veio-lhe à mente (umedecendo seus olhos desesperados) quase que cantando aqui e ali a lembrança, coração trincando cristais no peito, mais um parágrafo de emoção forjando lembranças caras e limpas como céu de primavera entrando em verão. Enquanto lembrava a letra, era como se algumas fissuras, em lanhos, fossem enluando sua alma andarilha, peregrina, viajosa, procuradora de si mesma, estágio terminal medindo prudências e arremates de teares interiores:

> "Você sabe de onde eu venho/ Venho do morro, do engenho/ Das selvas, dos cafezais/ Da boa terra do coco/ Da choupana onde um é pouco/ Dois é bom, três é demais/ Venho das praias sedosas/ das montanhas alterosas/ Do pampa, do seringal/ Das margens crespas dos rios/ Dos verdes mares bravios/ Da minha terra natal/ Por mais terras que eu percorra/ não permita Deus que eu morra/ Sem que eu volte para lá/ Sem que leve por divisa/ Esse

V que simboliza/ A vitória que virá/ Nossa Vitória final/ Que é a mira do meu fuzil/ A ração do meu bornal/ A água do meu cantil/ As asas do meu ideal/ A glória do meu Brasil/
"Eu venho da minha terra/ Da casa branca na serra/ E do luar do sertão/ Venho da minha Maria/ Cujo nome principia/ Na palma da minha mão/ Braços mornos de Moema/ Lábios de mel de Iracema/ Estendidos para mim/ Ó minha terra querida/ Da Senhora Aparecida/ E do Senhor do Bonfim/ "Você sabe de onde eu venho?/ É de uma pátria que eu tenho/ No bojo do meu violão/ Que de viver em meu peito/ Foi até tomando jeito/ De um enorme coração/ Deixei lá atrás meu terreiro/ Meu limão, meu limoeiro/ Meu pé de jacarandá/ Minha casa pequenina/ Lá no alto da colina/ Onde canta o sabiá"/
"Venho de além desse monte/ Que ainda azula o horizonte/ Onde o nosso amor nasceu/ Do rancho que tinha ao lado/ Um coqueiro que, coitado/ De saudade já morreu/ Venho do verde mais belo/ Do dourado mais amarelo/ Do azul mais cheio de luz/ Cheio de estrelas prateadas/ Que se ajoelham, deslumbradas/ Fazendo o sinal da cruz!"

(Canção do Expedicionário
Letra Poeta Guilherme de Almeida/
Música Spartaco Rossi)

....

"Pra mim tudo girava em torno de Perci. Eu tinha de sobreviver para provê-lo, doesse o que doesse, custasse o que custasse. Eu mal sabia fritar um ovo, bater uma gemada; fazia omeletes com dificuldades manuais. Espeloteado e com problemas no psico-motoro mal cortava rúcula, ou tirava "cruquerês" (lagarta de couve), sequer lavava um par de meias direito, muito mal arrancava uma espiga de milho. No entanto, às duras penas, tive que me virar como podia, e como não podia, num esforço danado, fazendo das tripas coração, dando asas à imaginação, em emergencial situação de sobrevivência. Era um estranho no paraíso? Tive que aprender na marra, aos trancos e barrancos, primeiro para me cuidar de mim, forçando barras, reviravoltando alta estima, saindo de riscos de depressão, cavando espaços no ar. Eu, um caco, querendo parecer inteiro. Tinha que me cuidar para escapar ileso de alguma forma, íntima que fosse, para assim então poder cuidar direitinho e até na medida do impossível, do meu sobrinho-filhote-continuação. Reinei. Ah frágil toleima. Cometi erros, claro. Só podia. Não sabia lidar com comidas, temperos, roupas sujas, pratos de louça ou cristal, um verdadeiro ser humano desprovido de ser treinado para ser humano. Eu sabia lidar com computador, satélite, conferência online, alta tecnologia, planilhas, números, organização, orçamentos, custos operacionais, design, mas um ser humano dependia de mim. Cruz e estrela. A beira da morte. A hora da água beber a onça. Cada minuto um sobressalto. Cada hora uma enfrentação-íntima, dura resistência pessoal. Cada dia uma eternidade, uma situação delicada. Cada sobrevivência uma reconfiguração de auto-convencimento-acolhimento para subsistir. O nó no ego, muito além do tal nó no pingo água. O que fazer? Como reagir se pifasse a minha bateria? O que não fazer? Comi pelas beiradas. Corri um bocado. Em busca. Uma mão na frente e outra atrás. Nada nos bolsos e nas mãos, como diz a canção de Caetano Veloso, meu ídolo. Já não era eu mesmo, mas uma identidade-porção, um tio-referencial, documento e integração-motivadora, um ser valendo por dois, sobrevivendo aos poucos, malemal, maleixo que só vendo. Vínculos re-estimados na porção Crusoé. Defesa-ataque. A minha motivação gestora era Perci. Cada prato, salada, legume, destempero, erro de açodamento existencial primário, invenção da nódoa, do jogo de escapar, era eu e ele ali, um nós bem pouco um e meio. Ele, a bandeira, o atiço, o farol, o frigir dos ovos. Eu, o sobrevivencial...

na alegria e na dor, no despreparo e na recomposição e recuperação afetivo-emocional, improviso e descarrego, pernas pra que te quero.

Não é fácil ser dois (ou um e meio se tanto), se eu mal me cabia em mim, sendo eu mesmo como um condenado. O guri corria riscos. Eu era um perigo. Eu, remorso e consciência pesada – estaria fazendo a coisa certa? – e ele ali, babão, com torresmo de ranho ou cingapura de cerotos (e riscos de piolhos), meu espelho-zangão. Chá. Leite. Pratos imperfeitos. Será o impossível? Cada dia, refeição, uma lambada, uma misturança às vezes sem pé nem cabeça, quando eu não errava tudo e dava com os burros n'água, um pandareco mesmo. Eu me virava como podia, intercalando altos e baixos, meios e afins. Mas não é fácil. Qual a saída? Qual a situação de emergência? Como seria um aviso, se houvesse? Uma barata na comida, prato feito? A serra do Bom-Sucesso, a falda da montanha das luzes lá. William Blake disse que grandes coisas acontecem quando homens e montanhas se encontram... Sim, sei, mas, sabei-me lá, isso queria dizer exatamente o que, num cismar alhures? Não havia esperanças para um carcamano destemperado e um bambino matusquela e mijão? Ovos fritos, amoras silvestres, farinha de rosca estragando... Misturebas. Pouco sal. Pouco açúcar cristal. Uma verdadeira mixórdia, mais mel e desafinações na mão pesada em erranças, bom pra desenho e ruim pra estimar, confeitar... fazer a coisa certa. Leite, muito leite. De cabra. Ou leite em pó, leite Ninho, leite condensado Moça. Achei que minha irmã era diabética. Eu buscava jeito, tentava, temeroso, inseguro, medindo riscos, mas volta e meia perdia a paciência, emburrava, de tromba, desanimado, ficava levado da breca, fazia o que tinha que ser feito e que Deus nos livrasse. Escapamos por pouco. Nessas situações, era mesmo um deus-nos-acuda. O sobrinho-filho era uma espécie de cobaia pra mim ali, naquele lugar ermo, enorme temporada de chuvas, sobrevivência a todo custo com o meu mal controlado pavio curto. Doía mais em mim do que nele, ou não? Cueiros, pratos, meias, talheres, restos de comida com bolor, fogo encruado, a solidão de dois. Um para morrer... outro para escapar de mala e cuia, como um fuzilo. E toma roupas, guisados, papas, ai de mim. No escritório eu era pau pra toda obra. Ali, Fazenda Luar de Itararé, eu era mesmo um coió sem varinha de pirimpimpim. Mas tudo dependia de mim, quer eu gostasse ou não. Quem mandou? Castigo? Ou saída honrosa se eu desse no couro, sobrevivência às duras penas, e poder ainda no devir dar-se ao luxo de escrever, eu, um atabalhoado contando como sobrevivi, como uma escora invisível, uma fuga (para onde, para quem?), uma descoberta (tem cabimento?); o cais das improbabilidades e a ressonância do infinito em fragmentos ali. Será que eu Sou o que sou? Lembrei do Salmo 22 que eu li certo dia "Minha força secou como uma pedra de barro/ Minha língua cola na mandíbula/ E me trouxeste para a poeira da morte". Eu estava no mato sem cachorro, mas, carente, problemático, ainda assim e por isso mesmo, duro na queda, tinha que sobreviver, tinha que escapar, tinha que me virar, se preciso fosse, latindo no quintal para economizar cachorro. Deveria existir, em algum lugar, por algum motivo, benção, milagre ou iluminura, talvez em Shangri-lá, Pasárgada, Jerusalém, Santa Itararé das Artes, Terra do Nunca, Nepal, São Petersburgo... um táxi pra estação lunar. Fiquei com medo de pirar, ficar lelé da cuca, louco varrido. Ou eu literalmente "já era"? Às vezes não vemos as coisas como elas são, nós as vemos como nós somos. Eu estava sendo premiado ou castigado? Das duas uma. A sobrevivência na enfrentação do impossível é um sintoma do sobrenatural?"

DEZESSETE

Quando me alembrava, marcava com grosso carvão de lenha na parede cinzazul da cozinha, o rol dos dias que ali se passaram, em improvisado calendário, vendo que estava rendido para mais de meses (fora longa a temporada de chuvas), contando os rabiscos curtos como se palitos manchados de tempo, entre fuligens, picumãs, teias de aranhas e um incrustado cheiro nodoso de fumaça que pesteava de novo todo o gorduroso ambiente caseiro que tinha sido arrumado por um fantasma. Homem tomando conta de casa é uma bagunça, uma vergonha só. Desesperador. Não é feitio contumaz dele. Onde já se viu? Era um burro mesmo. Burro... talvez o burrinho de presépio.

Marcava também numa parede lisa, sem os moveis coloniais de imbuia-brava, o tamanho do menino que crescia bem. E percebeu que estava com quase meio metro de altura, o bambino. Ficou contente com sua modesta competência adquirida ali. Para alguma coisa prestava, afinal. Passara no teste? Notou que sua dor tinha ciclos. Ora reinava intermitente, latejando, ora ficava no esquecimento por horas ou dias, com ele a entreter-se no estado pacífico e saudável de existir calmo e pleno, em sã consciência. Que maravilha a trégua da sofrência. Ouviu ruídos lentos como se de passos no porão. Viu galos de briga e cabras que tinham escapado em busca de comida, de sobrevivência, no servir do qual ele não era muito provedor, regular e de lembrança pontual para tanto. Fora o filhote menino, o necessário e imediato extrativismo e a própria sobrevivência, largara tudo.

Pensou em provisões. Comida? Sim, tinha algumas barras de chocolate em casa também. Aliás, tinha mais comidas no rancho do que roupas para a criança. E tinha também muita bebida alcoólica. Comia como um cavalo.

Havia um cachimbo e fumo, muito fumo. Saquinhos de tabaco importado sabor baunilha.

Agarrou um cutelinho – como dizia o índio Nordo – matou-o o mais rápido e delicadamente que possível isso foi, e dele tirou parte para assar, parte para fazer torresmo, um naco para cozer com feijão de vagem e talvez até os ossos dessem uma sopa de mocotó, e o caldo do miolo dos ossos um virado portentoso.

Vira isso num filmeco de tevê o que o referenciava como se numa espécie urbanoide de Robson Crusoé pós-moderno, com sua cara de tacho de se imaginar tanto. Numa enorme lata de banha branca enfiou alguns pedaços de carne nova do animal para que ali ficassem bem conservadas e sadias. Percival a cada dia ficava mais rechonchudo, iria gostar de carne macetada.

Afinal, também era tudo o que tinham. Agradeceu a Deus por isso. Estava pensando muito em Deus. Sinal de que o fim próximo – paragens e tardanças – avisava para preparar passaporte de crédito e fé num Novo Mundo qualquer? Cada um sabe porque o calo aperta, que apito toca ou quando a porca torce o rabo.

Tinha que ser forte até na hora que não escolhera para logo. Pensou novamente em ir pescar. Iria lhe fazer muito bem espairecer um pouco, variar os ares. Essa ideia estava iscando em sua cabeça, feito um desafio de hora e lugar. Pobre coitado.

Depois pensou no primeiro grande amor de sua vida, Brisa Maria, que morava em São Paulo. Uma loura de requinte, cabelos da cor de banana, silhueta esbelta, pela qual tinha sido loucamente apaixonado. Pelo menos achava que era a sua cara metade. Deveria ser. Nunca a desposara porque os negócios eram mais importantes; nunca tinha tempo para as papeladas, para a burocracia. A desejada também era um ponto de interrogação às vezes. Vinha dando tempo demorado para o aparato formal do definitivo SIM. O fervor da carne se arranjou com desejo fora de ocasião e propósito. O que ela estaria pensando da ausência dele?

Tentara encontrá-lo?

São Paulo, terra de guerreiros e loucos de vanguarda era seu campo de trabalho, de atuação, de conquistas. Mas eram tempos difíceis aqueles, de carestia, com um miserê periférico (fruto da política neoliberal), de carências de terceiro mundo, apesar do Brasil ser uma das dez maiores economias do planeta, só não se sabia se era uma das dez para quem, para quê, porque para o excluído povinho certamente não era; pobres coitados de tantos abandonos sociais históricos. Valores humanos genuínos sucumbindo à crueldade, inclusive do suspeito e nefando sucateamento de políticas públicas básicas, mais as amorais privatizações-roubos; os *news richs* de uma espécie de "máfia russa" paulista-paulistana das privatarias.

O país era rico para os ricos, não era rico para os pobres.

Depois ruminou inquereres e, sem muito medir consciência preferiu voltar à realidade cruel de si mesmo. Pescaria: para pescar teria que levar o menino. O pai dizia, citando uma lenda assíria de dois mil anos atrás, que os deuses não deduzem do prazo fixado para a nossa vida, o tempo que passamos pescando. Riu. Depois voltou ao reinar anterior. Cismou. Itararé estava tão perto, mas, ao mesmo tempo tão inacessível para ele ali, com carência de recursos e tantas necessidades. Sem luz, sem carro, sem celular, sem saída. Para um homem sedentário aquilo poderia ser uma volta às cavernas. O querosene que já era precário e bem usado, acabou. Teria que derreter banha ou usar óleo de algodão nas candeias.

Passou a usar gasolina e depois óleo diesel que alimentava o motor que ele improvisou, e que puxava água do poço direto para uma cisterna interna da casa. Tentou lavar melhor as roupas. Não teve jeito. Machucou as frágeis mãos de doutor ilhado num estado de necessidade.

Chegou a vestir alguns pijamas (de florezinhas) da irmã Núbia. Ficou parecendo uma "tia", uma graça, bem maricão, reparou. Vestiu também as roupas bregas do pai que lhe caiam bem, estranhamente muito bem. Usou uns casacos que o maldito do ex-cunhado caipira e porqueira deixara como se fugisse da cruz; ou do diabo que a irmã casca grossa no lidar com o sexo oposto tendia a representar. Tinha que lavar as já precárias e improvisadas fraldas de ocasião (ou fraldas reusadas), cueiros manchados, lençóis encardidos, fronhas com cerotos.

Daria uma segunda mão, ponderou, despreparado. Lavava toda a sujeira (para ele tudo igual) na enorme pia da cozinha mesmo. Como ali também banhava duas ou três vezes por dia a criança, passo seguinte em que ensaboava a louça ao seu jeito e com sabão de cinzas que cheirava diferente de gostoso.

O restante que precisava, usava como estava mesmo, como toalhas, tapetes, restos de panos, colcha de retalhos e tudo mais.

Tomou alguns necessários mais curtos banhos frios no banheiro superior, ruim, úmido, canos com vazamentos, infiltrações. Pegou resfriados graves, várias vezes, com coriza, rinite, sinusite e a garganta inflamando direto.

Passou para o menino os males que padecia – não tinha como evitar – e o pobre coitado teve chiliques, acessos de tosse de cachorro, quase piorou, mas depois se recuperou saudável, pegou resistência a viroses, bem alimentado ao gosto de seu serviçal de ocasião, sempre escapando de coisa pior.

Mais alguns dias, semanas, muito mal medidos na precária folhinha de tábuas úmidas feito calendário de ermitão, lembrou-se da irmã cara de polenta, manteiga derretida como ele, e o peito sofreu labiriscas de saudades. Pegou o velho cavalo pampa que também tinha tons de fogo entre losangos brancos – que estava sempre por perto – e foi passear no entorno, dar umas voltas.

Depois foi ver o túmulo agreste da irmã. Viu que a cruz precária tinha afundado na terra roxa, e que por sobre crescera uma tiririca-praga, perto de um formigueiro. Depressa arrancou com presteza e zelo de carinho, apreciando o denodo.

Observou que o animal permaneceu silente, como se sentindo a dor da referência. Fez buracos com o dedo indicador na terra fofa e ali plantou algumas sementes de girassóis. Era o que tinha para oferecer. Sementes. Como lágrimas do sol.

Era como se aquelas minúsculas sementes fossem suas lágrimas ameladas, de jardineiro com mãos de tesouras cuidando de vestígios de ausências. A querida irmã que morrera ao parir, mal preparada, o filho apressado e prematuro (nascera de seis, sete ou oito meses, a criança?), teria de companhia aquelas flores que eram as mais belas do mundo, pensou, algo romântico, comovido.

Mas ela estava melhor que ele, aduziu. Só o cavalo continuou a intrigá-lo. Havia algo entre estranho e mágico nele. Algo misterioso mesmo, que ele esperava um belo dia poder compreender, antes que fosse tarde demais. Teria que decifrar aquilo, entender inteiramente.

O céu de Itararé era de um jade belíssimo, com algumas nuvens gordas, como se de algodão-doce a enfeitarem-no. Reparou que eram perto de quatro da tarde, e um mesmo rotineiro avião bimotor iria passar novamente no horário de sempre, como por várias vezes em seguidos dias anteriores reparara. Seria da Força Aérea Brasileira ou da empresa de Correios? Viu o aparelho pintar no horizonte perto.

Largou a criança num cupim seco – depois de largar papéis entre verduras e frutas – feito improvisado berço de ocasião, e saiu correndo, agitado – sebo nas canelas! – acenando desesperadamente com um lenço amarelo-ovo para o aparelho que voava razoavelmente em média estatura. Correu, gritou, mas somente viu que alguma coisa foi atirada do avião. Seria uma mensagem, um significativo aviso de resgate?, suspirou, cansado do pique que dera. Acreditando. Teve esperança. O que seria aquilo? Correu em busca. Talvez fosse uma carta, uma ajuda dos céus, uma resposta.

Disparou raso perto de quinhentos metros sentido paralelo a Serra do Bom Sucesso. Atropelou capim de bruxa, barbas de bode, pedras perigosas, coração transido, desesperado, o pulmão já atingido arquejou, e o que notou, chegando perto, frustrando-o, foi apenas uma inútil e branquela garrafa vazia de Coke. Um vasilhame de coca cola.

Dentro, apenas restos de cigarros, palitos de fósforos, parte de um invólucro de Malboro ("Venha para a terra de Malboro") e cinzas. Além de um papel de chiclete adams dizendo de signos estratégicos de mídia que ele tanto conhecera e valorara no neoconsumismo bobo e inútil de seu antigo viver errado.

Teve alguma raiva do que aquilo tudo representava para ele. Monteiro Lobato dizia que o homem é uma doença da natureza, e, a pior de todas, porque é uma doença inteligente.

Fugira daquilo pela dor. Estava de alguma maneira numa espécie de céu de si mesmo, entre a cruz e a espada, mas teria que ser forte. E tentaria ser. Valeria a pena. Como estava mudado.

Não, não poderia voltar atrás para tentar fazer um novo começo. Poderia pelo menos tentar, com as próprias mãos e atitudes, fazer outro novo futuro com inexorável fim. Lera uma frase parecida e a respeito num almanaque.

Parece que os passarinhos alvissareiros reconheceram nele também uma espécie de parente, e ele ouviu a algazarra de tantos deles cantando; entendeu como se as aves cantassem "Tio", "Tio", "Tio"! Numa parte legível e extremamente lúcida de uma página de despojos, de apontamentos, Álvaro ipsis litteris relatou, inscrevendo esse momento no rol de sua vida sendo testada:

"Aquele dia de sol, dentro daquela esperança perdida, janelas abertas na alma, eu buscando um sinal que fosse e aquele ronco de motor diário, o avião de sempre, no horário rotineiro. Larguei as folhas do diário entre folhas de alfaces e pedaços de frutas silvestres; senti que teria um aviso, alguma coisa importante iria acontecer, já estava na hora. Sem pensar deixei o encardido avental verde e saí no sentido em que o avião bimotor ganharia em pouco tempo, terreiro a fora. Feito um tufão saí espavorido e logo o avião sombreou-me rapidamente, passando poucos metros acima de mim, o cheiro forte de querosene, o barulho, corri acenando feito um louco Crusoé, pedindo socorro em grunhidos, pelamordedeus, sabei-me-lá-mais--o-quê, o coração disparando xotes rápidos, um bólido talvez. Eu, como se coroado de luz e querendo uma impossível carona para sair dali. Até que o aparelho, claro, rapidamente se distanciou em segundos. E vi atônito que alguma coisa reluzente como que caiu atirada do aparelho, rebrilhou feito celeste prisma de um caleidoscópio rápido ao sol ardente, e depois como que despencou no sentido de umas pedras enormes entre espinheiros e cabras. Não titubeei, feliz, esperançoso, feito um doido varrido corri atrás do que quer que fosse a mensagem do alto; corri em busca de um bendito sinal de Deus, um elo de esperança, de ajuda, de retorno, aos tropeços lá fui espeloteado, em busca de um elo perdido, de alguma coisa que fosse retorno, sentença, final feliz, resposta, ajuda. Pobre de mim. Que frustração. Nunca mais esquecerei esse dia, esse momento, esse lugar, essa acontecência. Uma mera garrafa vazia de Coca Cola. Sucata? Senti o baque. Que bufão! Caí desesperado em mim, rindo-chorando feito um pateta. Aquilo representava um abismo simbólico para o que eu queria, o que pertencera. Nunca esquecerei o quadro cênico. Nunca esquecerei esse dia. O empresário bem-sucedido fugindo da cidade, largado no mato feito um coió sem lenço e sem documento, nada nos bolsos e nas mãos, e aquele sinal besta, meu Deus!. Não acreditei. Era o fim do mundo. Ah se Deus me visse naquela hora. Eu poderia suportar tudo, menos aquilo. Que passa-moleque levei. Eu estava sendo testado e repetira no jogo de amarelinhas da vida e da morte. Pisara na linha. Céu e inferno. O meu fio-terra estava descascado."

...

Nem pegou a garrafa vazia, claro. Sequer pensou em enterrá-la, pois era empatar toleima e perder tempo precioso. Não valia a pena. Deixou-a, voltando-se pelo caminho ríspido que viera, reparando nas amoreiras venenosas com espinhos pelos quais passara rápido, com risco de ferir-se por nada, afinal.

Deixou o casco ao anonimato prudente do pedrento local que tinha sido sujo pela presença exótica e fútil dele, e do que ela representava de efêmero. De nódoa capitalista (a água negra do capitalismo; lembrou-se de tempos de sonhador de utopias socialistas); a nódoa industrial na magnitude do todo universalmente puro. Como ele tinha mudado. Como se aprende no confinamento! Como se aprende na dor! Quais são os caminhos para descobrir verdades? No fim do arco-íris há um pote de ouro? – Henry Miller dizia: “Se você se sentir um verme, cave. Se você se sentir um pássaro, voe!”

DEZOITO

Um dia, Álvaro, não se sabe se num primeiro momento apenas pensou, imaginou, ou se havia visto mesmo algumas tendas beges armadas ao longo do curso do rio, só que bem distante das cercanias do imediato da fazenda Luar de Itararé. Tendas de lona bege, vistas de longe, algumas da cor de burro quando foge.

Depois foi que acreditou piamente no que viu: pelo binóculo observou algumas pequenas fogueiras, cavalos com celas, espécies de aparelhos topógrafos trípodes já assentados no chão, alguns outros montados e até o brilho de uma moto possante e um trator de média estatura. Estavam planejando; finalmente pensavam em recuperar a estradela e o pontilhão? Será que perceberam que ele precisaria sair daquele local, ou que a fiação elétrica tinha caído? Sentiu que deveria voltar a ter contato com cidadãos "civilizados"; pelo menos deveria tentar, deixar seu bobo orgulho atingido anteriormente de lado. Recomeçar de novo. Valeria a pena achar-se, de alguma maneira, buscar recursos, pelo menos em favor do menino. Valia a pena tentar. Queria papo furado, conversa fiada. Precisava. Era bom de prosa. Estava destreinado. Sentia falta. Vestiu-se o melhor que pode (mas não daria tempo de cortar a enorme e negra barba crespa ou cortar o rabo de cavalo), até um par de botas largas calçou, pegou a criança (que estava enrolada em duas grandes toalhas brancas felpudas com desenhos de tartarugas) e dirigiu-se vagarosamente pela estrada. Procurando não dar um pio antes do necessário. Não fazer barulho. Nem se fazer notar precipitadamente antes da hora de se anunciar Ser Humano, consciente e real, verdadeiro, de carne e osso. Queria estar perto para ser sentido, ouvido. E se fazer notar como vivente. Certamente seria compreendido, e finalmente então haveria chance de diálogo, afinal. Seguiu o percurso pretendido. Sendo seguido pelo cavalo prestimoso que apareceu em seu encalço ali, que devia ser de estimação do pai e da irmã. Procissão de lazarentos? Súbito, mesmo sem querer, infelizmente se sentiu notado furtivamente pelas pessoas daquela espécie de acampamento improvisado, aproximadamente a trezentos metros, se tanto, dele, entre uma curva de estrada, a mata atlântica e o rio espumoso a bater nas pedras leito abaixo. Foi quando houve – ouviu e viu – o pandareco todo que acarretara seu surgimento, de novo. Tudo outra vez? Não acreditou!

Alguns xucros peões de obras gritaram desesperados. Saíram correndo. Os outros, coitados, bem vestidos, surpresos com a inesperada balburdia toda, assustados como se entendessem que ele fosse mesmo uma rara aparição do dianho, caçaram a fuga desconfiada entre a razão e o emocional ferido, falaram algumas coisas que não deu de captar. Álvaro fez um gesto como se buscasse um alô, um "por favor", um dedo de prosa, um "pelo amor de Deus!", mas, parece que, se mexer lentamente em gestos lânguidos tinha piorado a situação. Foi um vespeiro. Se ele se pudesse ver num espelho qualquer, talvez compreendesse melhor o enfoque cruel do momento. Se ele soubesse que um corpo tinha sido achado com suas características no rio, que uma pasta com documentos seus também, que a fazenda era dada como se lugar de fantasmas, com almas penadas peregrinando por ali; como corriam lendas, boatos, fofocas e invencionices, talvez tivesse gritado alguma coisa ligeiramente audível e compreensível no favo todo do momento.

Mas era tarde demais para atirar para cima, falar em inglês que fosse, valer-se de língua de sinais, qualquer coisa que o identificasse como normal, verdadeiro, crível, são, um Ser Humano palpável em carne e osso. Mal sabia ele que ainda estava muito pior do que a sua aparição anterior, pois a barba era grande, por fazer, e era grisalha. Os escuríssimos cabelos enormes e mal cuidados, com um rabo-de-cavalo, davam-lhe aspecto aterrador, e, onde já se viu isso, um velho, num lugar ermo daqueles, carregando alguma coisa no colo feito um pacote de restos de uma pobre criança? Tudo era muito estranho realmente. Para um entendimento imediato era até algo assustador, uma aparição fora de propósito. Talvez ele fosse mesmo um cavalo de queixo duro.

Ele nunca compreenderia isso, surrado de lamúrias que estava até para se tocar, se assear melhor. Fio desencapado. A gritaria aloprada se fez coletiva. Umas "antas", os porqueiras caipiras? Tipos saltaram sobre banquetas, subiram nas conduções que enfezaram ruído, o trator gemeu no tranco, a moto possante arrancou poeira do chão, pranchetas com papéis voaram de mãos anotadoras, capacetes de operários humildes pularam das cabeças, e, em segundos o local foi deixado sem ninguém. Com aqueles seres covardes e supersticiosos dando no pira em questão de segundos, parecendo que estavam vendo uma mula sem cabeça, o cusarruim, o "caapora", o neguinho do pastoreio ou um extraterrestre com feição de monstro. Tudo outra vez, como ele temera de acontecer. Pagava um mico e tanto. Ele se achou o próprio espantalho do milharal de sua memória pueril. Álvaro não compreendia direito aquilo tudo. Nem se tocou das roupas velhas que usava. Nem se inteirou de seus trejeitos de personagem de cinema mudo em câmera lenta, um pobre e tropical "Chaplin Carlito-Mazzaropi-Garrincha" de barba sem fazer há meses, dos longos cabelos desleixados; dos gestos lânguidos de ternura prestimosa a carregarem o inexplicável embrulho da criança envolta em improvisados panos. Sentiu-se novamente humilhado, rejeitado pelos iguais da espécie humana. Teria que se resignar outra vez. Que provação era aquilo tudo?

Voltou para o seu canto, o seu destino algo sacrificial. Naquela noite nem tocou em comida qualquer, nem fez um chazinho silvestre, muito menos um omelete de cebola vermelha. Apenas, intimamente, teve dó, muito dó, do menino que, certamente um dia, como ele, iria enfrentar a selvageria dos humanos. Os verdadeiros cavalos selvagens da existência. Lobos de lobos de homens. A bruta selva de pedra da cidade grande entregue a ladrões e corruptos neoliberais de terno, gravata, farda e diplomas de técnicos, bacharéis e economistas, semeadores de lucros fáceis, de riquezas injustas, de lucros impunes, de podridão moral, feito podres (e inventados) PHDeuses ególatras, poliglotas e desumanos, insensíveis. A falta de um humanismo de resultados... sociologia de ação...

Mal ele sabia, pobre coitado, que, velho e muito parecido com o finado antigo pai, figura lendária e temida na região por décadas, para alguns índios fanáticos pela alma da terra, e mesmo uns simplórios tipos periféricos, carentes de cultura e pobres de espírito, ele era a própria alma penada (imagem e semelhança) do velho turrão, espírito turbulento. A vagar em busca de consolo e preces por maus atos praticados em negociatas na região de Itararé toda. Diziam, as falácias rueiras, que a pobre alma penada do velho habitava a própria alma da casa, a alma do lugar e a alma das serras azuis ao longe também. Havia folclores, boataria, mitos, crendices. Que se somavam aos rudes cavalos selvagens, pescadores enfeitados de mentiras, papos furados de seres solitários de ofício, caçadores de frutos do mato a quererem conversa afiada. Ele era exatamente o registro que confirmavam acontecências sobrenaturais e fantásticas que mal sabiam de seu verdadeiro sentimento, de sua sofrência, de sua precisão, de seu estado de necessidade, de sua precária situação.

....

"Falsificara direitinho a complicada assinatura do pai, depois de muito treino. Passou direto do curso regular para um curso supletivo, no colégio de Tatuí, interior de São Paulo. Pulou etapas. Vendeu tudo o que tinha de seu. Fez caixa. Roupas, alimentos, cobertas, tevê, aparelho de som, livros, coleções de gibis, cedês, dvds. Com o diploma do colegial garantido, pulou o muro e fugiu. Caiu no mundo. Já era tempo. Não aguentava mais. Sem lenço e sem documento, praticamente uma mão na frente e outra atrás. Não queria fazer curso técnico, nem mais dois anos se preparando para o vestibular de uma escola federal, como o pai decidira, impusera, depois de tudo. Não aguentava mais ser monitorado. Onde já se viu aquilo? Assumiria o controle de seu destino. Era pegar ou largar. Era topetudo o rapaz. Caiu na Rodovia Raposo Tavares. Mochileiro. Depois, comecinho da Rodovia Castelo Branco. Conseguiu carona fácil. Foi deixado hora depois, na Marginal Pinheiros, periferia sociedade anônima da maior cidade brasileira. Foi assaltado no Mercadão da Lapa. Apanhou. Acordou machucado na rua, cara de boi lambido. Mendigou, feito um trecheiro migrante, perdido num lugar qualquer em que o Judas perdera o *all-star*. Pensou em ligar a cobrar pro pai turrão, que já devia estar ciente de mais um desatino seu. Mas não iria passar por aquela vergonha. Voltaria formado ou morto. Na verdade, era como o pai. Sobreviveu às duras penas. Testado. Fez alguns bicos no armazém da CEAGESP. Chapa, de caminhoneiros. Um feirante o contratou, serviço terceirizado, quase neoescravismo. Precisava. Não refugou. Morava mal, vivia porcamente, mesmo assim, comendo as migalhas que caiam das mesas dos subcretinos, não facilitou. Guardava as gorjetas. Estava se aprumando quando sofreu um acidente. Caiu de um container de aparelhos contrabandeados para uma grife de luxo do Morumbi, gente da fina flor social. O crime organizado que mantinha na capital as chamadas "máfias russas" das privatizações-roubos, as privatarias. Erário público saindo pelo ladrão, criando suspeitos antros de *new-richs*. A rua de novo. Voltou a fazer bicos: pra comer e dormir em becos e cortiços. Num miserê lazarento, latindo no quintal para economizar cachorro. O difícil caminho da volta por cima. Resolveu sair do gueto do dono da feira, um explorador de "manés" com olheiros no tráfico. No bairro do Butantã, arrumou uma república de alunos da USP. Uma vaga e um bico de garçom. Depois arrumou trabalho de auxiliar de vendas em uma loja de armarinhos na Vila Sonia. Consultava bibliotecas públicas, lia feito um condenado, estudava sozinho. Começou a poupar, envenenado de sonhos, autodidata, foi praticando melhor o inglês, o espanhol, a linguagem das infovias. Curioso como ele só. Determinado. Aos sábados fazia bicos regiamente pagos: garçom em clubes da burguesia, segurança em boates de boys, filhinhos de papai, vendedor de feira de antiguidades no vão do MASP. Pensava: – Se você quer ser cachorro grande, não pode mijar com filhotes. Correndo atrás que a parada era dura. Degrau por degrau. Até que conheceu Brisa Maria de cabelo da cor de banana. Uma cisão. Fechamento de ciclo. Choque de qualidade. O Clube do qual ela era sócia, não aceitava gente como ele, a não ser para ser serviçal, pau pra toda obra. Mas ele tinha pose. Tinha papo. Tinha tenacidade entre gente chique. Foi notado. Por amizade de ocasião com ela, interesseira talvez, premeditando abusos com aquele rapaz boa pinta, e por ocasional indicação de serventia também, foi trabalhar num escritório de amigos da moça ricaça. Área de informática. Manjava bem. A empresa era de publicidade. Em uma reunião, coincidentemente enquanto esperava Brisa Maria, deu uma ideia, sugeriu um projeto ousado, cara de pau, onde já se viu aquilo, em seguida desenhou a sugestão; em segundos o design bem bolado de uma nova estética para um aparelho de filtro de água. A cara e a coragem. Desenhava bem, aceitara o momento, tinha tino. O trabalho surpreendera. Tinha estrela, disseram. O destino maroteiro o sondava. Foi achado, reconhecido. Área de Design. Uma bela promoção e o nome fazendo trilha. Iria longe, disseram. Depois entrou na USP. Firmou namoro com Brisa Maria. Um primo dela tinha capital, queria um sócio-cabeça pra pegar no breu. Entrou no mercado. Era visionário. Tinha tino. Uma natural e bela noção organizacional. Era uma mão na roda. Trabalho, dedicação, cursos, leituras, estudos, viagens, propagandas de quilate, criatividade. Um sucesso, prêmios. Reconhecido na área. Um expert, afinal. Arrumou investimento internacional, sócios no exterior. Era o cara. A firma de vento em popa.

Abriu o capital. Ações em alta. O sucesso não acontece por acaso. O pai o procurara. E, achando-o, fora pedido que nunca mais o contatasse. Que o esquecesse. O preço de uma vida. Os ensinamentos das ausências. A individualização era característica fundamental da vida contemporânea. Os homens não chegavam às verdadeiras causas de sua angústia. Os medos como construções sociais. Falhas. Derrotas, perdas, limites impostos socialmente. A individualização como opção ou como destino, sequelas da vida. Resistência. Lutou bastante. Sangrias. Depois, com o tempo exaurindo, vitórias, conquistas, ao mesmo tempo em que alguma angústia, depois medo, insônia, noites sem estrelas, saudades de Itararé, fora de casa nunca somos os mesmos. Úlcera. Estresse. Vida sedentária. Mal cuidando de si. O preço da fama. Quando viu, o registro da dor avisando, depois, os exames, depois, a doença, depois, o laudo. A identidade da dor. Brisa Maria o ajudou no começo, dando um empurrão. Mas era impertinente. E independente para servir de aia do objeto de desejo. Era bonita mas muito mandona. Cobrava muito dele. Implicava. Amor e dor? Não queria morar junto, casar, nem morta. Era rica de berço. Se achava. Mulher moderna. Alta sociedade. Consumista em potencial. Talvez o amasse ao seu jeito, ou talvez ele fosse apenas um belo feitiço de posse, um desejo cobiçado apenas para dizer que ela era melhor, ele não. Ele era um caipira. Ela era paulistana da gema. Família tradicional. Ela tinha planos. Ele tinha determinação. Talvez não se completassem um ao outro como arroz e feijão. Um namoro livre, aberto? Podia ser. Ou ela era muita melancia pro caminhão dele? Vá saber. O tempo podia amadurecer aquela relação da rica com o pobre? Romeu e Julieta era outra coisa. Romantismo brega era coisa de gente pobre, dizia ela, quando ele falava de amor e flor, sonho de valsa, viagem à Paris. Ele era carente. Precisava de uma escora afetiva. O tempo era o melhor juiz. Ela tinha o Clube Paulistano, a mansão em Guarujá, casa em Miami, jatinho, mordomos. Ele tinha livros. E cursos, estudos, planos, ilusões. Ele tinha o campo da luta. Matar um leão por dia. Era bom nisso. Cada dia uma batalha. E tirando de letra, sofrendo e aprendendo. Mas nem tinha tempo direito para usufruir, saborear, curtir as vitórias, o nome que fizera, o mito da publicidade que se tornara, fazendo história. O mito é o nada que é tudo? Era renomado, afinal. Mas como pensar com o espírito aguçado de um guerreiro em disparada, sangrando, suor e lágrimas, recuperando tempo perdido? Até que a maldita doença, o maldito laudo, ele não pensando em contar pra ela, pois podia dar com os burros n'água, acabar com o já conturbado relacionamento de "namorido" (namorado-marido) como ela brincava de dizer, para azedá-lo. Não, não iria se entregar assim de mão beijada. Não iria ouvir desaforos dela, nem levar um pé na bunda. Era orgulhoso ainda por cima. E aquela fuga, aquele mundo, aquele medo, aquela Itararé na parede da memória, o cavalo selvagem de si mesmo num páreo perdido, a pior corrida insana de sua vida. Quem apostaria nele? A sorte estava lançada. Fora dada a largada. Cabeças e crinas ao vento. Itararé era tão longe. Itararé era tão íntima. O céu poderia ser lá?"

DEZENOVE

Um beiço de noite, captou de repente, um estranho clarão externo, algo assustador. A casa estava "esquentando". O que era aquilo? O que estava acontecendo? Ao mesmo tempo em que, reparando bem, prestando apurada atenção, ouviu chiados diferentes dos quais estava acostumado na rotina cotidiana dos afazeres em meses, com a orquestra noturna da natureza. Uma espécie de lamentos esticados como se espirituais ou banzos de harmonias repetidoras, como cantorais mal concatenados de ritmo e sentido exato, quase "cantagonias". Cerrando as folhas da janelona da cozinha (estava comendo uma polenta de milho meio aguada) e viu assustadíssimo que a casa-grande estava cercada e iluminada; que uma centena de índios vestidos a rigor, em seus trajes de ocasião especial pulavam, gritavam; grandes tochas de fogo à mão e ao alto, outros, com lanças e flechas nas mãos rápidas de ritmos que ganhava volume desesperador, mais algumas descomposturas de atiço. As chamas ardiam altas. E eles todos, estranhamente continuavam de cabeça baixa, mesmo os montados em cavalos já domados e sem selas. Como se temerosos de ver o que viam. Como se exorcizassem o local ou pedissem ao seu deus Tupã, Tupy, ou outros, alguma coisa, alguma proteção talvez, alguma ajuda no caso de risco ou ritual de provação. Álvaro, prudente, acostumado a administrar crises de todos os tipos na cidade grande, asseou-se calmamente. Se arrumou como pode. Pegou a criança que dormia coberta com uns panos mal lavados e ainda cheirando à urina velha, e, em minutos, em meio as cantorias saiu tranquilamente para a varanda frontal. Tentando passar segurança. Mostrar firmeza de propósito. Ainda que demonstrando claramente a arma enfiada na cintura, mais um rifle grande preso por sobre o ombro direito, um velho chapéu de feltro preto enfiado na cabeça cuja "gadeia" (que mais parecia uma vassoura piaçava) de cabelos como se encaracolados (por falta de xampu melhor que sabão de cinzas) lhe desciam pela cabeça.

Os índios notaram-no. Um deles, parecendo o chefe, fez um sinal. E todos se calaram. Os dos cavalos desmontaram em silêncio, como se após um bom ensaio bem concatenado. Em seguida se ajoelharam (como se Álvaro fosse uma espécie de "deus" e Perci o "Jesubambino"), deixaram na grande varanda de entrada, porções de flores, frutos, legumes, raízes, material de caça, pesca e extrativismo mineral e vegetal, vasos com cactos, plantas estranhas. Depois se recompuseram, apressadamente, na pose de altivos que notadamente eram, pularam de volta no dorso dos animais, refizeram-se de alguma suspeição ou inexplicável incômodo, e saíram espavoridos a galopar, os a pés e descalços correndo com pavor incrédulo nos olhos; gritando sons inexplicáveis feito desesperos de loucos varridos, com caras contristadas de espíritos perdidos. Álvaro não sabia se sorria ou se chorava. Nem se deu conta de que espécie de ritual exatamente tinha sido aquela bruta encenação toda. Onde já se viu? Era incrível. Depois desarmou os ânimos também.

Pensou naquilo tudo como se um aviso, um fechamento de ciclo. Para a sua intuição apurada era um sinal, até que enfim. Talvez não devesse esperar mais. Seria um sinal? Ponderou que tinha que, pelo menos ganhar a confiança daqueles índios, fosse o que fosse que pensassem que ele era. Tinha que ser sensível no lidar com eles. Seriam a única tábua de salvação, a única ajuda que poderia ter a mão num raio de acesso em quilômetros. Era questão de sobrevivência e de subsistência, inclusive.

Um belo dia de sol ardido com cheiro forte de eucalipto; cheio de pencas de borboletas no balé do ar quente e acalentador, em que novamente vira com estranheza o cavalo comendo sementes de girassóis (cavalos selvagens não comem girassóis) saiu de si. Amarrou o tordilho Maçarico, arreou-o e montou o animal que lhe era coincidentemente sempre de ocasional presença e serventia. Bolou uma cesta básica com alguns utensílios caseiros, inclusive latas de sardinhas, salsichas (que vinha guardando de provisão para um eventual futuro incerto), mais alguns pedaços de lapas de charque e latas de leite em pó que a irmã tinha comprado de montão, e garrou lados da Serra do Bom Sucesso. Iria ver que apito os benditos índios da reserva tocavam. Sabia em que lugar ficava o maior grupo do resto da tribo sobrevivente. Tinha estado, quando criança ainda, com o pai e o casal Nordo e Luzia por ali, quando tinham sido respeitosamente aceitos, com algumas reservas de intenções não captadas, já que seu pai tinha fama de briguento, valentão, e ainda era bom de briga, de mira e de questões na justiça por causa de grilagens, usucapiões e outras situações desse tipo. Valendo-se de jagunços inescrupulosos a tomarem terras de posseiros, incautos sem-terra. Foi uma gritaria danada e por atacado, quando, candidamente e sem trotear o animal que montava, andando preguiçosamente adentrou a gleba que pertencia por séculos àquela nação indígena em tão reclusa e precária área abandonada.

....

"Lonas azuis encardidas – sons de tambores – lonas verdes com marcas de depositários fecais de passarinhos em voos rasantes. Improvisadas lonas de encerados crus, sem cor, entre estacas de imbuia com cupim. Lonas velhas, caindo aos pedaços – com podiam morar ali? – lonas com ceroto do tempo marcando as agruras de rotina. Barracos caindo, outros mal se sustendo em pé, casas de tabuinhas de pinhos, construções precárias sobre pedras, ao pé de uma rabeira de colina; pé de serra. Pequenas cavernas com lampiões de querosene ou espiriteiras de álcool. Casas de sapé, moradias entre árvores enormes com a copa frondosa e verdejante de teto feito um chapéu verde, algumas poucas criações mal-nutridas, o chão sujo entre areal e terra-roxa, poucas plantações de subsistência, um milharal quase seco, pedindo para ser colhido, guanxumal, cidral, crianças perebentas com ranho e amarelão aparecendo na epiderme, veios d´água, fogueiras de grimpas secas de pinus (resíduos de pragas de extensas áreas de reflorestamento da região), aqui e ali, rareando, brasas acesas, moscas varejeiras (beronhas) procurando lixo e húmus, gamelas de todos os tipos e tamanhos, alguns pés de araucárias dando cheiro à coxilha daquela espécie de vale entre pedras à beira de um morrete, de um lado o sopé de uma fralda de montanha, ao longe, bananeiras bichadas, lagos de criação de peixes, algumas tilápias e bagres secando ao sol com sal; cheiro de doce de cidra, cheiro de carne seca num guisado com batata vermelha da terra. Cheiro de barro de olaria. Cheiro de flores silvestres, de mel ardendo no lombo do dia, céu de brigadeiro, senhoras índias gordas macetando milho e batata-doce, alguns índios disfarçados, vigiando, outros, dissimulando medo no derredor (viram fantasma ou o próprio instinto de sobrevivência azeitando queixumes históricos?), criações de codornas magras, olhares desconfiados, tristes, cainhos, sem perspectivas – sons de tambores – um lugar com muita palha, entre pilões e monjolos, outro, com muito feno; outro com abóboras murchas, mandiocas secas, melancias brabas (terra ruim), mais cumbucas, penas de patos e penas de gansos selvagens entre carrinhos de mãos, pás enferrujadas, enxadas, carroças em condições precárias, charretes (que eles chamam gaiótinhas), cavalos domados, pangarés com sarna e carrapato, algumas gordas ratazanas de celeiro. Eles deveriam caçar, pescar, quando não tentando sobreviver aqui e ali como caseiros de ranchos em cafundós; boias-frias em fazendolas clandestinas, alguns tipos vendedores de beiras de estradas, jardineiros, zeladores, quando por direito são os restos-descendentes de primeiros brasileirinhos, de antigas nações indígenas agora selados com o próprio destino da sobrevivência abandonada, e ainda assim, como diz o Hino Nacional Brasileiro, nossos irmãos nativos "dos filhos deste solo..."

"Sons de tambores. Códigos? Mensagens? Nuvens de fumaças. Avisos? Perigos? Tambores e fumaças: eles se comunicavam entre eles... eu teria sido detectado? Um fantasma a cavalo... com uma criança... garraiada... os deuses enviavam um espírito a galope para assustá-los, talvez disseminar doenças... riscos... (não fora sempre assim?) preços que eles deveriam pagar em nome do homem branco, o cara-pálida que destruía a natureza... quebrava a sintonia orquestral da vida... Eu era um estranho no ninho. Eu era um idiota e já não penduravam os idiotas em árvores... Quando o homem branco chegasse, viria a dor ou a loucura? A cólera, a posse, ou ainda a triste guerra azeda por aquelas vastas terras, diques, florestas, usurpações, maldades... extrativismos... monopólios. O homem, a pior poluição do planeta Terra."

....

Uma espécie de feiticeiro mambembe e pondo os bofes de fora, veio em sua direção. Arremessando contra sua chegada lerda e segura, porções de cinzas que arrancava de um antiguíssimo chifre queimado de bisonte, uma relíquia sagrada pra eles. Álvaro mostrou esperta segurança, mesmo fraquejando no íntimo. Trazia Perci seguro às costas, amarrado com um corta-febre. Os índios não eram nunca selvagens, poderiam compreender melhor sua situação, se tudo fosse bem explicado, esclarecido. Álvaro pegou o fuzil e atirou para cima. Depois, atirou a arma ao chão. Em seguida jogou a outra arma perigosa aos pés do feiticeiro e de umas velhotas que choravam, como se ele fosse o próprio demônio em pessoa. Um dos chefes da modesta aldeia veio sabê-lo a curta distância. Medindo gestos e intenções. Precavido. Cara de tacho disfarçando o medo, mostrado os estilhaçados olhos negros acesos, esbulhados de terror. Estava mais vermelho ainda, num misto de raiva ou acesso de loucura pela inusitada invasão de privacidade. Um fantasma nunca era bem vindo entre eles. Então Álvaro entendeu: para ser existente, mostrar-se vivo, tinha que derramar seu sangue. Seria isso? Não titubeou um só instante. Nem por força.

Tirou uma faca de cortar tubérculos ou legumes (que sempre trazia consigo para ocasião de podas, arrancar folhas de chás ou cortar legumes), puxou a manga da blusa e, sob os olhares atônitos de todos da aldeia que foram surgindo do nada em instantes, arregaçando a manga da camisa azul precisando de lavagem completa (era do pai e lhe servia bem), fez um pequeno talho curto no braço que em minutos abriu e em instantes logo sangrou. Levantou o branquelo braço esquerdo. Esperou o corte se apresentar rompido e apontar vermelhidão, e, em seguida mostrou o sangue pingando no chão arenoso da aldeia. Depois se lembrou: mostrou a sua sombra enorme sobre o cavalo, refletindo no chão liso, como se varrido por vassoura piaçava, do local. Fantasmas e demônios não tinham sombras. Em instantes passou, de leve, a faquinha na testa. Que deixou um cortezinho escuro e alguns pontos de sangue que não verteram mas apontaram o que ele queria dizer, no demonstrar rápido e direto. Era doloroso, mas era um meio de se dizer presente, carecido e, principalmente vivo. Não um fantasma do passado a lhes querer enfrentar de algum modo, por alguma falha humana ou consciência pesada de quem quer que fosse, por algum histórico motivo ou razão.

Tirou de uma grande "guaiaca" velha de couro, metade de casca de tatu com carne gorda cozida só com sal grosso. Mordeu um naco para mostrar que era bom e seguro. Elogiou o gosto na fronte satisfeita e depois ofereceu o animal morto, temperado e pré-cozido a um curumim que mais corajoso se assomara por perto do cavalo que bufava, como se com cansaço e assustadíssimo, pois já era velho, tinha dentes amarelos, além de olhos dizendo que estava com seu tempo vencido na tábua existencial da terra.

Sentiu que dominara de alguma maneira a situação e os riscos. Aquilo tudo tinha sido jogo de cena. Fizera sentido. Valera a pena o sacrifício, o teatro de absurdos.

Alguns índios desenxabidos riram de repente. Desarmados de intenções agora, reavaliando, seguros de si, tirando dos olhos atiçados o medo, a tensão. Depois encompridaram as risadas que a todos contagiaram. Riram muito. Todos risadores agora, ridentes. Riram-se a valer. Tinha posto paz no favo do momento. Era preciso. Saiu-se bem.

Uns apontaram-no como se envergonhados. Uns, mais confiados ou mesmo afoitos, até tocaram o cavalo suado. Enquanto algumas mulheres mexeram em suas pernas, tocaram suas coxas, como se o medissem para saber se era realmente de carne e osso. O fantasma estava vivo. Álvaro sentiu que dominara a situação, em que pese algumas velhas implicarem com o fato dele, um varão, um macho, estivesse a cuidar de uma criança, coisa que isso seria naturalmente obrigação de mulheres velhas, de fêmeas, de viúvas e avós, como de costume entre elas. Mas aquilo não importava. Tinha passado na primeira prova.

O velho chefe finalmente chegou mais perto, mirou-o demoradamente nos olhos e indicou delicadamente que apeasse. E se sentasse nalguns bancos de pedra bruta. Álvaro não queria confusão e tinha que se mostrar, em todos os sentidos, muito mais vivo que eles. Se bem que eles eram de uma cultura muito mais gratificante e idônea sobre o ponto de vista ético-sócio-comunitário que a dele, pseudocapitalista, selvagem, predador. A Teoria de Gaya venceria?

Sentou-se ao redor de uma fogueira meio desarmada de quentura. Um enorme bule verde comunitário exalava cheiro e fumaça. Um cachimbo repousava a ponta pouco acesa ali. Umas galinhas do campo enfiadas em varas estavam sendo assadas lentamente pela quentura de um braseiro de pedras, entre inúmeros carvões idênticos. Foi lhe servido uma espécie cabocla de licor de alguma fruta desconhecida do campo. Licor?

Depois de tomar e achar o gosto horrível, foi que viu o vidro de onde ele viera: era uma bebida porqueira de água salgada com restos de alguma coisa putrefata (assim compreendeu), mais algumas frutas, raízes e vegetações especiais. Segurou o gosto do nojo na boca, repelindo-o, e forçou o necessário engolir urgente a seco. Os índios sondavam-no, mais seguros de si.

Sugeriram que ele comesse alguma coisa. Ele recusou, mas, mostrando-se prudente, gracioso, sorridente, polido. Vieram com o cachimbo de barro e pinho. Deu uma chupada leve e tossiu repetido e de forma barulhentamente rude. Todos riram, confiantes de que ele era mesmo do universo natural deles, principalmente porque era meio bobo, branquelo frágil. Os fantasmas eram mais duros, eternais, perigosos, tinham missões, falanges.

As velhas tomaram conta do sobrinho Perci como se ele fosse um anjinho cor de mandioca descascada caído do céu. Foi quando viu uma velha de longe a sondá-lo. E a reconheceu, espavorido, quase querendo gritar a chamá-la desesperado que se achou, olhos cheios de lágrimas, coração disparando um jato, a boca seca, o câncer dando um estranho toque fora de ocasião, fora de propósito.

Só podia ser a querida velha Aia Luzia, a maravilhosa índia Luzia! Perdeu as estribeiras do momento. Então ela não tinha morrido de velhice?

Despencou da pose. Se não fosse acudido a tempo, amparado, talvez a face barbada caísse nas pedras quentes que mantinham o fogo agora a crepitar nalgumas folhas secas entre cavacos de cascas de árvores.

VINTE

Sons de pífaros, chocalhos, pandeiros rústicos, guizos estridentes, maracas, tambores roucos e repetidores no ar quente próximo. Além de uma espécie estranha de bruma. Percebeu repentinamente e num entender primário e imediatista que fosse, que tinha "morrido" (o que quer que morrer significasse naquela hora). E que a velha Aia que ali como se o adorava, era um anjo vestido de branco. Ele sabia que um anjo não chuta o balde, não mete o pé na barraca. O anjo ali carinhosamente dava-lhe na boca o soro da vida eterna, o afeto da estima revisitada em reconquista de retorno, naquele encontro maravilhoso de descanso terminal, pois se sentia como se dentro da luz, um elo no arquivo cósmico de luz. Ou teria sido apenas um momento em que teria – por milésimos de segundos – ido até o "vale da sombra da morte" (como diziam os evangelhos) e de lá retornara por chamado de alguma cantoria, algum ritual-chave, alguma bebida feita de milho mascado na boca pelas índias virgens, e depois azedado pelo curtume do tempo que, certamente fermentava e tornava a própria baba-remédio essencialmente vital e renovadora? Esteve perto do coração das trevas.

....

"Zona neutra... zona neutra: Eu poderia buscar num lugar parecido como aquele, o entendimento dos sons, gritos, pertencimentos, desespelhos, desabandonos – e descobertas; proteções além das minhas incompletudes. Num encontro profundo comigo mesmo, tentando escapar da prisão das incertezas, das ansiedades, das vozes... choques de tons... movimentos, tintas, pavores... Ah o tempo às vezes foge de nós. Eu estava escondido dentro do meu cérebro, "vivia" de alguma forma ali... mantendo-me de vidas (outras vidas?). O meu exílio não era de partida, era de estadia."

SEGUNDA PARTE

"Quando os homens se calam, quando o demônio do ruído está muito no meio do seu templo, no meio de uma cidade adormecida, é então que o tempo eleva sua voz, e se faz ouvir à minha alma. O silêncio e a escuridão tornam-se seus intérpretes, me desvendam a sua marcha misteriosa. (...) Vejo-o no céu impelindo a sua marcha misteriosa. Vejo-o no céu impelindo diante de si as estrelas para o ocidente. Ei-lo, conduzindo os rios para o mar, e rolando com os nevoeiros ao longo da colina. Escuto: os ventos gemem sob o esforço de suas rápidas asas, e o sino longínquo estremece a sua passagem terrível (...). Aproveitemos o seu curso. Quero empregar utilmente os instantes que ele vai me roubar."

(*Viagem ao Redor do Meu Quarto* – Xavier de Maistre)

UM

"Não herdamos a terra de nossos pais, mas a tomamos de empréstimo de nossos filhos."
(Lester Brown)

Parecia que – mesmo de certa forma ainda frágil e extremamente sensível – Álvaro finalmente compreendera que o tempo caía numa espécie de funil, e depois numa redoma de dimensões, gomos ou favos – ali um século valia por um segundo e um segundo valia por um século – lugar espetacularmente extraordinário (e terreal) em que estavam depositadas todas as verdades legadas, das ciências naturais às mais incríveis e mirabolantes histórias do universo, dos Seres Humanos, muito além do Anjo da História, do Cavalo Amarelo, da Visão de São João na Ilha de Patmos. Não teve medida, na verdade, de quanto "tempo terrestre" esteve ali, fechado numa espécie inexplicável de silo de sofrimentos, como se dentro de rituais, sons, quenturas – a maldita e inoportuna febre terçã da doença dilacerando! – e de olhos fechados contemplava estupefato (mas não entendendo quase nada de nada) inúmeras danças tribais; espécie de Seres como se mascarados; roucos e repetidores tambores (que davam como se "nós" no seu cérebro); sons primitivos e selvagens, em compasso com seu coração também disparando idêntico estágio vibracional no peito.

Sentiu que a velha Aia Luzia (uma vidente? uma sensitiva? uma feiticeira?) ia e vinha com os braços compridos; as prestativas e abençoadas mãos, os olhos virados (em transe?), os prestimosos gestos repetidos a lhe darem coisas ruins, porções amargas; algumas que tirava de potes, até alguma coisa que parecia arrancar, com uma taquara fina, das tripas de um sapo amarelo e preto, raros naquelas paragens. Mas não podia reagir de jeito algum, não tinha como. Não tinha qualquer força, sequer precário movimento entendível para isso, a não ser simplesmente ficar estupefato e "olhar" parado, pasmo; e só aceitava aquilo tudo com reservado pavor, porque não podia repelir ou evitar. E engolia a seco e com mal administrado nojo muito mal incontido em si, quase regurgitando. Tinha que guardar... lembrar o exato som, exato cheiro, exatas traduções, tintas, sombras, movimentos, gestos... Só que estava mais quebrado do que arroz quirera de terceira. Só podia.

Viu-se por várias "viagens", de alguma forma nu entre muitos olhos aparentemente conhecidos; observou diversas máscaras que parecera decorar no íntimo passado de transido; quando se viu perto de uma conhecida "parede de chorinho" (grunhido sonoro de criança) cujo soar quase que podia tocar com as mãos, com os olhos, com os sentimentos apurados. Era o choro feito solo de clarinete; viu-se perto de uma luz diferente e enorme que parecia o sol como se a lhe oferecer um abraço de quentura, naquela quarentena de letargia que mesmo assim lhe queimava os glóbulos oculares, a alma sensível, a pele do íntimo, o atribulado espírito sofrido pelo machado de corte dos seus dias semeados de vivência sedentária.

Notou precariamente que estava num espiral de um túnel de luz. E estavam como se operando novamente nalgum lugar perto da virilha; como se estivessem tocando seu câncer terminal, sua dor de antagonismos aceitos implicitamente, seu destino crucial. Sentiu que desmaiou várias vezes, indo e vindo, como centenas de vezes foi e voltou para algum lugar maravilhoso muito além do sol (e muito além de sua compreensão miseravelmente humana), desde a ver, num refluxo contrário ao relógio do tempo, a infinita estrela de fogo da morte, até estar ali, num mundo podre de sangue, como um primitivo cordão humano natural, com carência de pão, de peixe, de fermento, com sede e com tantas outras inexplicáveis coisas mais.

Deram-lhe vários tipos de águas com raízes. Sentiu isso. Deram-lhe espécies de porções sagradas de remédios (de receitas milenares) e algumas misturas de fórmulas especiais, tratadas com coisas amargas. Ofereceram-lhe também sopros de fumaças pegajentas. Parecia um ritual. Uma pajelança? E ele estava bem no meio, bem no centro daquilo tudo. Era o alvo. Era a dor dele o objetivo da cura pretendida. Ora consciente, ora inconsciente, sentia-se às vezes leve como uma pluma – voava na asa de uma águia azul, feito Pássaro-Flor; planava no tapete oxigenado do ar infinital – ora sentia-se pesado como pedra-carvão, duro, queimando a própria construção de alguma interioridade já desaprendida em descaminhos de ancestralidade. Depois, era enorme deserto. Em seguida um animal conhecido que nunca identificava o galope. Sentia a fragilidade da linha tênue entre o sono e o sonho, o sono-sonho e a sombra tenebrosa da última morte que há muito morrera. E morreria de novo. Quantas mortes há na morte? Só a morte sabe.

Ao mesmo tempo sentiu-se intuitivamente como se estivesse seguro, em boas mãos. A velha e prestativa Aia ali estava, feito mãe ocasional, feito ajudadora de novo, sempre amparo, serviçal, perene de gestos e solícita serventia, mãe de leite, mãe de zelo. Reparou também, quando divagava, num misto de letargia química provocada e um onirismo de rara sensibilidade deslumbrada, de voltar a estar em si. E que junto com a Aia carinhosa vinha uma mulher de roupa toda branca, reluzente, de pele clara como véu inexplicável, de rosto alvo mas estranhamente "sem olhos de condição humana", que parecia com o que vira de sua finada mãe numa antiga e amelada fotografia em preto e branco, desbotada, feito uma sépia espiritual. Fez essa conotação de semelhança, na névoa, treva branca. Parecia que sua mãe Virginia Aurora estava sempre por perto, representada por aquela espécie de sacerdotisa indígena. Lembrou-se de seu querido pai por quem já nutria renovado apreço e elo de amor ressurgindo. Viu-o então cavalgando um animal enorme, depois desmontava do animal feito de lanças estranhas sob tapete de estrelas binárias, e vinha sabê-lo ali perto da fogueira. Mas também não tinha olhos para vê-lo de forma nua e crua, apesar de trazer colado à face uma máscara também negra no lugar do que deveria ser o rosto. Ou nunca haveria uma face inteira? O que estaria pagando e por quê?

Parecia que, pensar numa coisa qualquer, era como criá-la ali, naquele estranho mundo novo, espaço desconhecido, de uma espécie de meta-espírito. Depois viu que o transfigurado fantasma do pai, afeito a laços de ternura com a imagem estética da mãe toda vestida de uma espécie transparente de seda branca, montou no animal. Voavam por sobre os ares de sua fazenda. Entre girassóis enormes, altíssimos, arranhando os céus, pontes diversas (até as que não sabia que havia), por sobre coxilhas e prados, serras azuis distantes, trilhas inteiras, difíceis, carroças carregadas de passado, veios de águas montanhosas, mundos e sub-mundos diferentes, distâncias de coisas imedidas, planícies celestes, mil bordados de zilhões de sistemas de estrelas binárias, sóis de várias luas e anéis elísios, luas de vários anéis de gases lilases, terras diversas de várias dimensões, semideuses de muitas mãos e vários olhos, até alguns que vigiavam sua vida-morte e davam àquelas pessoas tidas como humildes, não civilizadas, o poder de terem sua precária vida em mãos ágeis de lisura, dignas, porque de edificações, limpas da civilização, por isso mesmo hábeis, prestativas, humanas, comunitárias e, por isso mesmo sábias.

Ouviu um chorinho identificador de sua estadia. A "chave", a "chave", cismou. Pousou. Voltou-se à si, a estar em si.

Com ternura incalculável pensou no pobrezinho do "Perci". Sentiu uma saudade caipora. Quase que fez beiço de amuo. O estilingue do afeto.

Uma índia disse com voz mais do que humana "Seu filho". Ele sorriu feliz como se fosse atingido pela energia daquele chorar tão puro. Como queria ser criança de novo, fazer tudo diferente, amar quem tinha que amar sem medidas, exigências, regras, provações para agredir e chamar atenções negadas. Mas era seu sobrinho-filho, sua continuação de sangue; por aqueles pés estaria no futuro, no terceiro milênio. Por aquelas mãozinhas ergueria vidas e plantaria sonhos, por aquele estar futuro aprenderia melhor a alma humana. Não existia exatamente para isso? Amou aquele gume de momento, aquela visão próxima, encantadora de ser um pouco parte daquilo, dono daquele ente meigo. Quando se notou presencial de si novamente, estava dentro de uma cabana tosca, coberta por tecidos grossos, um foguinho baixo entre pedras por perto, e as mulheres índias curtindo seu herdeiro branquelo como miolo de mandioca-vassourinha descascada, dando-lhe banho com água de arroz, água de cheiro, enquanto precárias avencas de sol punham-se de fora para dentro, revelando a nudez divinal de um novo dia. Estava vivo. Era isso o que realmente importava. O coração agora estava sereno. Tocou-se, buscando se encontrar. Achou-se da posse inteira de si. Vivo. Jesus Maria José! Cavalinhos-de-são-jorge (libélulas) no ar.

Notou que estava com parte da virilha enfaixada por gazes rústicos (de linho arado) entre a perna direita e o baixo tronco, rente ao fêmur. Olhou para o teto interno da tenda e viu cocares e flechas, além de um pequeno buraco por onde a fumaça ganhava o espiral do mundo. Sentiu que sua respiração também ia por aquela fumaça leve, que sua vida ganhara forças novas ali. Foi quando algumas velhas levaram Perci para longe de sua visão curta e entrou o que seria o urbano chefe da tribo, tendo a mão um aparelho que era uma espécie pouco moderna de um celular pré-pago, que mais parecia um tijolo de tão velho e encardido, fora de moda.

Era a ponte para o chamado mundo civilizado. Mundo civilizado?

DOIS

Não explicaram muita coisa, porque certamente não sabiam ter palavras a respeito daquele exercício de medicina natural. Ou porque aquilo simplesmente era comum no contexto todo da antiga história deles, desde antes do continente ser invadido pelo insano branco colonizador. Os índios só eram de diálogos necessários na composição do inevitável. Diziam as lendas que havia maravilhosos diálogos nas bandeiras do silêncio, e o próprio silêncio para eles era a exata respiração do punho sagrado da natureza-mãe. Às vezes, para eles, era sacrilégio, quase pecado, falar além da conta. Diziam, inclusive, que para muitos deles o silêncio tinha vibração própria, às vezes sendo eficazmente contagioso. Ou decodificador, para uso vital, avisador.

Observou que um deles reservadamente mostrou ter também um outro aparelho celular de telefone, e reparou que era um índio dito "civilizado" que trabalhava em uma Serraria de toras de pinus em Itararé, até fizera estudos noturnos e já frequentava regularmente um curso especial na Faculdade de Filosofia, Ciências e Letras da cidade de Itararé, tachada como a capital artístico-cultural da região, uma espécie de Santa Itararé das Letras. O tipo, com macacão de brim acetinado azul, sabendo com compreensão naturalmente limpa que a fazenda não era como diziam "terra de ninguém", tampouco uma área de fantasmas, viera por ali colher ervas aromáticas que floriam bem nas imediações, e, sabendo do Dr. Álvaro Henrique inteiro e totalmente vivo ali, emprestara o celular carregado para que ele o utilizasse como quisesse. Álvaro, depois de refeito e de observar muito feliz que o Perci estava gordo, saradinho, bonito (produzindo sons, sondando, engatinhando, mal sentando, rolando, sem dentes) reconhecendo-o com um sorriso inteiro e de se sorrir na alma, pensou seriamente se devia religar-se ao mundo dito civilizado. Se devia mesmo contatar seu escritório na Rua Frei Caneca, perto da Avenida Paulista, em São Paulo. Ou se devia deixar tudo como estava e continuar de certa forma seguramente escondido ali, descansando das moendas da existência entre uma serena tribo harmoniosa, dando chance ao seu sobrinho-filho de crescer digno, altivo, muito melhor do que os "caras-pálidas" que estragavam o futuro do futuro, com poucas chances de justiça social no mundo contemporâneo, um mundo conturbado, se desfazendo, do aquecimento global a sequelas sociais, neuras urbanas, grifes-tribos, mais uma anunciada hecatombe que podia ser o fim do hediondo capitalismo selvagem já decrépito. Ah... as coisas arraigadas na alma humana, que dão prazer e estabilidade emocional, são substituídas pelo consumo insano do tal "barato" tecnológico, até o esquecimento ético-plural-comunitário que a sociedade da hiper-informação efêmera nos afunda...

Ficou dias curtindo a recuperação do "estar ali" novamente, não usou de imediato o bendito aparelho. Deixou as circunstâncias atenuarem os mosaicos de precárias intenções. Depois sentiu que devia fazer realmente alguns contatos. E assim, tomando-se de coragem, finalmente deu vários telefonemas, fazendo uma hábil avaliação e partilha do que deixara no cálice do longe; seus negócios rendosos, suas ações em alta, a riqueza conquistada, sua fama de lutador talentoso, seus prêmios de renome, sua empresa de comunicação com escritório filial até na Europa. Sentiu que naquele palco privilegiado do campo podia avaliar melhor a vida, depois de saber como tudo tinha sido medido por causa de seu desaparecimento acidental de meses. Pensou, refletiu. Tomou atitudes. Era duro na queda.

Depois foi resoluto. Resolveu agir, medida as proporções de estima, e as proporções do sistema capital. Ao final de várias horas de telefonemas a cobrar, teve uma noção de tudo. Avaliou-se, encafifado às vezes. Ficava ora irado com os contatos, ora absurdamente feliz. Sempre sem sair do eixo afetivo natural e seguro que estava, vendo a realidade agora sobre um prisma sagrado, extremamente sério, humano e deveras racional. O mundo lá fora era um inferno. Seu lugar era dentro de si. Ali era feliz, de alguma maneira, por algum motivo. A sagração de Itararé, berço esplêndido, Cidade Poema, bonita pela própria natureza, terra de poetas, contadores de causos, pintores, músicos, cantores, atores, trovadores, corais, além de pescadores e historiadores de priscas eras. Com o que ficou sabendo da cidade grande, tudo em si fortificou a opinião de que devia mesmo largar tudo, para sempre.

Pediu para contatarem um amigo de adolescência, colega do Clube Atlético Fronteira de Itararé, o Advogado Doutor Pedro Luciano de Mello, e solicitou que agendassem uma reunião para dias depois. Os índios o levariam numa carroça coberta de lona junto com o menino até a cidade, por uma trilha subterrânea que passava por baixo das águas do rio das almas (um túnel rochoso natural), que só eles conheciam por milênios. O guri tomaria as vacinas que se fizessem necessárias, seria registrado no Cartório, teria uma avaliação médica total. Ele falaria com o advogado e de forma jurídico-legal tomaria algumas necessárias decisões que seriam para sempre, depois retornaria com o curumim-Perci para sua fazenda que se ocuparia de reconstruir. Era o melhor a fazer. De uma forma precária e até de certa forma indireta, fora inteirado que "tinha a morte contida em si", que talvez realmente não durasse muito, e que a espécie de operação que os índios fizeram era apenas para que a vida lhe fosse prolongada o máximo possível. Quando, chateado, curto e grosso indicou a alguns amigos da não entendida existência em bruma da velha aia Luzia, disseram que deveria ter sido uma visão, desconversaram, disfarçaram. Alegaram que ela tinha voltado para dentro da montanha sagrada, e que um dia era possível dele a poder sentir presente, e então poderia ganhar um "estar" com ela. E ainda informaram, quando ele perguntou da própria doença terrível, fatal; simplórios explicaram: -Fumaça, cigarro, bebida, cadeiras, vida sedentária, o não andar e não correr, o ambiente, as lembranças, tantas implicações, acidentes íntimos, fugas, implicações do ser sedentário, dióxidos, ácidos, tudo isso lhe tinham dado o gatilho da morte, a cultura da doença que adquirira por causa da vida que levara. Quem era o carrasco do homem? A sociedade? Os ressentimentos? As castrações? Ponderou: glórias e misérias sob o pêndulo das opressões e assombros. Marcas forjadas a partir de nós mesmos. Incertezas frente a limites. Miserabilidade. Tudo nutrindo a pilha de uma auto-sobrevivência cruel, com degradações sociais. A face mefistofélica da sofrível natureza humana em tempos de muito ouro e pouco pão? Problemas emotivos, consciência pesada, cólera contida, amarguras, ódio transmitido, neuras adquiridas, vinganças indiretas, situações emotivas desagradáveis, constrangimentos degradantes, depressões com máscaras, a própria pobre filosofia de vida que lhe dera aquilo de herança. Era simplesmente colheita do que plantara, mal explicaram. Mas ele compreendeu. Algum instinto em si compreendeu, mesmo que tardiamente. A dor o tornara sábio? Era isso o que sempre tinha sido: Uma busca desesperada para o Nada! Uma busca louca para estar à beira do abismo. Uma existência sem sentido? Não acreditou. Também pudera.

Frustrações e desequilíbrios. Pele e alma enrugadas. A velocidade do lucro, o diálogo da luta; a alma da determinação insana é a mesma do espírito que atribula, do medo que molda, de uma forma de vegetar-se querendo ser o que não deveria ser, às vezes pensando que se pensa, achando que é o que não é. Forças biológicas e sociais. É duro o infinito aprendizado da dor. Jean-Paul Sartre já dizia que, não importa o que fazem do ser humano, mas o que ele faz do que fizeram dele. E, em busca de ser vencedor, conquistar sempre, ter posses, bens, Álvaro, de alguma forma se esquecera de existir; em algo de essencial se anulara, fizera-se ruim do que fizeram do mais puro de si. Pulando tantas etapas evolutivas, desviara mal os rumos que direta ou indiretamente atingiram o psicossomático para uma tendência, acabando por herdar uma dor, resposta de uma doença. Era tarde demais, mas não era tarde para sempre. Podia agora olhar o caos no metabolismo, o resto da vida-espelho de frente. Um sobrinho-filho lhe acionara o plug-chip do kit da existência. E os índios lhe deram o bip da paz, o verdadeiro sentido da luz. Estava ligado. E estar "ligado" ali, era habitar um novo canal de frequência. Estava, como diziam os contadores de causos de Itararé, com um pé na jaca. Há um tempo diferenciado que às vezes renomeia tudo dentro de nós. Conhecera a "liberdade na morte", naquela saída de si.

A morte não existia. A morte não existia?

Em que lugar estivera por instantes aproveitáveis e sadios, quando "operado" (espiritualmente?) vira que a morte como a conceberam para a humanidade e para ele, na verdade não existia. Era esse o mistério que tantas babéis e babilônias invalidaram. Estava, finalmente, em paz consigo mesmo. E, selado de morte, estando em paz consigo, era como estar dentro da luz, para poder esperar evoluir um dia, e encontrar as pessoas que amava e que nem sempre dissera que amava: seus pais, sua irmã. A morte seria o seu único passaporte?

Preparou-se para voltar à chamada "civilização". A sua adorada e belíssima Itararé o esperava de novo. Para sempre. De novo para sempre. Afinal, o que importa mesmo é o sucesso da jornada, não o destino dela. E a grandiosidade não é exatamente o chegar ao fim, mas estar caminhando, estar na jornada, na busca.

TRÊS

Itararé, Cidade Poema, graciosa pela própria natureza, continuava linda. Bucólica e pitoresca, cândida. A história do Brasil passava por ali; revoluções, os canhões de Itararé, tropas. Itararé, trincheiras da legalidade, sentinela da fronteira, da divisa.

O cacau quebrado (como chamavam os paralelepípedos quase centenários do centro velho da cidade) davam peculiaridade ao encantado perímetro urbano, com seus pinheirais, ipês amarelos, pessegueiros floridos, laranjeiras e chilreios de pardais, cotovias e pomposos sabiás marrons de peito amarelo. No escritório do advogado Dr. Pedro Luciano de Melo, tomou as necessárias decisões. Formalizou arranjos legais, assinou papéis hábeis e procurações de mandos, a partir do que soubera os rumos que tomaram suas coisas, ações, direitos e bens, na capital do estado. Doaria tudo. Sim, era essa a decisão. Perci tinha sido registrado e, com a Dra. Carolina Chueri, sobrinha de um estimado amigo pintor, Jorge Chueri, sofria um completo check-up, para avaliar seu estado de saúde como um todo. Uma equipe médica da Santa Casa de Misericórdia de Itararé achara que isso era o melhor para o menino. Sabiam do problema do tio, único parente, que bancava tudo.

Pensou situações e decidiu.

Sua namorada Brisa Maria Pilar, que adorava até algum tempo atrás, tinha feito um boletim de ocorrência sobre o seu desaparecimento, pedia uma pensão, e, até mesmo – num litígio já em trâmite pelo foro paulista – a herança total de seus bens, já que tinham um convívio-concubinato romântico (união estável) de mais de dez anos e ele desaparecera misteriosamente. Achava que tinha direito legal a isso, se o sumido não tivesse herdeiros diretos, e ele não os tinha, pelo menos identificados e antes de Perci. Então compreendeu que a mulher que amara bastante, e na qual não tinha pensado muito – sinal que não a amava inteiramente e nem era primordial? – era como todo mundo: interesseira, dissimulada, falsa. Estava cansado de ser usado. As ações da empresa estavam bem cotadas no mercado, estavam até em alta, pois os negócios com sua forçada ausência não pararam. O sócio inglês Charles McCarthur, que tinha na empresa metade das cotas, se propôs a comprar sua parte na firma, por um valor acima do que o próprio mercado estimava. Sim, o famoso Álvaro agora reaparecido iria largar tudo. Correram fofocas a seu respeito nas colunas sociais de Sampa. No Lions, no Rotary, na Associação Comercial de São Paulo, no Clube Pinheiros, na Associaçao Paulista de Imprensa, na FIESP, na OAB falaram dele. Estaria louco? Tinha pirado de vez? Foi sondado por revistas e jornais. Só queria deixar registrado recursos de valores para a melhor sobrevivência possível dos índios abandonados em vida precária naquela reserva ali entre o rio das almas, o rio da vaca, o rio verde e o rio Itararé. Pagaria para que reconstruíssem a fazenda de seu clã. Seu sobrinho-filho a teria funcionando um dia, com cavalos e plantações de girassóis para exportação. Estava pensando num outro projeto também, de Equoterapia. Só queria ter paz de espírito e consciência limpa, para quando viesse a mão da morte tocar seus olhos cansados, cerrando-os definitivamente. Estaria preparado. Finalmente se achava, e isso era bom.

Foi até o jornal "Tribuna de Itararé", na Rua São Pedro, e ficou muito triste ao saber por intermédio do médico doutor Paulo Contieri que o seu amigo de longa data, o Jornalista João Contieri tinha morrido. Era um prestimoso companheiro de décadas, amigo de seu pai, pessoa muito leal, polida e humanitária. Depois foi visitar o famoso e premiado artista plástico Jorge Chueri, que, como toda a população de Itararé – pelos boatos, lendas e até fofocas – o considerava naufragado no rio das almas; quando a ponte ruíra e uma pasta de documentos seus nas águas barrentas se perdera sem que ele notasse. O Pintor premiado de Itararé, Jorge Chuéri, seu amigo pessoal, também o considerava morto em acidente por causa da tempestade. Depois a coincidência do corpo parecido que fora encontrado; de um pescador desprevenido talvez, que finalmente deram-no como se oficialmente morto. Como se consumado o fato de que tivesse passado desta para melhor. "Viajado fora do combinado", como diziam seus poetas conterrâneos. Ou que literalmente "dera com os burros n'água". Onde já se viu isso?

Pois estava bem vivo ainda e tinha algum tempo de vida para recompor atos e pensar situações e limites.

Tinha que viver cada micro-milésimo de segundo como se fosse um século inteiro. Para ele, no contato direto e edificante com as próprias origens, era assim mesmo.

Sabia, de certa forma, como conseguir se inteirar melhor com isso.

Precisava estar preparado, em todos os sentidos, para subir a montanha acima da Serra do Bom Sucesso, como um alpinista ou um cabra montanhês, para então, finalmente rever a adorada velha Aia Luzia e também saber algumas verdades que não sabia.

Alguma coisa íntima, em si, dizia que ela tinha alguma explicação, alguma resposta, alguma mensagem, algum caminho, talvez até algum fato novo que ele desconhecia. E ele precisava saber. Tinha que saber. Merecia saber. Ela conhecera seu pai melhor do que ele. E tinha outras coisas também. Tinha que saber para morrer? Desde guri sempre teve a intuição que a montanha parecia querer lhe dizer algo. O que a montanha queria lhe dizer?

Por que largara o lar? Por que voltara daquela forma? Por que Perci e a morte prematura de sua meia irmã? Coincidências? Os caminhos do Criador ou de sua majestade o destino. Almas vagando no aquário cósmico... Ah o eterno comprometimento de todos os seres. A Aia Luzia deveria saber muita coisa. E se os poucos que sabem muito, não ensinarem aos muitos que sabem pouco, como ele, então todos poderiam ser eternamente vítimas da ignorância, do medo, da servidão e da precária miserabilidade humana.

Era sempre a mesma pergunta, por séculos, a atormentar a alma humana, desde os gregos: O que somos? De onde viemos? Qual a origem e a essência do cosmos e da vida humana? Ele teria que saber. Pagaria seu preço. Já estava em rito de passagem, pagando.

Para onde vamos? Qual é a nossa razão natural de ser sobre a terra? O que podemos conhecer? Afinal, o que é o conhecimento? Existe a Verdade? Qual é o critério da verdade a ser eventualmente desperta e comprometida com um ente finito e comum? A dor de existir tinha um preço? Não era tudo um poço fundo sem fim? Não era um erro de Deus, no teatro da vida, o ser humano que queria também ser uma espécie de Deus menor?

Mais tarde pensou profundamente a respeito, matutou melhor. Jantando na Churrascaria do Alfredinho Tibúrcio, na Rua XV de Novembro, pensou como era feliz naquele instante, tinha paz finalmente (achara um rumo), mesmo se sabendo com um ocasional prolongamento de vida. Tomou uma cerveja preta e, sem querer fazer chiste ou mesmo parecer blefe, disfarçando do garçom Dija, filho dos donos da casa, levantou o copo de cristal para o alto e brindou sozinho, ao seu modo solitário e peculiar, à vida reencontrada sob viés diferente, e a Deus que tivera misericórdia com ele num momento de travessia. Compreendeu que essa espécie de travessia não era para qualquer um. Era para especiais. De certa forma ele fora o escolhido, ou se deixara escolher. Comeu a carne farta, a salada e a maionese, e depois comeu mousse de limão-rosa com chocolate amargo. Depois, para fazer firula, usou o cachimbo de seu velho genitor, deu umas cachimbadas, empesteando o ar do estabelecimento comercial. Temia cair em vício. Fumar ajudava a passar o tempo, pensou. Mas era um pecado viciar-se. Depois de bem saciado deixou o local e foi buscar o sobrinho-filho na Santa Casa de Misericórdia de Itararé. Andou cidade abaixo, passou pela Praça Coronel Jordão. Crianças brincavam de pega-pega e roda-cotia, e um humilde velhinho vendia doce de coco e geleia de uva. Um coral de belíssimas crianças carentes (do Educandário São Vicente de Paula) cantava um trecho da Ária Nabuco de Verdi. Segurou-se para não chorar. Passou em frente à Catedral de Lírios, que era como chamavam a Igreja Nossa Senhora da Conceição, na hora exata em que o sino tocou anunciando o crivo do tempo. Olhou no novo relógio de pulso que comprara e viu que eram exatamente seis horas, a chamada Hora do Angelus. Ele sentia coisas que nunca sentira antes. Pensou em Deus e sentiu-se leve, como se quisesse voar, buscar os degraus da roda da eternidade. Tudo estava acontecendo tão depressa. Tinha passado numa loja da Rua São Pedro e comprado algumas novas roupas para a criança, com aconselhamento de uma amiga, a Professora Boêmia Rosana Milcores. Também comprara três carrinhos numa loja de brinquedos, para Perci. Comprou soldadinhos de chumbo. Para si ou para o piá? A autoridade mal resolvida do pai. Comprou também três piões, mas de plástico. Um vermelho, um branco e um marrom. Sempre desejou ter piões, quando muito guri ainda, para poder atirá-los longe, fazer pose com a fieira enrolada neles, atirar e vê-los rodopiarem. Mas nunca tivera um brinquedo que fosse de mimo do pai. Em frente à igreja pensou na vida. Ouviu barulho de música chegando. Lindo aquilo. Itararé era um encantário. Em minutos a Banda da cidade, a Lira Itarareense chamada popularmente de "A Furiosa", passou em frente ao Colégio Comercial com seus músicos ainda crianças tocando um dobrado. Canção do Marinheiro. Aquela banda parecia tocar dentro do seu próprio coração arejado de alguma maneira. Era um bom sinal. Lembrou-se de um pensamento de seu ídolo, Mahatma Gandhi que dizia: "Há o suficiente no mundo para todas as necessidades humanas, mas não há o suficiente para a cobiça humana". A sua mente parecia ir e vir, aqui e ali com estilhaços de lembranças, memórias, encantamentos. Possuído. Alguma coisa, n'algum lugar do passado procurara apagar, mas, aos poucos, como num velho filme em preto e branco, ligava, quando pingentes de luz acendiam memórias, reminiscências, e ele tinha que ir pinçando fato aqui, elo novo (para ser ligado) ali, formando opiniões quentes de memórias inteiras. Que choque imenso o fizera sair de si, não apenas para ir em busca do seu próprio futuro, com seus próprios pés, suas próprias mãos, mas que ao mesmo tempo revivessem apagados vestígios específicos de seu tempo no lar, na fazenda com o pai, os funcionários da fazenda? Relembranças, saudades. Havia uma réstia de mistério no ar. E tinha sido uma doença o plug desse rememorar. Sentia que fora algo terrível. Tinha que ser forte para enfrentar a verdade. O conhecimento da morte o tornara forte. E Perci era sua tábua de esmeralda, seu ponto de apoio, seu altar de vida. O que quer que fosse, não era maior do que seu amor à vida, e, principalmente, seu amor ao sobrinho-filho que registrara em seu nome. Estava em seu próprio lugar. Descobertas. Sentiu um sopro gélido de menta dentro do coração. Parecia que tinha um navio apitando dentro dele. Para que mares partia?, quis perguntar-se. Seria a névoa da morte, a bruma do martírio, um ponto de partida, um fechamento de ciclo ou um ponto de caminhada para o novo, o inédito, o terreal, o belo, a morte que trazia já apontada – como um pelotão de fuzilamento – dentro de si? Nossos pesadelos são inteiros e são para serem cumpridos, assim na terra como no céu. Bicho do Mato. Bicho-Folhudo. Bicho de Sete Cabeças. Bicho-Grilo... Praticamente já se sentia acabado de ser existente no degrau terrestre. Queria voar – via-se como uma pequena gota de água, nessa gigantesca ave sideral em que vaga a eternidade. Observou um cândido cavalo-de-deus (louva-a-deus) numa amoreira seca e chorou.

QUATRO

Álvaro cismava: de uma quase espécie mórbida de réptil rastejante, desesperadamente marcado para morrer, a um sereno Ser Humano feito um pacote completo, um kit básico, essencial e prontinho para deixar a vida da forma que fosse naturalmente mais normal possível. Que mudança. Morrer era a sina dele. Até a própria canga genética da espécie, depois de ter sido expulsa do paraíso; depois de aceitar ser mortal por causa do perigoso jogo vaidoso de aliar-se a um anjo que houvera caído em desgraça. A cabeça de Álvaro fazia esquisitos arranjos complicados. Um labirinto de desconstruções. Tava podendo.

Voltou a pensar no bem que fizera, precavido e assistencial. Era algo que, sentia, fazia bem principalmente para si mesmo. Os índios teriam uma cota mensal de dinheiro para provisões, remédios, roupas, técnicos, assessoria agrícola; uma sobrevivência digna para sempre. As terras devolutas que habitavam por gerações seguidas seriam negociadas com o governo e eles as receberiam como doação. A Fazenda de seu clã de antepassados seria recomposta, reformada com estrutura melhor e tecnologia de ponta para benefício de Perci e seus descendentes. O guri teria bolsas de estudos até para um curso de PHD no exterior. Por enquanto tudo se arranjava em providências, papéis, burocracias inclusive jurídico-legais de modo a preservar o patrimônio financeiro numa Fundação Sócio-Cultural em nome de seu finado genitor. Ele, Álvaro Henrique Schiola, talvez ficasse algum período de tempo alojado na reserva dos índios. Perci estava em ótimo estado de saúde, quer em peso e tamanho.

Álvaro até fora procurado, em Itararé, por repórteres curiosos de jornais e revistas, para que desse seu depoimento impressionante sobre o que vivera, quer ilhado numa fazenda sem recursos, quer cuidando de um recém-nascido sem nunca ter tido experiência semelhante. Sendo um mero profissional liberal de alto conceito, mas de vida sedentária, que só por rara sensibilidade e alta competência humana, mais a graça de Deus (nunca pedira nada a Deus), tinha conseguido aquela façanha, feito uma ocasional mãe de gravata. Álvaro recusou entrevistas, depoimentos. Queria – e pedia a Deus para poder contar com essa prerrogativa de extensão de existência saudável – escrever um livro-depoimento sobre o que sentira totalmente do que vivenciara, já pensando na obra com o título imediatista de Cavalos Selvagens Não Comem Girassóis. Era tudo o que pedia a Deus, e achava que nem era pedir muito. Foi procurado por um jornal de Economia (tinha amigos curiosos lá), um de Publicidade (sua área) e até a própria Revista Planeta querendo uma entrevista exclusiva, que recusou.

Comprou um jipe verde em bom estado, mas de segunda mão. Não precisava mesmo mais do que isso. O modesto veículo, sobra de refugo da segunda guerra mundial, largado feito sucata numa oficina da cidade, estava bem conservado, teria sua necessária utilidade. Adorava jipes. Se pudesse teria uma coleção deles. Os jipes tinham a ver com a sua personalidade aventurosa, guerreira, topando qualquer parada.

Colocou o menino preso a um cinto de segurança no banco traseiro do veículo, e resolveu voltar para a aldeia já que lá era admirado e muito bem quisto, pois ali precisaria de ajuda e guias. Não apenas para preparar mochilas, provisões, rádio-comunicadores se preciso fosse, mas, também, precisava captar (conquistar) autorização para subir à chamada Montanha das Luzes, além da Serra do Bom Sucesso que ficava relativamente perto, quando pretendia conversar com a querida Aia Luzia. Era determinado.

Sabia que, antes dessa sua missão pessoal, particular (e com intenções íntimas, pessoais, reveladoras, de peso), teria que fazer uma espécie de quarentena na aldeia. Para limpar suas "impurezas de errante branco". Daí podendo ir em busca do que se lhe era devido, em busca de si mesmo, de pegadas íntimas (dais quais, por uma questão até de foro íntimo se esquecera, ou não se ocupara de guardar ou lembrar). Sabia que a velha Aia tinha uma memória especial, sabia o que ele não sabia, e, pior: sabia que ele sabia que ela sabia. Por que ela sabia, por que ela guardava? Para quem?

Depois deixou que a mente se ocupasse de outras coisas. Daria tempo ao tempo; sabia que as explicações dela seriam traduzíveis ao seu modesto compreender e sentir comum, e assim ele teria suas preciosas informações para seu perfeito enfrentamento de si mesmo, no inevitável dia de ir-se embora.

Ficou uns dias a vagabundear. Sondando as coisas como eram na aldeia. Vendo chegar o que doara de coração aos índios, criando assim, condições para que eles sobrevivessem bem, tivessem base e potencial para transmitirem aos seus descendentes, os conhecimentos que tinham, quer pela etnia, quer pela cultura, quer pelos mistérios, folclores e espiritualidades nos quais eram notórios, inclusive nas chamadas "conversas de onças".

Mas sabia que tinha que partir para saber mais de si do que pensava que sabia de si, muito além das profundezas de Existir nessa dimensão inferior da existência.

Foi quando tudo aconteceu.

CINCO

Quando lhe foi permitido ir em busca do que pretendia, conformou-se com a necessária e ocasionalmente montada espécie de "quarentena". À qual também seria – só que de forma bem mais amena, moderada – submetida o seu menino de quase um ano. A primeira noite passou numa tenda montada em sua serventia e homenagem. Havia fogo ardente sobre pedras que conservavam o calor, como se uma espécie de sauna, para uma imediata e emergencial purificação. Teria que passar ali exatamente 48 horas. Só bebendo água com raízes de uma espécie de planta curativa.

Depois, junto com a criança, foi como que se internado numa caverna. Havia riscos nas paredes – só os índios a conheciam e às mensagens rupestres nelas gravadas – e observou que, na caverna tinha, internamente, uma espécie de pedra radioativa. Que atraia outras pedras, e, no fundo da mesma, um rio cavernoso que se afunilava para os perigosos veios subterrâneos.

As águas espumosas emanavam vapores que traziam variedades de alucinações, de acordo com a consciência do ali selado em reconstruções e limpezas. Diziam que ele teria que deixar, depois de mais outras novas 48 horas ali, os seus demônios todos. Tudo aquilo de mistério era incrível. Saiu-se bem. Mas a criança começou a ter acessos de febre, de tosse, de diarreia, e a ganhar uma vermelhidão na epiderme frágil.

Como os índios-conselheiros disseram que ninguém nunca morrera na quarentena, mesmo preocupado, ficou tenso aceitador de tudo. Depois que vieram buscá-lo para a medida formal seguinte, foi que notou que a criança estava com uma tez verde, e ele também, reparou, como se fossem captadores de clorofila natural, energético.

Contaram que, nos estados alterados do ambiente, o instinto os obrigavam a comer terra e eles comeram. Essa terra era também quimicamente diferenciada, propositalmente lhes propiciaria queimar toxinas de uma maneira muito mais rápida que o normal. Álvaro pensou no processo da fotossíntese, ao se reparar em tom de pardo para oliva. Teria que expelir resíduos animalescos de homem pós-moderno?

Tirados dali, sempre tomando sucos de raízes, chás de flores secas, de ervas e plantas de fundos de rios cavernosos, foram, ambos, sob guarda severa e secreta, conduzidos a um outro degrau da quarentena sagrada. Lá, só Álvaro teve que passar a usar uma espécie de cachimbo de barro. Contendo, entre outras coisas, cristais de apatita (mineral que explicita a sensibilidade para um campo espiritual), e, de hora em hora, era lhe entregue um novo cachimbo fumegante.

Com nova porção cristalizada (e receita secular de antes da invasão do continente), para que ele "limpasse" a mente das impurezas assimiladas no inferno urbano. Saindo desse lugar, desceram com os dois, numa espécie de maca, para dentro de um poço que também ficava numa outra caverna cheia de ossos de animais-monstros extintos há milhões de anos, segundo informaram rapidamente. Álvaro notou, novamente, novos desenhos rupestres imitando seres que pareciam mais com dinossauros bípedes, entre coriscos de luzes como se fossem naves chegando ou partindo. Isso antes de 1500? Dentro do poço, com a criança à beira, Álvaro passou sete dias e sete noites. Sempre com os benditos potes de água e corotes (morangas secas) cheias de sucos ruins e chás estranhos. Queriam uma espécie de desligamento do seu corpo humano? Só podia ser.

Foi mordido de negros escorpiões subterrâneos e isso amainou a textura de sua alma, conforme lhe explicaram depois. O pior não eram as repetidas ferroadas, mas o estado encantador em que se restava numa letargia que era como se um devaneio de "ver seres alados" voando por ali, como se carregadores de partículas desastradas e malignas de si. Céus azuis, anjos de cristal...

Depois explicaram, nas palavras lá deles, que os "Seres que Tinham Fogo Gelado na Planta dos Pés" séculos atrás retiravam energia radioativa daqueles lugares misteriosos. Não entendeu muito.

Mas começava a sentir alguma coisa estranha. Pior. Quando pensava que tinha acabado tudo naquele estágio de travessia sacrificial, vinha um novo patamar, um novo degrau, uma nova dimensão, cada coisa tendo sua categoria, seu mister, sua necessidade de serventia corpórea e espiritual obrigatória. Até onde iria aquilo?

A criança, pelas fezes verdes que notou, devia estar continuando a comer terra. Mas os lugares eram como se sagrados, e ele os tinha que aceitar. Temeu pela vida do sobrinho-neto, porque para ele, nada tinha a perder, cedo ou tarde e, mais depressa do que pretendia, seria Recolhido para ser reciclado. Reciclado?

SEIS

Findo o tempo exigido pelas regras milenares da tribo, finalmente, em condições diferenciadas – achou-se um fantasma de taquara rachada ou parecido com um bicho-folhudo – Álvaro desceu (depois de recomposto e sob dietas especiais) para buscar guias para a empreita. Estava muito diferente, bem mais magro. Já não era o mesmo. Nunca mais seria. Os cabelos que cuidara em Itararé estavam de novo exageradamente enormes, encaracolados e na nuca arrepiados como capim seco de susto, uma gadelha mesmo. A criança ganhara peso de novo. Até crescera um pouco. Apenas as veinhas roxas como se lhe saltaram ainda mais vivas na tez rósea de bambino descendente de italianos.

Não buscou compreender aquilo, pois estava acima de sua alçada alguma razão ou alguma situação de dúvida. Talvez quisessem que ele se conduzisse por um fluido cósmico universal, navegando por ondas eletromagnéticas em diferenciados estímulos sensoriais, estágios transcendentes. O não-ser num não-lugar o que era? Mal esteve pensando em visitar as obras de reforma das instalações da fazenda. Soube dos sorteados guias indígenas que não eram moradores da tribo, apesar de a ela outrora pertencerem, e que viriam buscá-los pronto para partir em menos de doze horas como disseram. Iriam sair bem antes do nascer do sol, pois era o tempo que os espíritos das trilhas descansavam das vigílias. Os nativos diziam de um cavalo-de-três-pés nos ermos daquelas trilhas. Demonstravam medo, muito medo.

Teriam que caminhar na Montanha das Luzes durante o dia. Nas noites só bichos do inferno a guardavam como se em entregas de turnos fatais. O guia-chefe se apresentou como Viajador, e Álvaro notou que ele cheirava esquisito, tinha os olhos como se parados no nada, mas os gestos eram seguros, leves, macios, meio zen. E ainda "andava aéreo" como se não pisasse o chão, mas "pisasse" uma espécie de chão acima do ar, alguns milésimos de centímetros acima. Mal sabia Álvaro que ele mesmo, de *per si*, pelo menos num aspecto, se assemelhava ao Viajador: cheirava bem diferente. E aquilo que ele cheirava, tinha a ver não com o lado humano de comer carne morta, carniça. Cheirava agora à natureza na sua parte mais legítima, como húmus, raízes nunca vistas, vegetação rasteira despercebida, contendo processos de fotossíntese, flúor e tudo mais.

No meio da noite seguinte, mal cochilou um pouco – enquanto o Viajador e um assistente carudo falavam das coisas estranhas que viram da primeira vez que estiveram ali, e de como mudaram as coisas para melhor – e foi desperto secamente. Eles já estavam mais que prontos. A marcha montanha acima duraria alguns dias, se fosse totalmente abençoada como precisava ser, para que tudo corresse bem.

Se não fosse, nenhum dos seres voltaria o mesmo. Sequer o grupo voltaria da engenharia dos caminhos. E a alma da criança, aceita pelos deuses, pertenceria, para sempre, ao lastro da terra-mãe, enquanto os espíritos atormentados dos demais vagariam para sempre nos abismos tenebrosos da serra e de seus labirintos incompreendidos pelos simples mortais comuns.

SETE

Uma águia rapidamente e de forma magistral cortou, como se com uma espátula, ou como se com um estilete lépido, a linha do horizonte. Enquanto losangos entre um amarelo-laranja e um laranja--fogo torneavam o céu pendurado acima deles. Por um instante-circuito de cismar, Álvaro pensou se a altiva águia tinha consciência de que existia; teria consciência (mesmo que instintiva – isso seria possível?) de que um dia iria morrer? Álvaro estava com sua mochila chinesa de couro. Um índio especialmente preparado carregava a criança às costas. No geral, levavam provisões de comidas, diversos utensílios, alguns badulaques. E ainda alguns penduricalhos. Álvaro era sistemático como o pai também?

Ele, na verdade, exagerara: binóculo, aparelho de rádio-amador, isqueiro, bússola, sextante moderno, tudo isso mais por sua própria imposição. Sabia ser bronco quando precisava. Com alguns tarecos, mas nem sabendo lidar direito com eles, numa precisão. Os índios tinham tudo de ferramentas, chaves e utensílios nos olhos, na mente, nas trilhas, nas releituras da vida, nos processos andarilhos e nos percursos às marchas circunstancialmente conferidas. Olhavam para ele, com todos seus apetrechos, entre uma garrafa térmica, um fogareiro e uma lanterna, como se tivessem pena de tanto aparato pesado para uma escalada extremamente perigosa e difícil. Como se o que ele insistisse em carregar fosse absolutamente desnecessário. Álvaro intuiu o desdém. Mas era como era. Topetudo, birrento, às vezes como mula empacada. Do seu modo, ou do deles, queria estar um segundo só com a velha Aia Luzia, para saber o que precisava saber, fosse o que fosse. Sentia que ia doer saber. Mas precisava se inteirar completamente. Tudo na vida tinha sido difícil com ele, até pensou que sua mulher amada fosse o grande amor de sua vida, mas se restava ali, frustrado com a condição humana dita civilizada. Faria o jogo deles, mas teria o seu próprio entendimento. Sabia que era difícil subir a Montanha, mas ele iria de qualquer forma. Iria assim mesmo, ou teria ido por si próprio, nem que fosse sozinho. Era o terceiro branco a tentar em um século, já que o primeiro caiu num abismo e o segundo voltou louco para sempre, restou-se imprestável para os caras-pálidas, mas, ainda assim, para os indígenas, uma espécie respeitável de "enviado dos deuses". Faria o possível para ser sóbrio, digno, para, pelo menos, no caso de um acidente, morrer em paz com sua condição e consciência.

Ouviu um chorinho curto de Perci. Foi sondar o menino que o reconheceu e sorriu, já murmurando, grunhindo como se tentasse precocemente falar alguma coisa de rápido e incompreensível afeto sonoro, também fazendo gestos curtos com as mãozinhas frágeis. A Montanha era fria. O vento brabo varria de tempos em tempos os recôncavos dela. Levavam remédios. Saberia passar por aquilo também, até porque, sem a criança a Aia não o receberia nunca, por algum motivo que ele de imediato não entendeu. Olhou para baixo. A aldeia mostrava apenas pontas de tendas apontadas para o toldo do céu que clareava.

Viu a fazenda ao longo. Homens como formigas operárias iam e vinham a reconstruí-la dentro de seu planejamento bem arquitetado. Viu as pontas brilhantes de algumas catedrais de Itararé. Ao longe se distinguia o enorme e assustador grande *canyon* que começava lados de Itapeva e atravessava a distante divisa do outro lado do Paraná, passando por Bom Sucesso. Portentoso monumento da natureza. Como se uma enorme nave de pedra pousada, ainda não desperta, ainda não acionada. Esperando o sinal da evacuação? Sentiu uma melancolia no peito. Procurou tirar pensamentos ruins de dentro da dor. Tinha algo maior para fazer. Pensou em Deus e na morte do pai, em um acidente lados de Israel. Nunca acharam o corpo. Depois viu a águia novamente rondando – talvez tivesse ninho e filhotes por ali; estivesse preocupada com as crias novas – e resolveu prestar atenção nos guias, nos pés, mas mãos que já sentiam a friagem do alto, pois o ar seria em pouco mais de tempo bem rarefeito.

E havia ainda os empecilhos, as paisagens secretas, as passagens difíceis, anormais, as cavernas subterrâneas e até rituais de coragem aos quais teria que ser submetido de forma direta ou indireta; teria que passar com determinação para vencer tudo até o topo. Nada seria mais difícil do que a vida, do que o verbo viver. Pelo menos era o que pensava. Mal sabia que podia correr o risco de ter que implorar a morte, mas não morrer. Ninguém morre antes da hora. Ninguém passa por você o que você tem que passar para um necessário refinamento.

Ouviu a voz do vento ali, que parecia uma flauta dolorida a pedir clemência à nau de ícaros do tempo. Pensou na balada de Bob Dylan. Teve sede. Teve fome. Mas continuou subindo. As pedras eram o risco, mas também eram as paredes os referenciais e os contornos de subida. Não havia maior dor do que a procura infinda, do que o não se lembrar do que achava que deveria se lembrar. O céu clareou, as pernas doíam. Os músculos pesados, negavam movimentos rápidos. Os benditos índios caminhavam como se cabras montanhesas, lépidos, serelepes, com ritmo. Invejou-os. Queria ser um deles. Esse pensar também fazia parte do seu ritual de reconhecimento, da construção de sua nova e recém descoberta interioridade.

Ele não sabia disso. Mas, afinal, o que ele sabia?

Com uma fiandeira íntima, buscou tecer gomos de memórias. Seu pai, sua mãe, sua irmã, a cidade grande. Alguma coisa seria a ligação consigo mesmo. O lugar em que estava era muito bom para ponderar cismas, aduzir alhures, pensar em coisas que em outras condições seriam bobas ou impensáveis. Viçava seu lado sentidor redesperto.

OITO

Depois do fatigante caminhar montanha acima por horas que se arrastavam, antes e depois do pré-auroral, no primeiro dia da subida (seria só o primeiro dia ou tudo era uma repetição?), a crista do sol surgiu linda, cristalina. Refletida em horizontes, mundão afora, abaixo e acima, como se rastreando de poeiras de luz o planeta, iluminando cenários e avantajados tapetes de existências. Quando ficou a pino o sol, os olhos estranhamente montaram pontos de fuga. Os músculos desacostumados cansaram, quase arrefeceram. As águias altaneiras e agitadas tornaram-se estridentes, e o olhar para cima dava um medo de continuar, de não serem atingidos os objetivos, e, baixar os olhos era risco de vertigem inquerida e mal cuidada no limite do risco. Já não distinguia muita coisa. Perci esboçou um arremedo de choro fraco que mal soou. O prestativo índio velho que o carregava deu-lhe de presto uma fruta qualquer, depois o cobriu, rápida e polidamente, sem parar, com uma espécie de véu como se tecido de uma finíssima nuvem bordada de manchas em alto relevo, e o piazinho sossegou o pito, sossegou o facho, aquietou-se. As trilhas eram ríspidas. Os caminhantes às vezes ouviam vozes de seres que não existiam. Davam com alguns bichos rasteiros que mal eram vistos e se enfiavam rapidamente em brechas, tocas, entre restos de seixos roladores e achas de lenha podre ou petrificada. Depois de algum tempo, Álvaro pediu arrego, não aguentou. Sentou numa pedra enorme, limpou o suor que lhe empapava as faces, sentiu a rarefação do ar, tomou um gole de chá de um dos cantis que trouxera, notou que as nuvens abaixavam densamente e lá embaixo eram só pontos claros ou escuros, sombras, reflexos, marcas magnas de interrogações na paisagem nebulosa.

Um índio resoluto e com cara de poucos amigos, quase que pondo os bofes de fora de braveza arredia, veio indagar se ele precisava de ajuda ou se estava ocorrendo alguma coisa. Não disse sim e nem não. Olhou-o como se encarasse a frieza de um simples muro contemplador. Tossiu. Voltou a limpar o suor. O peito arfou. Olhou o relógio. Não eram nem seis horas da manhã ainda e já caminhara por quase toda a vida, quilômetros acima. O índio, sem dizer nada, cara de desacorçoo, tomou-lhe abruptamente a inútil, enorme mochila, fez um muxoxo ou deszelos de empreita, como se criticasse algo que não podia explicitar. Largou-o ali e subiu atrás dos outros cinco, carregando o peso supostamente imprestável, desnecessário. Álvaro respirou o mais fundo que pode, mediu consequências de recusas e procurou recomeçar tudo de novo, subindo depressa, na medida do possível.

Estava maleixo, mal mesmo. Estava com fome. Mas tinha que saber o que estava acontecendo. Não podia olhar para atrás, nem voltar, e queria ver as coisas da subida com olhos de primeira vez, com olhos de grandezas inteiras. O aparelho de rádio-amador chiou um toque de chamado, perguntando se tudo estava OK. Respondeu tudo bem, desligo, agradeceu, câmbio. Pressionou a tecla de retorno e voltou a subir, guardando o aparelho no bolso esquerdo do casaco estilo alemão de gabardine, tamanho super grande. O caminho começava a ficar sobremodo difícil. Notou que, como se numa espécie de rocambole, subiam a montanha dando voltas em torno dela, campeando por melhores espaços e maior segurança do trajeto, da empreita. Subiu nervoso, querendo recuperar caminho, até que viu, entre quatro pedras enormes como totens, os índios todos, como se já o esperando, implicantes. Ele era o retardatário, cara de pamonha. Tinham atirado uma lona verde por cima de altas pedras, como se fizessem um casebre improvisado.

Fizeram uma fogueira baixa de gravetos e excrementos secos de alguns animais que não identificou. Perci estava numa espécie improvisada de mochila-berço, já querendo engatinhar para fora. Um enorme zíper preso em um cordão, o mantinha forçosamente sossegado e seguro, apesar de muito resmungador. Estava tomando, numa chuquinha de vidro, um suco vermelho, como se de uma espécie de tomate silvestre, cultivado pelos índios. Sentou e lhe ofereceram o mesmo suco. Era agridoce, sentiu. Não podia recusar nada deles, esse era o acordo firmado para a tarefa exigida. Parecia de tomate juntado com alguma raiz, talvez também alguma espécie de casca de árvore tenra, concluiu.

Um índio de pele extremamente seca e escura mostrou para um outro (que parecia o líder) bem mais novo, as nuvens abaixando, já cerzidas de tez escura, sombria. Entendeu que iriam pegar chuva no trajeto. As coisas, se estavam ruins, ainda iriam piorar mais ainda. Mal acabou de ter esse sombrio pensamento, e viu que um índio saiu e em minutos voltou com mais gravetos, um corote de água que devia ter achado em bica, cisterna ou reservatório por perto, depois apontou para o líder de nome Caio, uma caverna. Todos olharam e abaixaram a cabeça. Sem uma palavra, consentiram nalguma coisa que não captou.

Não entraram na caverna, como imaginara. Quando a chuvinha com relho de vento finalmente os surpreendeu, eles simplesmente esticaram outras lonas, algumas redes, e se recolheram para dormir, descansar, sem mais demora. Notou que um deles até, ajoelhado, murmurou alguma coisa sempre a fitar respeitosamente a caverna que parecia um cavado oval na pedra daquele bico de montanha. Um templo antigo? Parecia que aquele buraco que deveria ir terra a dentro, era como se um "lugar sagrado" para os tipos. Será que teriam um ritual ali, mal passassem as baciadas de chuvas? Um rei abandonado mandou chover.

Quando aquela chuvinha inoportuna que depois virou tempestade por umas duas horas passou, como veio, quase um desperdício de tempo, estavam úmidos, algumas mochilas encharcadas – iriam pesar ainda mais. Perci dormia o delicioso sono dos justos das crianças, o fogo embaixo das lonas fazia rolos fracos de fumaça, como se os defumando aos poucos. Um índio misturou o conteúdo de um corote em água com alguma coisa que não identificou, colocou numa panela de barro vermelho-escuro, botou no fogo e começou a tocar uma flautinha rústica de manchado bambu amarelo. Álvaro curtiu aquele som. Como se fosse um buraco do vento dando pauta de carinho na pele de sua frágil alma. Como se levando seu espírito atribulado a passear nas asas de uma águia montanhesa.

Finalmente desfaleceu de sono, cansado que estava. Quando acordou, mais de duas horas depois, os parceiros de jornada não estavam, só ele ficara ali. Notou Perci brincando com a descoberta prematura dos gestos, das mãos a sondar de forma pueril o ziguezaguear de uma borboleta branca que se escondia na quentura das lonas. Viu fogos, ouviu sons e o eco de tudo isso saindo da caverna. Levantou-se e dirigiu-se para aquele buraco rochoso. Notou que alguém vigiava a entrada do local, e não era índio comum, pelo menos daqueles que o trouxeram ali, mas um outro meio que índio selvagem cara de pinta braba, jeito pedrento nos gestos, nas roupas toscas, puídas, e no olhar frio, feito um ermitão.

Compreendeu que aquele local era sagrado e ele, um "cara-pálida", não podia estar ali. O índio Caio notando-o em curiosidade estampada nos olhos, saiu-se para fora, desligou-se do transe que estava a meio tempo de caminho interrompido, chegou até ele e disse: "Traga a criança!" Aquilo soou como uma ordem e Álvaro teve medo. Mas estava armado, pensou, e uma arma ali podia muito. Trouxe a espécie de mochila rústica (em que prenderam um zíper com Perci acomodado seguro) e forçou a entrada. O porteiro reclamou, apontando uma lança para si e para Caio. Caio então explicou:

"A criança é pura e pode entrar. Você ainda vai ter que crescer para produzir um merecimento de honra assim." Pegou a criança como se um embrulho e a colocou numa espécie de altar de pedra.

Aquilo não seria um sacrifício? pensou Álvaro já recordando em que lugar camuflado tinha posto a pistola alemã de pente. Todos voltaram a murmurar alguma coisa, olhando para cima da caverna, para o teto, para o nada, enfim. Álvaro ficou à porta, quando o rádio-amador novamente pipocou alto um sentido de contato registrador.

Saiu dali, respeitosamente, para falar com o Chefe Aroldo da Aldeia, e indagar se aquilo que estava vivendo era normal, se podia confiar em tudo. Quando acabou a conversa, viu um vulto de mulher, cabeça e rosto cobertos, saindo de dentro da caverna – ele não a reparara lá; estava como se impregnada na pedra com o breu? – que subiu pela continuação da trilha que certamente ele teria certamente que, mais cedo ou mais tarde, seguir. Quis indagar alguma coisa. Os indígenas, além de não serem de muita conversa, eram desconfiados e só falavam o essencial, o inevitável. Um deles fez um gesto de chiu, com o dedo indicativo direito sobre o pontudo nariz vermelho de condor real.

Depois mostrou com os olhos a criança que dormia, com a respiração marcando o ritmo e o compasso sereno da vida. Em seguida catou as coisas e mostrou o caminho. Começava a escurecer, mas havia uma lua inteiriça, como se pendurada na varanda perto do ar. Começou a esfriar. Estrelas começaram paulatinamente a ser semeadas pelo Anjo Antenor, acendedor de estrelas nos céus do planeta. Álvaro sentiu uma paz dentro de si, que até teve vontade de assobiar um blues – adorava blues – para repartir a mágica sagrada e enserenada daquele instante com os pobres coitados do mundo, longe da maldita civilização de araque. Levou um puxão de orelhas e entendeu: sonhar, ali, era perigoso.

Havia vários tipos de precipícios na estreiteza de todos os lados. Tinha que voltar a ir em busca da Velha Aia Luzia. Uma coruja com um grunhir seco marcou compasso de tempo no crivo do silêncio, depois o barulho de uma águia, e assim tomou pé novamente da situação. Não tinha feito nem um terço do percurso.

Quase ligou o rádio para ouvir notícias do mundão globalizado sem porteiras. Mas depois sentiu que, certamente nunca mais passaria por aquele lugar novamente, nessa vida, e tinha que aproveitar cada segundo como se fosse uma dádiva. O cume da montanha parecia irradiado de alguma luz inexplicável. Imantado? O céu parecia uma lona de penas de gralhas-azuis. Até que assustado viu aquela coisa enorme parada no ar. Como se uma enorme caixa d'água suspensa entre o céu e o nada: era uma nave espacial, um disco-voador, um objeto não identificado?

O coração disparou um arsenal ardido no peito. Os olhos receberam enorme fluxo de sangue encorpado de susto. Os gestos logo empacaram e ele quase despencou, montanha abaixo, para cair numa espécie de desfiladeiro e ali ser comida de abutres. Segurou-se o mais que pode numa pose difícil. A pedra grande quase renegou apoio quando ele caiu sobre ela.

O OVNI (ou qualquer coisa de extraordinário que fosse) piscou milhares cores rápidas como se numa pauta de código próprio e, num ápice de segundo, ganhou a hortênsia distante do mundo longínquo que era o prenúncio de um baixo horizonte, muito além de sua simplicidade latente ali. Ficou muito tempo imedido, contemplativo, a cismar sobre os mistérios da natureza humana, sobre o bicho que era o homem, sobre os desígnios do Criador-Pai. De repente era noite, cada ser humano estaria só no cenário coletivo do infinito espaço, talvez transpassado por um raio de sol que tinha sido trazido de um bilhão de ano antes.

Que vida labiríntica era aquela quando apenas era um Ser porque tinha nome, número, face, presença espiritual no sagrado coração da terra, na sua tão profanada existência de um ser tido como racional?

Não sabe se pegou no sono profundamente, ou, se de bubuia desmaiou. Não teve tempo de registrar no diário a exatidão correta disso. Registro o que posso compreender dentro do meu precário entendimento.

NOVE

Álvaro acordou e parecia que tinha sido arrastado montanha acima por um longo trecho de percurso que não compreendia de súbito. Carregaram-no, como uma trouxa, um pacotão? Os músculos estavam arrefecidos. O que tinha acontecido? Estava com uma inhaca daquelas. Os braços machucados doíam. Havia manchas de terra seca nos cotovelos carcomidos na epiderme, ralados, com a roupa suja e meio que rasgada. Os índios disfarçavam. Mas era como se interiormente rissem dele, apesar de prudentes nas emoções que muito bem dissimulavam no confeito de seu despertar assustado, insatisfeito.

Captou isso e sofreu a vergonha silente. Uma índia-menina fazia graça com Perci. Quem ela era? Em que lugar exato estavam? Viu que era uma outra caverna enorme. Dentro dela um lago verde a receber filtros solares de cima, depois, pedras verdes, vítreas, diferentes, como se indicando estreitos lugares internos a seguir, marcando travessias, conduzindo ao fundo uma espécie de rústico altar estranho – uma pira mortuária? – e, no teto altíssimo e pedrento do lugar, vários corpos de índios mumificados.

Como se seres alados presos por pontudos cristais de água da caverna calcária. Ali seria um cemitério dos estojos da alma?. Achou que estava tendo um pesadelo ou variando a mente confusa. Um tipo estranho de ser, como se com uma espécie de aquário luzente virado na cabeça (de onde saíam raízes que iam até as asas); e dentro feito uma espécie retrógrada de animal com cara enorme e quadrada (como se cavalo-gente) passou a meio palmo do solo, levitando muito além do revelo com estalagmites e entrou numa ala piramidal do ambiente. O que era aquilo? Quase capitulou. Estaria delirando?

Seriam os tais lendários Homens-Pássaros de que antigas tribos indígenas tanto falaram aos primeiros colonizadores portugueses da Terra de Santa Cruz? Será que o segredo que apagara de sua mente, que tinha a ver com seu pai e com o seu passado, era coisa de seres das profundezas da terra ou vindos do insondável espaço sideral? Viu que a índia-menina o reconheceu acordado. Percebendo-o lúcido e inquiridor de alguma maneira, gritou algo. Logo veio depressa, surgindo de uma parede secreta, invisível, um índio que os conheciam. E o tipo sisudo que já vira na tribo e na subida, pediu abrupto que ele se levantasse. Nesse ínterim, viu novamente o primitivo estranho ser rudimentar (rudimentar?) e, com os olhos, sem palavras, apontou o tipo para o índio.

Que sorriu indiferente. Depois, sem se dar por inquirido fez gesto que o seguisse montanha a dentro. No mesmo momento a índia-menina o acompanhou, levando a bolsa sob o braço esquerdo e Perci à frente, no colo. Entraram. Pegaram uma escada de pedra que beirava a um lago que espirrava água quente como gêiser; viu novamente um dos seres (as cabeças pareciam grandes, como se cavalos! – assim ele entendia de forma imediatista o que era). Entraram a seguir numa porta de alguma espécie de granito lixado e lá estava ela, furtiva, não querendo aparecer ou se mostrar; como se nunca tivesse envelhecido totalmente a verdadeira idade que tinha, a Aia Luzia. Não acreditou.

Que a ver inteiro e consciente aquele ser especial a quem, quando criança tratara como se um filho – e que depois o perdera para as sendas tortuosas do mundo distante – ajoelhando beijou-lhe as mãos, abraçando-lhe a cintura. Procurando tocá-lo como forma de benvindar sereno e tê-lo de novo são e salvo de alguma maneira possível. Álvaro recuou depois do primeiro afago, segurou as lágrimas poderosas no cravo de uma foz íntima mal rompida, tomou a velhota pelas mãos e trouxe-a de pé, até si, inteirinha, plena, total ao seu abraço demorado de braços finos e longos, levantando-a. Aquilo que era colo. Depois reconheceu presenças antigas em cheiros e toques suaves, fraldas, cueiros. Desde quando era recém-nascido, quando engatinhava, quando piá, até quando – sim, agora se lembrava – ela o estivera servindo na fazenda, quando ele voltara – sim, compreendeu, pelo cheiro identificador. Afinal, era ela quem pulara a janela, com medo de ser reconhecida no seu entendimento de pequenez, ou se sentindo confusa como a lidar com uma alma que viera buscar a paga de algo.

Ali estava a abençoada Aia ao lado de uma pedra verde. Na pedra estavam depositados espécies rudimentares, quase primitivas de guizos sagrados. Ele a abraçou chorando muito, demoradamente. Como se fosse, de certa forma, a sua única generosa mãe no mundo. Mãe de lágrimas? Os índios os deixaram a sós.

Ela parecia querer abraçá-lo mais apertado ainda, recuperar décadas, compensar; abraçar também o bebê, como se se repartisse em dois para aquele ato de reencontro. Como se não sabendo qual valia mais, quem era quem, quase dando a entender que ambos eram um só, os dois eram continuação de um elo antes deles, e, possivelmente para muito além deles todos. Foi quando viu que um dos seres-com-cabeça-de cavalo (?), vestindo uma espécie de capacete de vidro finíssimo, trouxera alguém com máscara. E que ao revelar-se era ninguém menos do que o índio Nordo. O que estava acontecendo ali?, pensou. Um túnel do tempo? Anhangá, o espírito protetor da natureza não era deste mundo. Uma lenda antiga entre eles dizia que bravos guerreiros mortos em combate voltavam como belíssimos cavalos selvagens. Pensou nisso. Esperou compreensão. O índio apenas o abraçou e disse, cândido:

"Calma, fique tranquilo. Tudo tem a sua hora de revelação". Nisso, um outro índio veio avisar de que estava tudo pronto, e que eles poderiam ir. Chegou a hora, disseram; quase que ao mesmo tempo. O que está pronto? pensou Álvaro. Como se lesse seus pensamentos, a terna Aia Luzia e o singelo índio Nordo responderam ao mesmo tempo:

"A hora de você se preparar para um reencontro. Saber o que precisa saber". Parecia que até tinham ensaiado dizerem isso ao mesmo instante e no mesmo tom. Saiu o casal e Álvaro, agora com a criança no colo, seguiu-os. Esperando poder viver para contar aquilo tudo, não apenas aos amigos, mas ao mundo, e, se possível e se Deus ajudasse, num bendito livro. Iria valer-se da estupenda memória de elefante, do fantástico olhar fotográfico magistral que era um defeito cerebral que tinha (um acidente na infância?). Contava com isso. Para tanto viera anotando dados, fazendo rascunhos em garatujas de improvisadas espécies de diários rotineiros. Cavalos não comem girassóis? Sim, era isso: seu pai dizia que cavalos só comiam girassóis quando estivessem para morrer. Por que lembrara daquele animal esquisito, naquele instante? Lembrou-se naquele momento, sem saber como e por que, num acelerado de reflexões intempestivas, de um trecho de poema de Octávio Paz que dizia "A história é o caminho:/ Não vai a parte alguma/ Todos o caminhamos/ A verdade é caminhá-lo/ Não vamos nem viemos;/ Estamos na mão do tempo".

Pensou que a mente tinha reativado um mero arquivo neural, de forma casual.

Pensou.

DEZ

Veio o almoço e era, no conjunto da refeição, uma espécie diferente de postas de peixe seco feito guisado leve com raízes amargas, mais um pedaço de pão murcho com sementinhas pretas, e um leite que parecia denso e misturado com alguns grânulos não identificados. Engolia qualquer resquício de orgulho. Por isso teria engordado?

— Coma! – disse a Aia Luzia, pondo ternura na afirmação, quase que irremediavelmente, ao mesmo tempo inquestionável e imperativa.

— O que precisam fazer de mim? – cobrou Álvaro, usando propositalmente o verbo Fazer.

Ela compreendia que ele era sobremodo especial, mesmo marcado, era muito inteligente feito o pai. E agora bastante erudito, culto, ainda mais sob pressão pessoal, de foro íntimo, nem tanto aceitador, nem mesmo aceitador inexoravelmente de tudo.

— Você vem sendo preparado aos poucos, e terá sua hora bem antes do firmamento riscar a Era da Cruz Cósmica.

— Para que, cobrou, sem tocar na comida. Quase que perguntou do sobrinho-filhote Perci. Mas o sabia bem, sentia isso. Estava melhor do que ele.

— Por que a sra. não me conta tudo, logo?

— Você não compreenderia tudo. Tem que ser trabalhado para compreender o aceitável, nos limites do limite.

— E quanto tempo tenho de vida? E para que esse saber que parece supervalorizado assim, sem mais nem menos?

— Como eu posso estar viva e em boas condições gerais, se quando você nasceu eu já passava de meio século? E como pode estar vivo meu marido Nordo que é bem mais velho do que eu, e que somente vive nessas alturas perto das pradarias celestes?

— Como você pode ter tido ajuda na Fazenda se nunca me viu inteira e identificada por lá? Como um cavalo pode quase que compreender a necessidade humanoide e até ajudar, intervir, ser útil e hábil?

CAVALO SELVAGEM NÃO COME GIRASSOL! – Álvaro quase que gritou isso. Parecia que algum arquivo cerebral puxara o chip com o acervo-lastro da lembrança. Isso queria dizer, em rápido entender – e ficou surpreso com o "sentir" dessa descoberta – que o cavalo poderia não ser um cavalo, porque se o fosse realmente por certo estaria morto, envenenado. E não agia normalmente como se fosse somente um pobre cavalo...

Partiu o pão sem esperar mais. Um cálice íntimo transbordara.

De fora daquela caverna bem cuidada, arejada, limpa, veio um som de tambores em ritmos seguros, cheios, quase que presentes fisicamente a tocar sua sensibilidade excitada no seu apurado estágio ali. Um cheiro de – entendeu assim – frutas assadas. Parecia castanha silvestre. Seria? Mas havia outros cheiros. Apurou os sentidos, até os que desconhecia de serem realmente sentidos. Era um odor deliciosamente cítrico, ardido. Parecia que queimavam – assavam? – cascas de laranjas amargas e outras coisas inimagináveis. Queria ver pra crer.

Ouviu o silvar estridente de uma águia. Compreendeu que estava no mais alto pico de uma montanha que subira com pouca competência, ou, pior: fora arrastado para ali e se encontrava rendido exatamente dentro de algum lugar no cume dela. Tinha ouvido dizer que ali havia um tal gavião-tinga, espécie rara, quase em extinção. A velha Aia Luzia, que podia dizer até como se sua "ama de luz e amor", ali estava segura de si como sempre. E o contemplava serena, como se dissesse muita coisa com o silêncio que tangia vestígios de ausências. Mas não dizia em palavras, como os índios também não eram muito de falar, mas de fazer. Algum instinto tribal em si, despertou (ou vivificou o ranço do espírito animado) e ele compreendeu que teria que fazer quase que uma dieta mais radical – nos dizeres pós-modernos de sua vida de "civilizado" – para então lhe ser revelado algo de seu passado, de seus pais. Seriam loucuras em família? Tudo era possível. Sempre achou que um dia iria dar um tiro no ouvido, iria ficar louco, usar camisas de forca, teria que ser internado num asilo, num sanatório, num hospício. Mas ali estava ele, num paradoxo de segurança com medos desaprendidos, e num misto de expectativa plangente e corajoso medo de estar ali na travessia entre o real e o irreal, o inferno e o numinoso, entre a verdade e a imaginação, entre o ler sinais ou senti-los dentro ou ao redor de si, como se um afortunado receptador-radar. Tinha ouvido falar nas ervas que os índios usavam como se estimulantes químicos de delírios, de raízes que provocavam visões, nos estados (de onirismo ou letargia rudimentar) quando iam para dentro do imenso Campo do Nada. Lá permaneceriam para o que de si mesmos tivessem para dar, receber ou promover trocas, quando não, serem inutilizados para sempre, também cerebralmente falando. Para os índios, os chamados loucos na verdade eram maravilhosos "enviados dos Deuses". Quando chegasse a abençoada hora, estaria dentro de si, mas jamais seria ele mesmo. Mas, do que Álvaro Henrique poderia ter medo? Da morte? Do abismal que há no incompreensível? Do limbo que há na frágil linha entre a loucura e a lucidez? Seu pai tinha origem anglo-saxônica protestante por parte de antepassados paternos, e de católicos ítalo-espanhóis por parte materna. Sua mãe que adorava poesia era neta de poloneses, húngaros e italianos da velha Itália. Ele começara a ter criação protestante, depois o pai como que de uma hora para outra, um leitor em francês, alemão, italiano, inglês e espanhol, tornou-se comunista teórico de carteirinha e virou o disco. Virou o fio. Mas não mudou da água pro vinho. Continuou desagregador, interesseiro, explorando mão-de-obra barata.

Depois ele fugira para São Paulo; estudara como um louco varrido. Na verdade, nunca se apegara à religião qualquer que fosse o referencial de altar, credo ou liturgia. Era um agnóstico-esótérico--anarquista-teórico-técnico, sempre que indagado se sentia muito bem dizendo assim. Aliás, sua religião era o dinheiro. *The Money*, dizia. Capital, investimentos. Mas no fundo não era bem assim, propaganda enganosa. No fundo talvez tivesse mesmo um coração de ouro. Só que não sabia como tinha ou como valer-se dele. Guardar o amor para si não é amar, assim como ter e não prover. Conhecia bem o ramo. As máfias governavam os governos, que fingiam que eram donos da livre iniciativa (oferta e procura, uma mentira organizada sem escrúpulos) os estados que deveriam ser públicos eram vergonhosamente privados de forma suspeita, aética e inumana. Mas sabia que tendo capital, "móney", compraria de tudo, se não a dona felicidade, pelo menos alguma irmã bastarda ou xifópagos dela, mesmo que não fosse perfeita, acabada ou se sustentasse por si só. Mas, afinal, dizia-se: o que era perfeito?

Quantos entes havia no espaço sideral? O homem só residia num mísero grão do Sistema Solar atrasado do universo todinho?. Álvaro depois ponderou que, talvez no caos das possibilidades inteiras, um humano que tentasse compreender tudo, e dirigir o que o rodeasse, poderia perder o controle até de si mesmo, tendendo a mergulhar para sempre no desespero de sua miserável existência. Portanto, teria que rever tudo, pensar profundamente, pois, certamente, seria melhor aceitar os paradoxos e as ambiguidades, acreditando até na possibilidade além do extraordinário, quando, certamente, o concreto então se afirmaria e se fixaria na miragem. Seria isso?

A velha Aia a sondá-lo entre conjeturas existenciais enigmáticas, parecia querer ser dona do seu cismar quase alhures. Um tostão por seus pensamentos. Ainda guardava um zelo de estima por tê-lo ali, mesmo que, de alguma forma, nada inteiro do que antes fora, quando piá de tudo, quando puro, limpo, sem vícios e traumas, só algumas orquestrações de ressentimentos. Nunca mais somos os mesmos depois que saímos de casa. Nunca mais somos humanos quando deixamos o recanto matriz. Nunca mais somos puros quando saímos de Itararé. Do exílio de Itararé, nunca ninguém regressa inteiro ou sofisticado. Nunca mais somos os mesmos, ou inteiros, depois que deixamos de ser crianças, e que enfrentamos o labirinto-rocambole das azeduras íntimas, das cavernosas estradas plantadas pelas intempéries dantescas que enfrentamos no cálice do longe. Mas ainda era muito sensível (e exatamente por isso estava ali), delicado, aproveitador de releituras e aprendizados que não estão nos diplomas, nas catedrais, mas no lastro que trazemos de alguma maneira, de muito além, antes de nós, até um caminho que cedo ou tarde vai dar no sol.

ONZE

"Qual o assunto que mais lhe interessa
Além da vida in-vitro (...) e vivida às pressas?
Apenas uma canção invento agora, um poema
A madrugada em silêncio a dor acalenta
Esquece o início de tudo e o fim dos tempos
Deita no colo de tua amada, onde da
misteriosa expansão do nada
O universo se alimenta..."
(*Tempos Quase Modernos*, José Carlos Capinan)

Dormia numa espécie rude (e algo côncava para dentro, o interior) de uma tosca cama de pedra-sabão, torneada para esse feitio de utilidade. Embaixo, havia uma forma de fogareiro redondo, de barro, com alguns seixos entre brasas acesas mantendo o calor, alimentando o ambiente de quentura e também de uma réstia de luz amelada. Por sobre a cama de pedra, gordos colchões de retalhos de panos e couros em alto relevo trabalhados com arte. De cobertor, duas espécies de colcha de retalhos como se feitas com favos de macelas e outros tipos de pétalas de flores silvestres das montanhas, mais travesseiros de peneiradinha terra cor-de-rosa da planície. As cobertas cheiravam a um gostoso e repousante verde-tenro de pétalas de rosas.

Trouxeram Perci para que Álvaro o visse. Brincou ligeiramente inseguro com ele, apesar de estar desacostumado de brincar. Reparou que Perci estava róseo, gordinho. Com belos furinhos nas bochechas, já engatinhando e com resmungos de falas aprendidas. Quando via o ser conhecido quase que já dizia algo como um impronunciável "Pá" ou som parecido, pois era muito precoce, mesmo forçando a boca e a alegria de reconhecer o tio-pai. Parecia, com os olhos negros incisivos, olhar no fundo da alma de Álvaro. Como se já identificasse ali um curso genético de ligação. Isso seria possível para tão tenra idade? Há céus nas impossibilidades. Tupã, Ceci, Peri, tudo isso era do mundo deles, folclorizado ou não, entre guatembis e caiubis, mais a grande serpente do rio, ou as estrelas cadentes como lágrimas de um Deus muito triste com o que o mundo por fim resultou.

De manhã deram novas frutas ao Escolhido Álvaro. Frutas secas. Temperadas ao sol. Típicas dali, algumas exóticas, como amoras silvestres, mamões-amargos, laranjas rústicas, e ainda um suco-chá de raízes e ervas, algo entre amargo, cítrico, mas como se de alguma forma maltado. Parecia misturado com leite de cabras montanhesas, gorduroso, forte, portanto. Depois saíram para algumas sessões de "limpeza" espiritual, vamos colocar assim. Nos primeiros dias Álvaro estava só reconhecendo terrenos, espaços, andanças; os índios lhe passando afetuosa segurança não queriam que ele se importunasse com nada, para não quebrar o circuito do que certamente lhe viria, cedo ou tarde. Apenas, silentes, contemplavam Álvaro, talvez com alguma eventual disfarçada raiva dele estar escolhido para "conversar com os deuses do tempo" – por ser uma espécie exótica de "privilegiado" (por desnatureza?) por isso.

Ou como se quisessem estar no seu lugar, pois eram muito mais fortes para a empreita; tudo isso era mais no estilo deles. O cara-pálida enxerido era um branquelo, doente, metido a sebo e fracote, talvez nem mais suportasse sair de si, podendo até morrer na "subida aos céus" que havia dentro da "viagem". Álvaro achou que a velha Aia Luzia contava com essa trágica possibilidade, pois vivia a repetir dicas, conselhos, repondo seguidamente Álvaro (com ervas-remédios) num sustentáculo (talvez psicossomático) do que ele viera perdendo pela vida, prematuramente longe de casa, bem pouco cuidando da saúde, e mais investindo em conquistas pífias, posses triviais, bens absurdos, "status quo" de várias formas ou tipos; de qualquer coisa (e por qualquer motivo), acreditando nos PHDeuses do lucro insano, entre riquezas injustas e riquezas impunes (lucros amorais), próprias do selvagem capitalismo amoral, inumano; do capitalismo periférico de Terceiro Mundo. Mas ali estava Álvaro, doente terminal – sobrevivendo sabe-se lá por quê; talvez os propositais remédios diários da Aia – a empatar tudo de si na possibilidade de visitar antepassados e saber os caminhos que existem no muito do além de todos os seres enquanto almas, espíritos. O legado sagrado da cultura indígena.

Uma vez a Aia Luzia tocou-o no local que fizera escondido a estranha e primitiva microcirurgia (ao recebê-lo desacordado de dor), visando arrancar algum nódulo do seu problema de câncer na virilha. Perguntou se doía, algo assim. Respondeu respeitosamente que melhorara bem. Ela apenas resmungou, como se quisesse exatamente isso, e apenas disse, pondo serenidade na consulta: – *Ainda bem. Tem que ser uma trégua de dor até que você tenha feito o que veio para fazer e, por certo, o fará.*

Álvaro não sabia exatamente o que ela pretendia dele. Coisa pequena e simples não era. Mas ela sabia ser coerente em tudo e isso lhe bastava.

Notou, no entanto, que eles nunca falavam de morte. Não davam nenhuma importância a isso. Morrer, para os velhos, era um descanso conquistado como se troféu da honra de terem sido Seres inteiros, por várias estações. Quando morriam por doença, precocemente, eram os finados pranteados em louvores como se anjos "recolhidos" primeiro. Se morriam numa luta, numa caça, numa pesca submarina, numa queda brusca em que às vezes por descuido despencavam falésias abaixo para a morte, era uma morte que enchiam de símbolos. Uma morte de águia. Uma morte de peixe. Uma morte de irmão bravo. Uma rota de meteoros. E por décadas contariam aquelas acontecências com orgulho, ao redor de fogueiras, como se póstumas homenagens à travessia do irmão de pele, filho do sol como eles, sobreviventes de muito antes de antigamente. A morte para eles era enormemente comum e natural. Quando morriam como "peixes", como "águias", como bravos guerreiros (lutando contra um animal selvagem, por exemplo), então mais depressa ainda cavalgariam os prados do céu, pois se tornaram parte da natureza, não eram apenas corpos comuns, mas corpos-de-peixe, corpos-de-águia, corpos-de-onça, corpos-de-parceria-imediata com a natureza, coisas de ventanias, corpos de nuvens, cantos de prelúdios divinais. Ou pele de sol, bico de vento, garras de noites, essas coisas. Acreditavam que, quanto mais doesse a morte, mais depressa voltariam puros aos céus da origem. Seriam partes da natureza no teatro completo da vida. Comumente olhavam com respeito para amanheceres, poentes, finais de tarde, prenúncios de chuvas, voos rasteiros de pássaros, sustos de cavalos selvagens, pios noturnos, labaredas de fogo e tudo mais. Achavam que seus antepassados estavam nessas coisas todas, podiam ser essas coisas. Um tio-avô antigo podia ser passageiro vento noturno. Um filho precoce perdido numa queda de escalada de serra podia ser chuva de verão. Um estalo de fogo crepitando na lenha verde podia ser beijo de mãe, um cavalo arredio podia ser velho chefe marcando território nas pastagens do longe, uma cascavel matando cachorro aldeão ao rés do chão podia ser aviso da presença dos deuses; ou mesmo documento de silêncio pedindo trégua ao barulho, recolhimento de festanças, medidas de vaidade, pontos de interrogações na mediocridade do orgulho, sinal de fantasma saudoso de estar na aldeia e tudo mais.

Álvaro mesmo, por claros segundos (estaria ficando louco?...) sentiu – seriam os alimentos-ervas, os chá-ervas, sucos-ervas que lhe "preparavam?" – que algumas pedras, tocos de paus, folhagens ao vento montanhês puxavam diálogos imaginários consigo, mas um medo medrou seu punho de fala. É nessas horas que se sonha o improvável? Ah os mistérios do mundo, muito além do que compreendem (ou inutilmente tentam loucamente compreender) a nossa existência, a nossa precária e vã filosofia.

Mas não era um povo complicado aquele.

Álvaro é que era um sisudo bicho estranho no ninho deles.

Como sabiam que ele os tinha ajudado, ficaram mais tranquilos. Mas não mudaram muito os costumes. Não significava muita coisa para eles, no contexto natural todo, porque, nem por isso – por causa do dinheiro que tinham numa fundação disponível a qualquer tempo para aquele resto de tribo como se confinada numa espécie de reserva permitida a médio espaço limitado – respeitavam-no mais que o useiro e normal deles. Não tiraram um tostão do crédito além do necessário, emergencial. Deixaram grande montante da grana para o acaso de uma futura operação urgente, uma necessidade fora de ocasião, uma carestia de terra improdutiva, de lavoura ruim, uma epidemia ou doença grave que de tempos em tempos varria a aldeia e levava proles mal cuidadas dessa raça vermelha. Não mostraram interesse no dinheiro pelo dinheiro, não compraram tevês, tratores, telefones, parabólicas, jipes, canoas, nada. Tudo isso era supérfluo para eles. Tinham o que tinham. Eram, sob a ótica cristã, como no salmo-parábola do Mestre Carpinteiro, os verdadeiros "lírios no campo" e Deus os sustinha. Sempre tinha sido assim.

Parecia que o que Deus lhe dava, lhes bastava.

E assim aceitavam a vida como a vida era, procurando ser como varas verdes, curvando-se às situações, não se quebrando por causa dos problemas-limites .

Integravam-se à natureza, sabiam das dimensões-travessias delas.

Eram parte dela, não inimigos dos eixos naturais.

Eram amigos da vida, amigos da morte, serenos, tranquilos. Donos de si. Perfeitamente seguros nesse modesto compreender.

Só pensavam na dor, quando houvesse alguma dor e motivo para doer. Não sofriam duplamente ou por antecipação. Não pensavam em coisas ruins do passado. Não cultuavam ruínas íntimas, sequer as inventavam. O sofrer tinha o crédito de apenas testar dentro do permitido momento dele, depois as lembranças seriam folhas secas ao vento, páginas em branco de rostos que voltariam um dia, num filho, numa ave, num sorriso, um descendente.

Estavam preparados para tudo.

Morrer ou viver era sempre a mesma geleia geral da vida.

Estavam como se sentiam. Eram sós quando estavam sós. Mas achavam a solidão o melhor remédio para a alma, assim como a música era uma flauta de ouro de Deus no espírito de um antepassado. Viam música em tudo. Desde o romper-se de uma placenta num monte de terra, no choro de um córrego murmurante, num grilo batendo o mesmo pino o tempo todo.

Eram felizes assim porque eram verdadeiramente seres especiais. A grande filosofia da vida é ser feliz? O espaço que tinham, agradeciam. Se não tinham é porque não mereciam mais, e viviam em paz com isso que lhes bastavam. Não tinham ambições, interesses, lucros, inveja. O medo era um sinal que sempre se considerava com respeito, como se um aviso instintivo, intuitivo. Estavam em si e assim se abasteciam e se bastavam.

Como eles eram verdadeiramente imagem e semelhança do supremo criador no sagrado coração da terra.

DOZE

"A realidade de hoje foi o sonho de ontem.
O sonho de hoje será a realidade de amanhã.
Em todas as épocas, zombou-se dos sonhadores."
(Zulkind Platigorsky)

No ir e vir diário da presença pueril e inquieta de Perci, trazido sempre por uma índia-menina novinha de tudo, uma bexiguenta serviçal aia, muito precoce, notou de passagem e sem querer, algumas marcas (de fogo?) na epiderme do pobrezinho. Um índio pertinho pediu discrição e Álvaro ficou meio que de pá virada, antena ligada, de tromba. Será o impossível?

Mal a Aia Luzia apareceu na caverna-quarto de pedra lascada, antes de seu cobrar intempestivo, ela foi logo explicando, ao seu jeito medidor de destemperanças. Alguém tinha reparado que Álvaro tinha notado? Como eles eram observadores de mais coisas do que ele podia saber, imaginar e compreender no contexto das havências.

Para algum motivo, alguma coisa, Perci estava com ele ali, já que na verdade, podia nem haver necessidade de estar. O sobrinho-filho poderia ficar muito bem Itararé, na casa da querida Família Jora Leite, seus conhecidos, parentes de seu amigo poeta, perto do Bairro Velho, lados do chafariz. O curumim branquelo era uma espécie assim de chave sensitiva para o contato do que se seguiria consigo, na hora agá de sair de si; ir em busca sabia se lá exatamente e com precisão do que quer que fosse.

Tinha sido "oferecido" aos Deuses. Como se uma "isca" ou "comanda" (assim ele entendeu) à porta de entrada de algum sagrado limite superior. Portal. E tinha sido aceito. Pela presença (e importância) dele, renascido de alguém "que já viera muito antes do Brasil ter esse nome imposto pelo colonizador-explorador" e teria que estar no momento do encontro cósmico; o mais perto de seu pé esquerdo, ligado por determinada veia do calcanhar (...). Era como se o menino fosse o disjuntor da "ida e vinda" do seu Eu de si; se compreendeu bem tudo o que lhe foi pincelado de curto e rápido em uma modesta explicação vaga e rasteira, ao meu modesto compreender limitado e pouco cônscio do que realmente acontecia e certamente ainda mais viria a acontecer.

Perci na verdade lhe "fora dado" como colhedor. Como um canal de bifurcação. Era um sobrinho-filho que tinha sido um tataravô do seu tataravô. Era um guardião da sua espécie-família de cabelos de trigo queimado.

Tinha o dom de ser uma espécie de pedra-ícone de intermediação de limites. Para os "aceitadores" do Eu de si, Álvaro sempre tinha se precipitado, sujeito a acidentes fatais, sendo abusado, incoerente, exterminador do seu permitido viver inteiro, tenso sempre, com a morte lhe colhendo (e recolhendo) de forma prematura, inconsequente e rápida. Nunca, em vida alguma, tivera um viver inteiro, completo, cabal, vantajoso. Era arredio.

A cada volta Álvaro durava um pouco mais. Mas não durava tudo. Não durava muito. Ainda teria que mudar bastante, evoluir imensamente, crescer enormemente para, num futuro distante, chegar a ficar bem velhinho (vestido de sábio) ao degrau-dimensão da grande roda da vida que alguns dos índios mal-e-mal chamavam-identificando como se de "redoma", se os compreendeu bem como tentou por instantes de pensamentos mal concatenados. Mas foi registrando aqui e ali, ao seu jeito.

....

"Aroma de terra. Picos agudos azulados. Trilhas estreitas, beirando abismos. Podia se ouvir as falas das pedras soltas pelo atrito dos pés rolando pela encosta. Atalhos rudes, rochosos. Bosque de marias--sem-vergonha vergando ramos. Musgo. Cumes salpicados de estilhaços de luzes. Abismo rochoso com uma ponte de madeira antiga. Cascatas caindo do alto. Ravina verde-esmeralda. Rochas rasgadas como feridas velhas. Trechos perigosos. Cachoeiras caindo de um penhasco. Sombras de rochedos. Fenda profunda cavada por erosões. Borda de penhasco. Uma encosta que galgamos. Saliência rochosa ao lado. Pequeno riacho com fundo pedregoso, bem escorregadio, com limo verde-ranho, pegajento. Tufos de relva entre moitas crispadas. Céu de brigadeiro. Nuvens redondas, ovais, ou, imitando coelhos, esquilos, sabugos de milho. Eis-me pedra, umidade, fumaça, sumo de fruta silvestre... vento-zen, solidão de anfíbio impertinente. Extravio sobre o invisível e o visível..."

TREZE

A vida é um milagre que precisamos transformar em exercício de libertação, num espetáculo de grandeza pelos nossos atos, e numa construção de sabedoria, com eternos aprendizados de Somas.

Em folhas rústicas de um puído, improvisado (e cheio de nódoas) diário enorme, feito pasta de serventia à mão com páginas para serem preenchidas com escritas de ocasião, desenhos e cifras de músicas, Álvaro escreveu bastante, manchou de encardidas anotações nervosas, registrou desesperadamente antes que viesse o coldre do esquecimento.

Fez apontamentos apurados (talvez em desespero) dos detalhes que guardou com prazer estimado. Sempre refazendo as anotações que depois apanhei de "traduzir", formatar e dar inteiro entendimento crível na medida do possível; na medida do impossível aqui composto em tópicos frasais, fragmentos, contundências, despojos:

"... Uma noite viajosa dormi muito mal. Sonhava com monstros como se pondo peixes e fermentos nos caminhos dos homens, armando problemas que evoluiriam. Vi sepulturas sendo caiadas, lembrei de Cristo pregando sobre "sermos o Sal da terra" – depois dizia: "Na casa do meu Pai

há muitas moradas". Eu vinha sendo como que "dopado" aquele bendito tempo todo, de uma forma ou de outra, purista, compreendi.

Tive suores noturnos. A pressão caiu muito. Eu não estava no meu normal. Acordei com esquisita dor de cabeça latejando certa manhã, e meu quarto de estadia estava cheio de flores, de todos os tipos.

Cheguei a pensar até que algumas flores não existiam, ou que eu estava ainda dentro de uma continuação de sonho, parte de pesadelo." Pesadelo?

Somente muito tempo depois desse despertar, foi que compreendi que ali era o marco, o limite, o lumiar, o fechamento de uma situação, de um ciclo, uma divisa fronteiriça. E que tinha chegado a minha hora. Eu sobreviveria inteiro?

Que Deus tenha piedade de mim. E que mo permita relembrar, reconstituir inteiramente (depois, em palavras humanamente compreensíveis) os passos todos de minha queda para o alto, de minha elevação e do retorno ao que eu teria que lembrar; custasse o que custasse. E então pudesse escrever, registrar, despojar-me para o que eu teria de passar à frente, quer fosse essa realmente a vontade divina, como por muitas vezes compreendi, pois sempre que vivia o diferente, o extraordinário – mesmo que muito tempo depois de cavoucar situações – eu sempre lembrava inteiro e limpo, mente fotográfica, como se meu cérebro tivesse dispositivo especial para tanto, inclusive para compreender os devaneios ou "realidades" substitutas, dimensões paralelas, arquivos ancestrais.

Eu tinha que ser forte, seguir em frente, enfrentar a situação. Tinha que ser determinado e suportar até mesmo as sequelas posteriores do que me aconteceria, ou me perderia para sempre no labirinto dos imprestáveis dementes. Eu já tinha pouco tempo de vida, para perder-me de mim ali; teria que ser prudente na loucura, sereno no voo do conhecimento e da fé, consciente no abandono. Suportaria toda a "lavagem" da missão, para habitar corajosamente a Estrada do Sublime? Libertações custam os olhos da cara. Custam as luzes da aura. Mas eu conseguiria. Eu tinha memória de elefante, era bom nisso.

FINAL

"Todos sabemos que alguma coisa é eterna. E não são casas,
não são nomes, não é a terra, nem mesmo as estrelas.
Todo mundo sente dentro de si próprio que alguma coisa
é eterna e isso tem a ver com os Seres Humanos (...). Todas as
grandes figuras da humanidade vêm nos dizendo
isso nos últimos cinco mil anos!"
(Thorton Wilder, in, Our Town)

IMPORTANTÍSSIMO:

Aviso:

Quase todos os dados narrativos e importantes aqui compostos, foram tirados de anotações pouco claras, mesmo que circunstancialmente algo sábias do Dr. Álvaro Henrique Schiolla, outros dados, na medida do crível, apenas entendidos como tal, quando não habilmente interpretados à luz da literatura e a partir do contexto sintaxe-gramatical como um todo, na devida sequência lógico-formal e evolutiva dos fatos, depois, então, devidamente conferidos, averiguados, compreendidos e, na medida do possível, confirmados como inteiramente verídicos pela depoente supostamente séria e presente na história, assinalada ao final da obra.

Caberá a cada leitor interpretar ao seu "compreender" (de bagagem essencial inerente, própria, íntima, vivencial) o que o autor dos apanhados registros quis dizer exatamente com o que arrolou talvez desesperadamente em situações-limites, em situações-problemas, e deles se prover de conhecimentos, causas e até quaisquer buscas que entenda humanamente necessárias e de vital importância para a evolução da sua vida interior, pessoal.

Foram, entretanto – por força de coisas incompreensíveis para o estágio atual da evolução humana – necessariamente desconsiderados certos apontamentos vagos, desconexos, "lógicas" imprecisas, narrações incompreendidas em trânsito paraespiritual; informações circunstancialmente inexatas, ou mesmo algumas eventuais divagações de narrativas incompletas no contexto do que deveriam ser os registros coerentes dos fatos aqui descritos, pelo qual se desculpa o autor final, que buscou humildemente ater-se ao corretamente vivido e descrito fiel (mesmo em se considerando o "estado de animus" do prestimoso e correto Dr. Álvaro que vivenciou paulatinamente tudo).

Roga-se consideração pelas liberdades poéticas tomadas, a propósito de permanecer o apanhado final do livro o mais correto e justo da verdade pretendida possível, caminho que, certamente também buscava o personagem principal e motivo maior desse projeto de livro.

Que cada um compreenda segundo o seu necessário espírito de entendimento.

ZERO

Às vezes fugimos de uma estranha "Noite" interior, escuridão íntima, de uma estranha vida desregrada de princípios básicos, de uma espécie de inferno interiorizado, inexato e incompreendido, vagamos por mil lugares exóticos de nós mesmos (e muitas vezes desconhecidos até da ciência e do conhecimento), e quando chegamos num paraíso qualquer – por algum motivo, ciência, química, hormônio, dor, espiritualidade ou razão – que poderia ser mais que um porto de encalhe, uma fuga, uma ilha de misericórdia, nesse lugar "anormal" – (e, notadamente longe do controle de nosso "Sentir" e de nosso compreender imediatista, vulgar, primitivo, finito e comum) – e observamos que a "Noite" continua conosco como um gomo-dimensão-sígnico do "todo-de-nós", e, ainda, pior: o inferno está em todos os lugares, porque o inferno está em todos os seres humanos, quando não está exatamente em torno do que somos, e o levamos, sempre, para onde vamos, como plantadores de ruínas em sentimentos reveladores de nossos lanhos íntimos.

(Apontamentos inexatos para uma inexplicável anotação de devaneio-fuga)

....

"Ler é um momento extremamente passivo – mas um momento, porque mexe com as imagens interiores, guardadas, reprimidas, acrescentando-lhes outras e transformando as que o leitor já traz consigo." (G. Bernardo)

ZERO UM

"Ninguém pode construir em teu lugar
as pontes que precisarás para atravessar
o rio da vida, ninguém, exceto tu, só tu."
(Friedrich Nietzsche)

As comportas do cérebro jorraram:

— Extremamente fora de mim, muitíssimo alterado, numa estranha, inusitada e inexplicável "existencialização superior" que fosse, busquei alguma compreensão lógica dentro do que me fosse humanamente possível naquela hora de apuro.

Só posso explicar precariamente que senti – mesmo cego de alguma forma (eu tinha os olhos fechados pelo Barqueiro ou o Barqueiro exigiria uma moeda para me transportar para a Eternidade?) – que "entrei" por uma "dimensão sensorial" em forma estética de enorme olho (voltado para um "Eu" dentro de mim), num estranho "veículo" pancomunicativo (e pluridimensional) de inexplicável denominação. Conjeturei, ah conjeturei: "O Túnel do Tempo"? "A Noite do Destino"? "O Umbigo da Dor" (feito uma Operação Limpeza?). – *Estava eu dentro de mim mesmo e encontrara um "mundo?* – Foi revelado o "avesso" de mim. (Estava escrito: "Abrirei em palavras a minha boca e publicarei coisas ocultas desde a fundação do mundo"). Estou agora mesmo. Não importo o que fui se Sou, nem mesmo se serei, pois Estou...

Uma espécie de ancoradouro de veias interiores, com formas escuras (entre a dor e a sombra) da minha ramificação vital, nalgum lugar adjacente do agente catalisador de mim, estava podre. Eu já estava condenado. Tristes ramificações neuro-sanguíneas. Dutos espirituais de recomposições?. Fragmentos inutilizados de mim precisariam retornar para um eixo-norteador de origem ancestral, lá, num "lugar" de orientação instintivo-formal, sentido da "Estrada dos Caminhos".

Ou seria "Estrada dos Espíritos", Muito Além das Moradas dos Deuses? Pensar, um ato. Sentir, um fato. Os dois se juntam, Sou Eu.

Eu via (ou parecia ver) o identificável "olho do sol!" (via-me a mim!) – Eu temia, no meu Eu de mim, forçar o despojo da viagem com o sensorial todo elevado. Tentava "ver" aquela maravilha (e a outra face quase cariz) bem distante do que racionalmente compreendemos no permitido.

Coisas ruins de minha construção de vivência habitavam o porão da subsistência como "olhos de prosseguir". Ações vendadas por causa de falhas antigas. Feridas velhas como manuscritos epidérmicos; mais as danosas e inevitáveis cicatrizes da alma, do caráter e do coração, para onde irradiavam "informes" polissensoriais de ultradores. Havia um preço. O desenvolvimento da realidade muito além da consciência não tem fim.

Viver de novo, de novo e de novo, até aprender a pagar? Eu sou a consciência do que vejo? Quem vê nem sempre realmente vê. Quando pensamos algo, algo vai para a Via-Láctea e volta em forma de luzes, sons, palavras, sentimentos, agonias. Cada um interpreta da maneira que a noite lhe permitir, disse o poeta Emir Ross. Devia ser isso.

....

(Estou escondido dentro de um lugar na minha mente... minha mente cósmica está em conexão com a mente do universo. Estou viajando dentro de um lugar na minha mente... sou habitante de um lugar dentro da minha morte? Meu olho interior me vê por dentro... como na realidade sou (tenho medo do "aquilo-coisa" que sou...). Que lugar é este lugar dentro do meu cérebro-vida... o espírito sendo revelado; a face de uma fronteira cósmica em mim no elo que compõe o todo-universal? Morrer vai melhorar a minha vida... morrer vai curar a minha doença... nunca mais vou sentir dor (não haverá mais dor). O começo do que não é inteiro... o meio do que não é carne... o fim do que não começou ainda... o pré-haver do "Eu" de mim. A face da Vida Eterna tocou a minha morte – e desfez a minha dura dor de existir – e me curou de mim, muito além do vale da sombra da morte. Morrer vai fecundar a exercitação da minha cura... Não haverá mais dor... morrer vai sarar minh'alma? A morte me libertará de mim. Que vitória há na morte? Morte, Deus; o olho que vê por dentro. Estou-me a ver-me dentro de mim, e não concordo ou compactuo inteiramente com aquilo que ali me sou... Que bicho estranho me sou, sem pele (a pele da alma é luz?), sem pilar de alma-feita, sem coração; a carcaça-carranca de um outro que se me habita, hospedeiro de neuras, de dores, de criações-sequelas de mim? Chorei ao me ver nu de todas as formas humanamente impossíveis. O céu e o inferno em mim. A minha palavra regurgitando o bicho que ao ver-se em mim me renega. Não me queria mais existindo, sendo "aquilo" quase ente. O que mesmo era um ser "Ente"? – Era a minha sentença-escolhida, a morte. Dentro de mim, eu era o que não queria ser. Dentro de mim – eu me vendo – o verdadeiro "eu" se escondia na nudez do avesso. Fugir na morte. Morrer a cura. Sarar na morte. Habitar as pradarias celestes muito além do meu corpo-terra. Um anjo inventou a espada porque a morte é a colheita do Criador. A face de Deus... a teoria da ordem no caos organizado, o efeito borboleta, a grande explosão, o homem como fruto e flor, semente e arte do átomo. A intervenção antes da evacuação?. A intervenção não no corpo físico, na matéria, no táctil, mas no espiritual. A quarta dimensão (a alma), na concepção dos sensíveis. Os humano-sensoriais (os escolhidos), humanagente. O ente ser-vivo, ente da razão. O que existe ao se ver no outro enquanto ser social... escolhido para pensar, agir, refletir, interferir, criar, muito além de si, até numa vida elísia.)

....

No princípio era o fogo, o sofrimento, depois a água. Eu precisaria reescrever todos os estatutos dos sentidos (com as minhas convicções humanas vencidas) para dar o devido testemunho clarificado. Eu devia estar habitando o coração de um incêndio.

No todo do meu sentir; no todo do meu lado "sentidor", no aqui agora *explicável possível*, era uma circunstancial (e provocada) estadia interessante. Era laboratorial do, ponhamos, "ancoradouro-hangar". Feito como se com milhares de olhos de ancestrais. Um simpático Ente Receptor veio me receber com a cobrança-boa-vinda na mão direita, já que a mão esquerda não tinha (ou era de alguma forma invisível). Veio e pediu-me a Prestação de Contas de toda a minha existência, até mesmo o fato de estar "passageiro" ali, quase altar de íntima sustentação que fosse. Como a forma de se pagar no local era medida em pré-sal de lágrimas de adeuses, mostrei-lhe meu desalentado olhar de desespero misturado com desprezo à própria existência. O espírito-vívere era o único dínamo de minha "viagem" tornada possível naquele estágio-sacrificial-estadia?. Eu jamais podia aceitar questionário ou renúncia. Segui adiante naquele aberto favo do meu inconsciente de certa forma revelando-se às pressas algo "encantado". Ou encarnado? Em seguida, de alguma maneira transtornado nessa travessia marcada com lampejos de estilhaços neuro-cerebrais (e polissomáticos) – veias rompidas? – olhei para as formas das casas-cogumelos. Senti que eram feitas de sonhos. A estética diferente delas todas davam-nas como se cobertas com milhares de cabeças de agulhas apontadas para o sabre do divino; como se planassem no muito além do compreensível. Um mundo além do mundo. Captei-decodificador (no espírito) em transe-viagem, que a cabeça da minha doença naquilo tudo de existir-ali era um ponto de interrogação no abismal dos nós; nódulos intracerebrais que expunham segredos quântico-genéticos. Arquivos de tantas outras vidas? Somos vidas-arquivos sem placas de capturas de viagens existencializadas no passado...

O enigmático Fogo Sagrado era uma espécie de forja de destinos. Um menino inválido que eu tinha sido, ofereceu-me ali um dedo de sapiência. Que era a medida das coisas doces e aproveitáveis do lugar. Mostrei-lhe meu olhar. O pobre coitado continha a noite eterna. Só compreendia a determinante lisura dos afetos permitidos com mansidão. Era cego de nascença legada. Dei-lhe um sorriso escrito em folha de sofrências subterrâneas com sentimentos sonoros. Ele sorriu e correu. Correu com seu tabuleiro de pele de tristeza. Correu desesperado. Saiu anunciar que agora podia ser pronunciável, pois recebera mais do que dera. Era esse o destino daquele alheamento-ilha. Nunca esqueceria o código primitivista do meu compreender naquele espiral dos espíritos. Fiz o que pude. Faço o que compreendo. O que compreendo?

Eu mal me cabia em mim. Não só de inseguro, por vidas díspares. Inseguro de inúmeras linhas divisórias. Doente da alma, sobremodo azedo do coração; de mal calado da espécie, de morticida que minha vida (também em deszelos antigos) tecera por manuscritos de erranças. Vi uma espécie de aparelho Repositor a beira de um lugar com brumas; anjos (herdeiros do futuro) faziam consertos de alguma coisa. Uma moça com remorsos ácidos veio oferecer princípios. Disse que eu de vez em quando tinha olhos impuros. E olhos doentes eram terras de ninguém. Ela se chamava Alma-Esperança. E vestia-se de uma cor que era medida de claridade "lápis-lazúli". Que era também a cor de todas as honras. A tarde (na minha medida precária de habitacionar ali) estava aberta. Vi dois sóis no alto. Meus próprios olhos? Se bem que depois fiquei sabendo-sentindo que tudo naquela "viagem-religada" pela própria natureza sensitiva me pertencia. Só que refletiam num plano diferente, duplo; como se coisa de um Plano Narciso, num curto entender imediatista. O que era retirado da razão, retornava no sonho? Loucura-lucidez tocado pela espiritualidade-matrix.

O Anjo Perfeito, que pulsava o mando ali (de idas e vindas) colhia sensoriedades dentro das impurezas na lâmina da minha presença. Mandou avisar-me que queria ver-me. Antes que eu fosse inutilizado. Preferi por tomar depressa uma ducha de soro que saía das espécies de postes de luz que havia na minha peregrina permanência inexplicável em tal elevação espiritual (conduzindo matizes e iluminuras de cores variadas com tons esplendentes). Depois, vesti-me de mim mesmo, tomei uma estranha carruagem cor de tomate escuro e rodas feita de nuvens de plâncton vermelho. E fui-me a ter com o Louco. Era inevitável. Senti-me em levitação neural...

O historial do Ser é concebido pelo espírito? Portal de Luz... Portal de Dor...

Ele, na verdade, tinha divindades próprias no interior de si mesmo. Lia a mente das pessoas destinadas a ele, e, ainda, de madrugada (quando deixamos de ser o que somos), ferozmente despertava instintos de sobrevivência. O aceitável de mim (em estoque de presença) ficou ao lado de uma máquina trazida do império do meu próprio íntimo algoz. Pude compreender tudo aquilo o que Ele era e o que representava, quando captou minha cicatrizada sofrência existencial. Apesar do meu disparado coração enfebre; das palavras ocas no coar dos pensamentos, e da súbita (e incontrolável) vontade de me matar pela última vez, eu valia uma chance a mais, uma vida a mais. Quando soube que um composto meu bem pouco uniforme, e também pouco perfeito, tinha fugido por algum mau destino adquirido, o Louco teve pena de mim. Mas sentiu que eu deveria ser perdoado. Meu terceiro olho revirava nalgum lugar de mim. Os que foram nossos ancestrais, são a nossa afirmação no espaço?

Corri-me, de alguma forma, dali. Até tropeçar numa pedra-rosa (do que eu não tinha conseguido por mim mesmo evitado de Ser). Ouvi um trovador cor de polenta frita gritando o preço do que vendia: doze frases que tivessem o conteúdo Amor. Não dei tempo da Agonia me ver. E fui dar-me em busca de um lugar para dormitar minha dor de existir; minha dor de levitar, minha coragem de querer finalmente romper com tudo, já instintivamente admitindo essa hipótese. A Dona do alojamento, pediu-me absoluto silêncio. Alertando que eu não deveria usar espelhos. Sono, Morte, Desmundo. Eu estava à beira da loucura com tanta informação. Mal podia suportar a carga. E o Monte da Graça, o que era?

Agradeci a flauta do consolo.

Fui beliscar um pouco de sobrevivência que vinha no ar da colheita diária de nuvens. Feita por prisioneiros que tinham machados, pás e baldes no lugar das mãos, por castigo de serem o que eram: falsos seres. Eu atraía angústias... Depois de beber da água (que também era poderosa comida quando desenfebrada), resolvi rezar um hebraico Salmo de Davi antigo como uma rocha (não sabia como sabia aquilo – só sabia que sabia). Um secreto núcleo cerebral (silo neural) meu fez cara de castigo (ou penitência). Resolvi chorar escondido embaixo dos lençóis puríssimos feitos com corações amargos de mães abandonadas, mais alguns singelos travesseiros feito de choros de crianças que morreram na hora de se tornarem havidas. Estive dentro da cidade desterrada... e ouvi as folhas outonais como pisadas leves... de espíritos passeando pelas ruas...

Dormi mal de início. Havia paredes inventadas com ressentimentos. Voadores cães-peixes latiram (foi a imagem que precariamente me traduzi) dentro do meu inconsciente a noite toda. Vi o Vingador de Ressentimentos, o Professor de Impertinências e o Assassino Que Vivia Na Mente das Pessoas Até Que Cortassem Os Pulsos. Eu estava em Terra de Ninguém, perdido. Literalmente viagem-de-ir-embora... Terra de devaneios, de sonhos impossíveis, oníricos (em catarses), de letargias; caminhos quebrados, cisternas inventadas, costuras pragmáticas. Tudo me era estranho. Eu era lobo guardado da sina do insano bicho-homem (que sempre me habitara com máscara). Aquele local me fora dado para purgar como se asa-libertação de um pássaro-livro; vaga página pulsativa de rosto.

Depois disso, dormi como um peso morto. Sempre foi assim na minha vida de cantagonias. Perdoem agora minhas desculpas esfarrapadas, mas deixemos os mortos enterrar seus mortos. E que a tábua de esmeraldas do passado fique mesmo no cálice do longe, no licor de ausência entre pontos de interrogações. Parece que tudo ali no meu "estar" levitando (espiritualmente), não era fruto de religião e nem da ciência. Era como se eu mesmo fosse criatura de minhas próprias ideias-conhecimentos. O envelope vital do meu "Sentir" – na aura-gatilho do momento, dizendo-me (no templo da mente): *Aqui não é aqui!*. Pela primeira vez estava muito sozinho até comigo mesmo. O tempo tinha se evaporado, sem frigir sequer uma sucessão mecânica. Ontem, hoje, amanhã – nada mais que palavras ocas. – Era tarde demais e eu nem interpretava para quê. Eu sinto-contemplo. Perplexo. Boca de sombras. Será de mim mesmo que estou falando? Um mim-outro? Sonhos-símbolos. Meu abismo era a condição de altura. Criação e consciência. Águas agitadas. A razão vem depois que ponho em luz o julgamento. Estou de olhos fechados e vejo. Como posso poder tanto? Plano de espírito. Noturno e subterrâneo. A metamorfose do que preciso negar ao ver; portentoso de se ver. A obsessão da glória. A visualidade além da ordem da existência em mim.

....

De algum modo fui fazer inventários peremptórios "dentro" daquela espécie de "morada". – Eu era doente assim antes de fugir de algum lugar que era a minha casca? – E vi que meu corpo era outro, era de um outro. Tudo em mim me era estranho, até no insondável placentário-cósmico. Tudo prematuro até de se questionar. Por isso que havia a mórbida proibição de espelhos; contemplação dos espelhos. Todo mundo ali tinha que prestar contas, dia a dia, do que fez, do que não fez. E o maior prêmio era o não fazer, o não-ser, pois que fazer gerava orgulho, e o orgulho, como a raiva, como a ganância, como o ódio, como a vaidade, habitavam a pior vazão da vivência comunitária; traduziam seres em Não-Seres! Eu vagava... divagava...à deriva de mim... estando (de alguma forma) em mim... Quem era eu? Quem ou o que me revelava tudo isso, em que situação-estágio? O medo de estar lá. O medo de saber, e depois o medo de não saber quem me revelava tudo o que eu via. Tudo em mim via. Era esse "tudo-ver" que me punha em pânico. E o Profeta Auroral?

Como é triste revisitar o passado de séculos mal-apagados em fragmentos, depois revelado em símbolos dentro de nós; conhecermos de nossos outros desapontamentos. Como é assustador o ritmo do não sabido; como é temeroso viver com o não "tocável" e assim incompreendido; pensar na não-existência, no não-lugar. Como é dolorosamente delicado viver sem normas comparativas de costumes diferentes, desconvencionais; como se tivéssemos pregos nos sentimentos, estilhaços na forçada mente aberta, fantasmas no coração e pisadas de seres inexistentes nos macadames da alma. A Ilha do Ego era um não-estar... Seria isso, seria assim? Como é duro sentir o que não se nomeia, sem ter noção sequer de dar nome a presenças não vivíveis... sem ter noção de dar estéticas formais a presenças... Árvores de humanos na montanha mágica da vida mutante? A geração dos espíritos como folhas de árvores secas, algumas os ventos atiram no solo, outras brotam na primavera de novo. Por toda a floresta viçosa desaparecem ou nascem os homens da mesma maneira. Nem sempre existe um Homero em cada ser. O céu e o inferno a partir de nós mesmos? A escolha dói.

Que presença viajosa me fora dada ali? Eu planava. Minha alma pelo menos respirava melhor, e meu espírito, como se bebia de um "ar comível pelos poros". Olhei por cima, além dos ombros de uma bruma. Diante do desconhecido, uma luz baixa escondia as linhas de outra realidade substituta. Nuvem de incertezas. Não posso afirmar e nem negar. E vi a última vontade soberana que subia das águas interiores, com milhares de peles feitas de cores variadas. Do branco ao amarelo, do roxo ao rosa-claro, do azul-turquesa ao escarlate, do jasmim alvo ao púrpura violento, do branco ao lilás-neon. As espécies de "coisas" que moravam nelas, todas fugitivas da minha vida, de envolvimentos dolosos em mim, dos meus familiares (que tinham sido meus familiares muitas outras vezes). Os sonhos, com ilusões perdidas, recolhiam as lágrimas dos que se matavam aos poucos (sem o saber) por amor, por inglórias obsessivas, pelo poder, pelo dinheiro, pelas posses pífias (os podres poderes), sem perspectivas de serem piedosas vidas sem chorumes.

Quando a morte matasse a morte; quando soasse a última trombeta, era sinal do fim dos tempos no mundo dos vivos, e viria a Era da Serpente do Inferno.

Soube – sem saber como e por que – que quando alguém tinha dúvida sobre algum rumo, alguma decisão, ia ao centro de Recuperação, que dava um crédito de consolo ao atribulado consultador.

E este, com o pagamento de um dia de vida só – que era tanto e ao mesmo tempo tão pouquinho – podia consultar a possível estadia de um futuro melhor servir sábio as sustentações celulares do caminho das estrelas.

A função da dor alertava sobre as orquídeas imaginárias das felicidades-mentiras; sobre as begônias da solidão-ressentimento; sobre os crisântemos da felicidade perdida; sobre as violetas roxas do sentimento-traição.

Muitos dos sofredores tinham vergonha de sonhos dominadores, de esperanças sem obras, que pertencem às emoções irracionais. Só os imbecis são infelizes.

Por algum preço, um copo de magma da vida, um biscoito perdido de paz antiga, uma nuvem-lembrança de afeto filial, podia se "comprar" um quintal da infância desprezada, desde um pôr do sol com cantiga de mãe, uma fralda do primeiro filho morto de sarampo, um beijo roubado atrás da laranjeira carregada de guirlandas de flores, um abraço demorado de pai morto há décadas.

Naquela Ilha nunca era tarde para ser feliz ou infeliz. Os vigias viviam cheios de todos os tipos de entidades. Era ali também que os Egos se encontravam – e esse era o motivo dessa "ilha" – e por isso havia ensaios de brigas adiadas, mortes completas, erros futuros, doenças adquiridas, todo tipo de tragédia previamente exposta. A organização estruturada do caos... para o livre arbítrio ser tentado...

A morte, nessa parte rasa do meu estar, era composta de parte de tecido epitelial térmico com cheiro de lava-plutônio. Uma voz que não vi, falou-me (dentro do meu Sentir) essa inteiração.

Em poucos segundos (medidos na minha chave humanoide de Visitador) passei inicialmente pelo crivo de um mosaico de erros. Depois fui ficando trivial (como se já estivesse estado ali outras vezes sem o saber plenamente) como flor de abóbora selvagem, sopa de filamentos sanguíneos, seixo-clone.

As placas (panos de ruas) do local eram feitas de mãos que cometerem blasfêmias, misturadas com outras que estenderam pão aos humildes. Por isso eram exatamente iguais. Só que as caridosas alimentavam as fracas.

Havia sondagens no local que ardia em intenções maléficas. Mas nos erros e nos acertos, em perdas e ganhos, idas e vindas, vidamorte e mortelibertação, não para excluir, renomear, demarcar ou selecionar os maus de suas massas, mas para criar elos sequenciais, adicionar, fundar, misturar, completar assim, estender, celebrar a vida, celebrar no devir o bom... e depois o imortal...nos vastos domínios do espaço-tempo... a evolução cumulativa para a formação dos herdeiros do futuro... a luz da verdadeira evolução estampada no cosmos... toda elevação uma busca, uma trilha, uma estrada de caminhos-caminhantes...

Estar ali era um "limar-se" de mim. Ouvi dizeres-sentires e até, algumas namoradas que tive em sonhos pecadores, que contaram que um dia eu seria o renegado. E sentiria na própria pele o que era a dor da verdadeira purificação inteira, quando meus restos seriam comidos por vários glóbulos brancos, e eu, certamente, teria que me dividir existencialmente em vários.

Para servir às várias pretendentes sem culpas.

Até que fosse descoberto que eu não era comum, mas precisava perder peso acumulativo. Perder lastro. Pra alma líquida fluir. O Carro do Sol.

Meu medo estava no meu passado referencial; do qual eu queria fugir para o último suspiro. Por isso escrevo aquilo que se passou, nessa caverna venosa camuflada que vim criando por séculos em torno de mim. Como uma máscara. Como se as pessoas lá fora fossem sombras comuns, apesar de me cumprimentarem e lerem nos meus olhos, nos meus lábios, nas minhas mãos de entalhador, nas minhas sobras; lendo o Eu tecedor de meus novos tempos. Nessa existência que me aceita, me refuta, me decompõe, quando um tear de espíritos me refaz de novo. Eu divagava o pensar? Senti que tinha entrado num lugar em que era inútil o susto, a própria volta, o estupor... o estertor...

Tive um esquisito receio de conhecer de novo um Respiradouro de destinos, principalmente porque ele tinha a minha cara. De certa forma compreendi que somos apenas redemoinhos num rio de águas em fluxo incessante; que não somos matéria-prima que permanece, mas padrões que se perpetuam, carregando em nós os mitos primordiais através de séculos. Reparei também que uma espécie de cão tricéfalo vigiava meus restos (dentro de mim), o que me compunha e decompunha. Infâmia? Leviandade? Desonra? Ele tinha um eixo que depois se transformaria em Árvore. Entre um estágio e outro, eu estaria a purgar-me.

....

Alguma coisa do meu lado sentidor... dentro do meu lado pensador... pediu naquela paz visionária 'e ricamente espiritual' em que meu espírito transbordava; pediu em-desejos-sem-palavras para ver a glória de Deus. Uma voz então me calou fundo (como se falasse por algum terceiro olho de mim). E senti que ficaria cego de tanto ver, e louco de tanto saber. Uma barreira em mim cheia de incendializações defensoras me protegeu, me preservou. Que anjo-da-guarda sempre me pensava? Fui poupado. Depois compreendi que tudo é "glória de Deus" todo ser vivo na terra, a orquestra da natureza, todo humano e numinoso, e ali eu estava sendo testado em estado viajoso no meu lado sentidor-pensador. Um carro de fogo habitava o meu conhecimento espiral naquela elevação... Eu estava na sala-de-estar do céu ou numa sala de espera de Deus? Era muito peso-de-saber para a minha insignificação. Então tombei como se fechando a pedra dentro do meu inquirir. Ouvi sinos. Ouvi tambores. Ouvi? Ouvi cânticos. Ouvi? Toquei as sandálias do pescador de almas... Sandálias? Sandálias de ouro... incenso e mirra. Eu era um bem-aventurado, tinha sido escolhido. Habitava as pradarias celestes dentro de mim, de alguma forma. O cavalo amarelo – de fogo e de enxofre – reinava na dobra-dimensão inferior da terra tão distante... Eu estava muito além do céu... muito além da vida... e o Número UM era o Centro, o Dono, o Eixo, o Norteador, o Equilíbrio, onipresente, portentoso, o princípio, o meio e o fim, do alfa ao ômega... Santo Deus!

....

"Era (tinha sido) uma viagem para o disco rígido do meu signo ficante, sígnico-humanus, para o que eu era, o que eu fui, o que eu sou, o que eu serei... Tudo registrado no tabernáculo da vida. Não voa um pássaro, não cai uma folha, não se escreve um livro ou mesmo se prende uma página de rosto, sem que o 'Dono de Todas as Coisas' saiba, permita, conceda, faculte, dignifique a senha a partir da placa-mãe do seu Sim. Há um Dono. O 'D.us'. Eu fora escolhido. Era como se eu tivesse acertado na loteria? Estava dentro de mim. Além de ver-me a mim, de olhos fechados eu via o 'Olho' (e suas ramificações) como ultrapássaro de um historial acima e sobre todas as coisa; o grandepai. Que iluminava no soar. Criava no silencial. Indicava no choro. Esclarecia na doença. Respondia no fogo e na água... e

EU? Eu estava cercado da sarça ardente. A morte nos livra de nós. A morte nos salva de nós. A mortevida. O deus-Pai e o rebanho de escolhidos, sementeiros do futuro. Múltiplos são chamados... tantos escolhidos... inúmeros escondidos... preservados... Os pecadores...os pescadores. Os poetas... os profetas... o espetáculo-milagre da vida. Bem-aventurados os que estão peregrinos... libertados em ações e obras. Há vidas de viver e vidas de se tornar ainda mais devedor. Quem for sujo que se suje mais... quem for limpo que se limpe mais... A evolução é sempre. A civilização é cósmica. A vida inteligente fora da terra é espírito revelado. Sofremos e aprendemos. Eis a lição. Erramos e refazemos o percurso. Eis a escola. Morremos e renascemos: eis o milagre da fé. Pesados fomos na balança e achados em falta? O olho que não me vê, me sabe. A luz que me oxigena, me alimenta, recompondo células vitais. O céu que eu trago e tenho, não é céu, é crédito. O inferno que eu plantei, dará videiras de choro e ranger de dentes. O reino não é só deste mundo. A vida não é só aqui. A morte não é só isso. Depois da morte a luz revela o óbvio que não concebemos enquanto pecadores. Estou em mim e não sei de mim. Sei o que sou mas não me sinto exercitando a existencialização no que me concebe. Da fé nasce a árvore. Do homem nasceu o castigo: sobreviver. Existir é compor elenco potencializado de remorsos? Olho e não acredito. Não tenho suporte para acreditar. Não acredito no que vejo. E o que vejo me persegue: não posso evitar. O que me julga e me desnuda, sou eu: estou condenado a ser EU até ser libertado, aprimorado, possuído devidamente, e definido, liberto desse estigma-estágio de ser simplesmente 'só' ser humano. Na casa dos princípios há melhores moradias. Sou tão pouco sendo gente. Ser pessoa humana não é nada. Cresço e me apareço. A música da vida. O desenho da vida. O respiradouro-arquitetural da vida. VIDA é outra coisa, não ser gente. Que espírito resgatador me devolveu para fora da sarça ardente que me elevou?"

ZERO DOIS

"Estou tentando entender. Tentando dar a alguém o que vivi e não sei a quem, mas não quero ficar com o que vivi. Não sei o que fazer do que vivi (...). Não confio no que me aconteceu. Aconteceu-me uma coisa que eu, pelo fato de não a saber como viver, vivi uma outra?..."
(Clarice Lispector)

....

Uma espécie de nódulo cerebral (em neurocircuito) assinou presença na janela do meu "estar" ali. Fui desperto com a chegada do Inventor do Inexistente. Parecia-se muito com meu pai, mas trabalhando de inventariante de cenários. Ao contrário de meu velho que foi, quando bastante jovem, filho de carcamanos, o primeiro Acendedor de Lampiões de Gás de Itararé. Eu, ali, num ponto de sofrimento (em louca obsessão), inteiro e exortado a não me exaltar a ponto de romper o lúdico. Como se junto a um estranho amontoado de palavras, senti a dor ora se elevando, ora se dissolvendo, ou substituída por estilhaços que formam uma esfera etérea que se fechava em torno de mim, pondo-me num estado incrível e paradoxalmente maravilhoso. Eu, aos poucos, imantado na radioatividade cósmica... Eu estava sendo "preparado" ou turbinado? Portal da Morte, "qualquer lugar".

Eu estava muito longe do que poderia chamar de "sala de estar" de casa. Ou melhor (disse-me um juízo íntimo): eu era minha própria casa, carregador de pesos por querer vitórias fáceis, gratuitas. Troquei de roupa epidérmica por alguma obrigação, e notei que era sempre a mesma alma. Como alguém podia ser tão triste? Parece que eu tinha uma enorme dívida encalhada num talhe da composição toda de mim. Compreendi que viver não é encher poros de existências, mas acender um fogo de grandeza humana. E depois, a vida real é muito mais estranha do que a loucura dos Sentidores. O mundo, a natureza, apenas uma mera variação da mente? E quando o crepúsculo desce, a cada homem, à sua própria noite?

....

Ouvi a 'voz-do-todo' soar no meu "ver-sentir" – um meu olho interior vendo-ouvindo o fluído norteador do "eu de mim" – e a "Vox" disse: "Sempre que o mundo desce ao nível mais baixo, Eu me manifesto". Ah o mundo das ideias. O mundo que fora um ideal de mundo. A consciência cíclica da vida de Deus... a consciência do homem... as almas em peregrinações...a estrada dos caminhos... vestígios de ausências... os bem-aventurados, os céus e terras muito além do farol do fim do mundo. O Desjardim. O milagre da vida. O milagre do conhecimento. O milagre da dor-como-aviso, o milagre do eterno recomeço, a vida-árvore, a vida-milagre (cardume de almas), como sementes do céu... Eu estava dentro da minha cabeça, dentro do meu cérebro (de alguma forma), e via-me a mim pelo interior de um mecanismo espiritual; e fora-me dado ver o que eu vi, e o que eu "vi" era incompreensível para mim, mesmo tendo memória de elefante; uma memória fotográfica. O que vi não era humanamente nominável em palavras, quase que indizíveis mesmo – não existem palavras para eu dizer o que vi-vivi. Fiquei aturdido, tentando, feito um louco, decodificar, traduzir, retransmitir, veicular, colocar no jogo do "humanamente" possível o que vi. Impossibilidade-dor.

Meu cérebro fraco, quase arrebentando, com consciência da limitação, na minha vida ali levitada, desde as vidas paralelas à minha vida na dor de existir. Divaguei feito um condenado-a-ver. A terra do caos. E a terra não era terra. Ah, se a humanidade soubesse quanto custa no céu uma improbidade, um erro causado na terra... Era como se eu pudesse conversar comigo mesmo. Eu não era eu. O terrível universo de minha errança. Nós mesmos escolhemos estrela e flor, luz e escuridão, cítara ou pão, adaga ou unguento. E quando você sabe certa coisa que ninguém mais tem conhecimento? Que ninguém merece ter conhecimento? E quando descobre que não pode revelar o que captou no humano? E quando você precisa esconder o que sabe para não ficar louco? E o que fazer com o que sabe, ao exprimir além do papel, a realidade dos fatos? E o medo daquele saber? E a radiação do abismo perto do conhecimento e perto das revelações portentosas? E quando você precisa esconder o que descobriu, e que a sua mente quer gritar e revelar para todo mundo saber? Como fugir de si mesmo, estando-se a ver em si? O olho que sabe, revela, desnuda. Quase não pude suportar. Dói saber. Como tirar a consciência do conhecimento-verdade-absoluta?

....

Prossegui a minha "estadia" de alguma maneira excepcional ali. E o lugar tinha, de muralhas, milhões de olhos a me sondarem. Ancestrais? Eu estava ficando louco, ou o que? Eu mal sabia que estava dentro do mais próximo (e permitido) fluxo líquido do tempo, ou qualquer outro nome que ali a fruição do tempo tivesse. Tempo? Ora, por que temos medo de dar um rótulo às coisas que não compreendemos? Parece que o rótulo não apenas torna as coisas nossas, mas torna todos nós, frágeis, comuns, triviais, doentios, por algum estranho motivo pertencedores também deles. Seria isso?

Nenhuma parte era diferente de outra, apenas eu, visitador-em-trânsito, Estrangeiro Com Olhos de Vigília. A catedral da mente dizia-me que todos os seres eram coisas tão parecidas, tão iguais, como se todas as luzes que juntas tornam-se invisíveis. De onde eu viera incomposto para ali? Há coisa que calamos como placas de vidro. De alguma forma incrível, as vezes misturada com uma sensação tétrica (insegurança), eu estava mesmo numa espécie de gigante "sonho" vegetativo (com placas de captura) quase para-coma. O mundo dos espíritos? Compreendi que, de certa maneira, a única realidade ali estava entre coisas que eu exaltava e as que adorava. O que era eu sem o estojo da pele, meu Deus?

Por dentro, quantas imperfeições somos?

De repente, no outro dia – na minha medida de ir e voltar-(delírio) – uma mão de criança tocou-me com pelica de seda. Pude contemplar que estava dentro de mim. E o dentro de mim estava fora de si, e, fora de si, o dentro de mim envolvia-me em dúbia fantasia, em desprendimento cheio de afeto prestimoso, nucléico. Eu viajava mas levava comigo a espada, a semente, os códigos legados, a gama de todos os constrangidos por falta de humanismo entre humanos. Levitação, e hospedeiro...

Era tarde demais. Eu tinha que me aceitar sendo assim, assim como aceitar passar pelas coisas do meu não-haver, o não-saber. Se tudo podia inexplicavelmente parecer loucura, tudo, ao mesmo tempo, era absolutamente real. Até as amizades que eu perdera, os amores que eu bobamente não amei, os filhos que não fiz, os créditos afetivos que perdi alopradamente servo de exageros promíscuos. Olhei-me no prato de sopa de água celeste e vi o meu rosto imberbe de novo, infantiloide. Por sublime graça de benção divina tinham me devolvido são e salvo ao meu estar em mim. Fui recomposto na viajação. O ser da linguagem é o impreciso que dela habita.

Lá fora – de alguma medida de mim – pingou a gota do som de um pássaro inexistente. Ouvi baterem palmas dentro de minha alma-existência. Fui olhar brincos de princesa feitos de gotas de orvalho celeste-cósmico, vindos de um distante existir que se esconde na alma dos músicos. Mal me pus na contemplação doentia de olhar-me e "ouvi" parar um enorme veículo. Eram os combatentes do fogo, dizendo que iriam lavar imediatamente o lugar que eu pernoitara, e que isso ali era absolutamente normal. Não deveria deixar resíduo da minha exótica "visita"?

E vi minha casa de assento e asseio. E vi que eles usaram lança-chamas para se livrarem da nódoa nojenta do meu mais íntimo esconderijo que é a noite, o sono; o sonho e o respirar-pulso disso tudo. Pude compreender, quando as labaredas-salamandras choraram ao crepitar no combate de um só desafio: o quanto eu carregara de renúncias, frustrações, traumas, neuras e melancolias. Teria sido aquilo tudo que plantara a horrível sina da célula cancerígena em mim? Um tipo (qualquer "coisa" que fosse) era dono de todas as portas. Outro era dono de todas as fugas. E dizia que era pecado contemplar alguém dentro da moldura subjetiva dela. Pior era o Fiscal das Sobras Existenciais. A minha ruína tinha meu jeito pesado, mas ele ainda viu muito mais riscos, tanto que se descobriu e isso pôs medo nos que viram como polimentos permitidos. A colmeia do limbo. Tudo era gomo da "Mãe-Natureza". Senti, de alguma maneira conflitante até, que aquela espécie de viagem era tecida com a matéria-espírito de que eram feitos os sonhos e habitam as etiquetas mentais do Ego. A própria matéria como resultado de flutuações do vácuo quântico. Compreendi também, que o que perturba e alarga verdadeiramente um Ser, não são as coisas, mas as opiniões e fantasias sobre tais coisas... Estar em um lugar assim era uma loucura muito além da vontade de achar limites, marcando um tempo no espiral do espaço-dia. E depois, o que justificava a existência do mundo, da humanidade? Não procure lógica nas palavras... A razão não existe quando se trata do espírito.

....

O céu sumiu. O céu caiu. E fui todo EU, Iluminura. Uma luz violeta cortou o infinito.

E esplendente vi-me tomo, parte do átomo que compõe o cósmico.

Eu estava dentro do céu, era o céu, e, de alguma forma, respirava-o, imantado por uma radiação celeste.

Eu era fragmento do céu e aquilo no meu dizer humanoide era a MORTE. Eu estava dentro da minha Morte-Céu-(Libertação)!

E a morte dentro-de-mim-em-mim, tocou-me, falando.

Falando não com palavras humanas... mas com sígnicos sons timbrais, como um *pin-ball* espiritual; num esmeril de contato.

Então me derreti humano.

E me recompus no numinoso ali.

Fagulhas... que como EU, parte do todo, ensejavam a poeira cósmica como "O-Ente-do-Ser!"

ZERO TRÊS

"A vida é um incêndio: nela
Dançamos, salamandras mágicas
Que importa restarem cinzas
Se a chama foi bela e alta?
Em meio aos toros que desabam
Cantemos a canção das chamas!..."
(Mário Quintana)

Percebi que, de alguma forma, no espírito pelo menos, eu saíra quase que inteiramente salvo do altíssimo grau de loucura. Que é o limite entre a razão exacerbada (nalgum foro íntimo de cômputo neural), e o avanço necessário para o definitivo estágio catalisador imediatamente seguinte. Eu estivera sob efeito de alucinógeno extraído de alguma espécie de "vida" só habitável naquelas paragens indígenas? Notei também por ali a planta cavalinha-d'água (erva aquática) num corote, purgando.

Contei com essa hipótese. Depois me dei por inteiramente satisfeito. Lembrando que, muitos dos quais, como eu, antes, teimosamente tentaram a mesma façanha que fora quase sempre uma viagem sem volta, a chamada "viagem do corvo", no simplório dizer popular de Itararé, ficaram para sempre no extremo de uma zona marginal na fronteira que era o labirinto da irrazão total. De alguma forma, por algum milagre superior, eu, desgarrado de privilégios que fosse, de alguma maneira inexplicável, superara aquela espécie de tabuleiro incalculável de sentenças de todos os tipos, em símbolos, sinais e códigos de interpretações.

Estar naquele "lugar" não era meu problema principal em tudo o que captara; sequer meu habitat intermediário de "estado de necessidade". Muito menos meu estigma-menu para pagar sublimações ou trazer sentenças para o acima (ou aquém) de mim, pelo que compreendi depois de mais ou menos refeito do alheamento, – como classifiquei a estadia-viagem; ocasião em que evoluí para sentenciamentos novos. Lembrei-me, sei lá porque, nesse crivo de medir as cismas todas, por um momento de alheamento e transitória euforia de ser humano resgatado, de uma sábia fala de Lao Tzu que dizia "O ser integral conhece sem ir/ Vê sem olhar/ E realiza sem fazer."

Muito do que eu era na pureza da vida toda, ficara à minha margem de ser. Eu me perdera entre muitos, ficara muito sem mim. Alguma coisa não fazia completo sentido. Eu estava num misto de estupefato e sem chão, como se algo, no racional e comum, tivesse me puxado algum "Sentir" apurado. Somos o que não somos?

Pensando nisso tudo, num conjunto de coisas incríveis, extraordinárias, na forma frágil do mais íntimo de mim, eu me sentia (em altos e baixos) inseguro de tudo, precário, derretido de várias proporções interiores. Com um medo estranho, no entanto, perfeitamente compreensível para o meu limite, que de certa maneira era uma espécie de pagamento. Purgação? Eu tinha sido atingido, e fora de alguma forma "habitado"; talvez uma espécie de hóspede também. Às vezes eu me sentia perdido, fora de mim. Estava eu no lugar em que pensava que estava? Era-me uma consciência primitiva que habitava em mim. Mas, ainda era um aro de consciência limítrofe, quase à margem de uma desconstrução. Era o novo estágio do sair-se, de alguma forma, de dentro de mim, por algum recurso extremo e extraordinário (espiritualmente falando) que fora permitido. Todos os seres eram habitações, como sentenças. Seria isso?

Meu pai o tinha sido. Só que não identificara curso seguinte. Os ausentes nunca têm razão? Perci com certeza já era marcado para incrivelmente o ser também. A velha Aia Luzia de alguma maneira conhecia como lhe era dado esse milagre.

Eu senti que ainda iria avançar mais, muito mais, como se ganhasse pontos num jogo de games eletrônicos. Pontos eram "vidas"? Mortes eram evoluções?

Acertaria todas as investigações do "Eu de Mim" no além do estar em mim? Às vezes, confesso, eu me parecia inteiramente perdido, a um passo de ficar completamente pirado. A loucura é abençoada? A fé é o conhecimento que nos sustenta e preserva.

....

Senti uma dor punhal dilacerando alguma coisa que, seguramente pertencia a algum chip intermediário da alma. Ou entre a alma e um segredo que mesmo assim tinha pulso e consciência existencial. Eu relato tudo isso, na medida do impossível, como se para colocar meus fantasmas para fora de mim, principalmente depois de ter "habitado" um estranho território de passagem. O que acontecerá quando eu morrer? O que acontecerão às coisas que vejo, leio, acrescento, crio e sinto no que compõem todo o cenário no derredor do "Eu" de mim? Faço um esforço sobrenatural – que quase consome totalmente minhas forças básicas – num rastreio incalculável de memórias para, desesperadamente relatar e permitir me lerem-lembrança acerca de tudo o que penso que vivi; antes que se apaguem e se anulem drasticamente e para sempre em mim (no conceber de meu cérebro alumbrado) o que distingue entre a curiosidade animal do inédito, a loucura plena dos sentidos, as múltiplas revelações do inacreditável, e o medo instintal de um minado "campo" desconhecido. Temporariamente transitei quase alucinadamente inquiridor.

— Que explicação existe no impossível? Soro vital.

— Que explicação existe no devaneio? Voo do soro.

— Que código soletramos nesse voo? Vida-devaneio.

— Que "coisa" é a existência?

Às vezes é tarde demais para nos recolhermos de Existir. Mas, pior, às vezes é tarde demais para voltar para algum lugar, para alguma coisa. E eu sempre fui loucamente apaixonado pela ideia de uma mãe constante; uma mãe que não existiu, que nunca conheci de pleno, que nunca me amou de corpo físico presente, que nunca vi e pouco soube, mas que parecia às vezes ainda assim andar comigo-sobre-mim, causando-me um complexo de presença inexistente, inexplicável de se dizer assim em simples palavras. Que metade falta no meu Ser e no conteúdo de minha essência? Que nada sou sem o rastro-lastro de minha mãe, na feição-acervo do meu afeto destemperado?

....

Outras vezes compreendo-sinto que preciso mesmo morrer. Que devo naturalmente morrer. Começo a aceitar o cravo dessa ideia como inerente, necessariamente hábil. A confrontação com o câncer, com a ideia da morte, leva-me a pensar no problema existencial e fundamental da condição humana, levando-me num instante imediato a reconsiderar minhas metas de vida, minhas razões para viver e morrer, minha relação com o cosmos todo. Afinal, na concepção sistêmica da saúde, toda enfermidade é essencialmente um fenômeno mental, através de uma abordagem que integra terapias físicas e psicológicas. Jung mesmo dizia que, mais cedo ou mais tarde, a física nuclear e a psicologia do inconsciente se aproximarão cada vez mais, já que ambas, a partir de direções opostas, caminham para um território transcendente.

Ao pensar na dor, na doença, na morte, senti-me, por um instante, como se fosse uma espécie precisando de tempestades, para ser chacoalhado, "acordado", reciclado. A varredura-fermento. Que coisa é a morte, na areia movediça do tempo? Paradoxalmente questionei: Que falcatrua é o tempo? Talvez morrendo outra vez, esteja pleno e consciente, muito melhor, para um futuro viver sadio e sábio. Sei que um dia, por tantas vidas puras, evoluindo continuadamente, matarei definitivamente a morte em mim. Por isso precisarei ser, antes de um semideus, um cavalo selvagem, uma águia, um deserto, um vazio com alto teor cancerígeno. É o preço do preço. Morrer não é pior do que a existencialização telúrica.

– Qual é o preço triste de existir? Dor.

– Qual o preço da existência eterna? Luz.

Tiro as sandálias precárias de minh'alma. Escrevo a santidade do meu Sentir! Às vezes caio em depressão. Mas é caindo no poço fundo de mim mesmo que olho para um fio tênue do altíssimo e colho filtros para o refúgio de minha sensibilidade atiçada. – Ah os mistérios da criação. Depois, pensei rapidamente (estaria delirando?) que sempre me interessara por verdades universais, pela verdade moral, não pela verdade comum do dia a dia. Eu tinha sido, mesmo no trivial da vida comum, um atirado, um obstinado. Sempre amara a ambiguidade da vida, a dicotomia das coisas incompletas que nos semeiam, nos nutrem, nos regam e nos colhem em desencontros, destemperos e conflitos da havência. Mas não sabia canalizar ou simplesmente como regrar em palavras (e comportamentos existenciais) os códigos tantos dos diretórios disso tudo.

Era-me permitido – e por quê? – estar tão dentro do incompreensível? Quem eu era ali? Animal-vegetal-espiritual ou "coisa-soma"? Nem sempre entendemos os paradoxos das Procuras e Respostas... Existir parece tão inócuo, pífio. O risco da morte é que nutre a síndrome da vida. Totens, pirâmides, lagares, portais, redes, hangares, limbos; o que somos? A morte é só mais uma libertação. Somos semideuses? Nuvens? Cavalos selvagens?

Senti como filhos são apenas companheiros de viagens conosco; ou os podemos tornar também perigosos Cavalos Selvagens. Filhos, pais, irmãos, laços. Eu estava dentro do mais expressivo tabernáculo de alguma viagem-vida. Todas as milhões de espécies se procuram, querem se harmonizar. Que dimensão era aquela em que tudo se misturava como se num liquidificador de sudários adquiridos? Viver é acender lanternas para nos iluminarmos, usando posições de evoluídos. Escrever o que vivo-sinto agora é como me decompor no caminho da imaginação, mas, por Deus!, eu vivo totalmente isso! Não dá para não estar dentro do lugar-qualquer que estou, e o todo de mim não querer receptar integralmente algo santificado (ou o que seja) disso. Voltei-me: Eu SOU. E ouvi a voz (na mente! na mente!) "Aquele que te guarda, nunca dorme!"

....

"Como é difícil admitir que os pais, por linhas certas ou tortas, têm lá suas razões para explicar suas condutas: razões trancadas nos profundos abismos de suas personalidades, impedindo-os de amar e serem amados. Todos têm, ao seu modo, a sombra de um fantasma?"

ZERO QUATRO

"Sobrevivemos à custa dos restos de um passado perdido, que compreendemos mal. Sobras, farrapos, de marxismo e freudismo; em arte, despojos de uma revolução modernista que se esgotou há tempos e talvez tenha sido, em si mesmo, entre Van Gogh e Picasso, uma última explosão de luz, já quase na outra margem da decadência e do nada."
(Fernando Pedreira – *Um Cavalo de Chinelos*)

Olhei, e não vi. Quero dizer, não foram exatamente os meus olhos estrábicos que a terra certamente haverá de comer um dia, que viram, que quase irracionalmente enxergaram. Tudo, irremediavelmente tudo, em mim, "viram". Cabeça, tronco, membros, células, poros-eixos centrais do DNA, arquivos neurais retrazidos, glóbulos, água corpórea e mil outros sentidos desaprendidos do bicho-homem "tocado" VIRAM!

Que luz extremamente alva-branca era aquela que saía de uma "havência" em júbilo como um ser-Ente? Meu ser pobrezinho entregue à visão impreenchida se encheu de emoção. Quase me chovi todo. Sim, CHOVER! Esse era o verbo cabível no contexto do sentido. Quase me chovi inteiro, quase me lavei completamente, banhando a alma de luz-derretimento-irradiação. Foi isso o que senti no mover-se dentro do meu "estar vendo". Meu pulso agarrou uma coragem-calço e eu gritei sem dizer uma palavra. Gritei no espírito! Cujo ímpeto de vácuo mesmo em não soar derrubou paredes de tantos limites. Paredes incompreensíveis, compreendi, no eixo daquilo tudo assim... assim...

– Meu Deus, aquela imagem que andava nalguma espécie de "Ar" era a minha "MÃE!" – Aroma de cedro e cidra! – Sim, minha mãe. Que ao me ver filho, como se dobrou quebraduras de luz. E abraçou meus pés feridos, mas não havia vestígio compreensível de mim. Compreendi o zelo da espécie pela espécie. O denodo-mártir. Todo um clã.

Depois desfaleci. Como se estivesse morrendo milhões de martírios dentro do mais frágil de meu assento interior. Quantos reinos nos ignoram, pobres seres reles, ao rés do chão, mórbidos, miseráveis, comedores de carniças e alimentadores de incêndios íntimos, sem identificações-chaves?

Reconheci-me na minha Mãe. Que nunca vira em vida, e ali me era dada como beijo de menta no sensorial do meu pertencimento ulterior, feito delicioso e suave corte na pelica frágil do meu ser sensível, acoplado.

Havia todo um grupo de pessoas perdidas. Desesperadas. Sem rotas aceitáveis de fuga; viajantes-prisioneiros de galáxias distantes, depositados na célula-nave atrasada de algum lugar do cosmos sideral. Dali cresceram para milhões, incontáveis, Irmãos – SIM, TODOS IRMÃOS; tudo uma só família enorme e infinita, vinda do mesmo pomo-matrix de Adão-Pai. O universo uma máquina de deuses?... Bastaria apagar as fronteiras entre o Nada que é ser, e verificar sem tardança que o Ser é tudo, pois se compõe e decompõe no altar do Todo adâmico. A teoria quântica superando a dialética espirito-matéria: A minha lucidez vendo formas. Os seres da Estrada dos Caminhos, sempre indo adiante, avante, assomando-se ao futuro apesar de tudo; e a dor no meu calcanhar-de-aquiles-da-morte. Um lado sem-sentido querendo o prumo da volta que poderia não haver, talvez nunca houvesse.

Minha mãe resignada, se sublimando aos meus pés. Pedindo o tardio carinho do meu exordial reconhecimento. Rasgada em quereres, vertia-se de alguma maneira arrependida, e a seda de suas lágrimas brilhavam fluídos lilases. O medo de perder aquele Ser ajoelhado, paradoxalmente ao mesmo medo de tamanho igual àquele ser ajoelhado. Dicotomia de ausências e presenças. O Eu bicho e a verdade feito campo laboratorial de conflitos e incompreensões. Chorei filial.

Minha mãe, doce e meiga, reencontrada em mim de si mesma. De súbito, apontando desesperadamente um outro. E um outro além; e depois um "outro-desse-outro". Que era a continuação do muito além de mim, e este, subitamente, como se num encaixe de genes apontando a seguir mais um outro e assim, sucessivamente, até a infinitude pós-carbono do ser pré-húmus ao ser de hidrogênio e luz. Que Universos eram aqueles quasares no escuro de um buraco negro, como se a mente-nácar (nervosa) de Deus fosse esse "centro de neurônios" de mega-criação que chamamos de maravilhoso e transcendente espetáculo da vida? Freud dizia que às vezes a realidade é abordada com os aparelhos do gozo, e que é assim que no ser falante o gozo é aparelhado, e que alguns jogos de ocultação intuem para o momento entre o desejo, e se humanizam na linguagem. Somente o nada simbolizaria o vazio. O futuro é um espelho sem vidro. E era um estado gozoso sentir-e-ver aquela presença em conexão com a pilha cósmica do universo! Temos asas e não sabemos?

Depois vi meu pai, de muito além, desde muito antes de nascer meu pai, e de todas as "vivências" terríveis e as aventurosas vidas dele. Em todas as vivenciações ele era severo consigo mesmo, severo com os outros, severo nas lavras de terras, nas fugas dos deslizes, nas atribulações do tempo, nos grandes barcos de travessias continentais, sobre cavalos e com espadas reluzentes da nefanda Inquisição. Estando sempre não apenas em busca de sobreviver depressa, rapidamente, e muito bem, como também e sistematicamente em uma busca incansável do sentido da felicidade plena, da mulher amada por eternidades – minha mãe? – que sempre perdia por deszelos ou comportamento inidôneo; ou não fazia por tê-la sequer por uma só vida. Sendo, às vezes, incontrolável e desesperadamente severo, cometia cada vez mais delitos, infrações, crimes; roubava para comer e sobreviver, e para sobreviver até matava sem pensar e sem medir consequências. Cometeu pecados capitais por todas as vidas que herdou, carregando assim, neuras, traumas, mágoas, ressentimentos, inimigos, fantasmas, tristes códigos legados na alma, no caráter, no espírito, no corpo físico, no coração. Que transmitia para os descendentes. E vi quando desembarcou num esconderijo pertinho de um porto no Brasil velho (viera "fazer a América"), vindo clandestino num navio que o recolhera fugitivo perto da Costa do Marfim. Em terras brasilis ele cresceu vidas. Matou para sobreviver. Foi morto uma vez por escravo forte, numa outra ocasião matou ferozes índios canibais. Até dar-se em tempos da antiga aldeia de São Pedro de Itararé; e depois numa outra Itararé abençoadamente nova. E vi quando o perigoso trem dos Revolucionários chefiado pelo garboso espírito do líder Getúlio Vargas parou vitorioso na estação ferroviária de Itararé, sob vivas de crianças, jovens, velhos e alguns arigós curiosos da região toda alvoroçada. E vi meu pai cavalgando a prosear nervoso com Getúlio, e vi que discutiram feio, e vi bem claro e nítido que o problema, a querela, era uma certa antiga dívida impaga desde várias vendas de muares trazidas de São Borja até Sorocaba, e que havia uma pendência entre as famílias e os peões tropeiros dos trajetos. Cavalos selvagens relincharam. A poeira roxa levantou. Gritos, correrias, pedras rolando ribanceiras, nuvem vermelha subindo ao céu. E vi a gritaria dos soldados gaúchos entre mercenários e prostitutas que os seguiam. E vi o tropel, quando meu pai, com uma garrucha mal atirou mirando na cara assustada do jovem revolucionário Getúlio Vargas, tentando matá-lo. E o assustado gaúcho tombou decomposto da cela do cavalo que empacou. E vi que as tropas ficaram paralisadas frente ao inusitado momento trágico, pois ali estava o símbolo e o líder de uma Revolução que era esperada para acabar com o viciado Brasil da oligarquia café-com-leite. Sumiram com meu pai – como se a preparar levá-lo para uma prisão, lados de Missões, no sul – dando-lhe seguidos golpes com cabos de fuzis velhos (não sei se e como escapou disso depois). Vi que uns quinze (o Grupo que tinha montado a anarquia toda; que eram os maquiavélicos tipos que mandavam realmente no levante montado como popular) conversaram rápido sob uma tenda. Discutiram nervosos. Depois, desesperados, três deles foram buscar um primo em segundo grau de Vargas que era meio indeciso, algo abobado e doente, obeso, cainho e maleixo, fumando charutos um atrás de outro, sem parar, e que passara bem, muitas vezes, por sósia dele, do Vargas verdadeiro, e que estava com uma prostituta em uma estação ferroviária chamada Coronel Isaltino, ali pertinho de Itararé, em Sengés, no Paraná, e em quem vestiram as roupas de Getúlio Vargas; deram ensinamentos – e ameaças de matá-lo com montagem de concatenado "suicídio" se ele não fizesse direito o que tinha de fazer. A sonhada revolução não podia morrer ali por uma maldita querela que resultara em um acidente de percurso – o tal primo de Getúlio Vargas, feito ocasional e caprichado marionete falso-cândido de fala mansa, moloide e improvisado tomou seu lugar na história do Brasil desde 1930 naquela data secreta, e ele mesmo (ou o genuíno escapara?) com as tropas inteiras saiu de Itararé para amarrar o cavalo no obelisco do Rio de Janeiro, conforme o verdadeiro prometera ainda em uma assustada Curitiba de paranaenses pés-vermelhos financeiramente rendidos ao golpe contra o Presidente Washigtom Luiz... E vi novamente o Anjo da História... (o efeito borboleta)... e vi o Cavalo Amarelo...Não vi se o verdadeiro Vargas sobreviveu...se meu pai foi morto...quem era quem; fragmentos de pedaços de histórias dentro de histórias... Depois o verdadeiro Getúlio Vargas voltaria; reconduzido o verdadeiro no lugar do falso? Ou não. Ou o falso era mais manuseável do que o real? Apaguei. Página virada da mente. Mente?

\- o -

Os céus dentro das almas. Auroras e prelúdios. Cavernas e seus mitos existidos e tocados. A mente mirrando vasos sanguíneos (ai a podridão humanoide!) na aceitação do improvável, do inconcebível. E eu, no mais íntimo de mim, pedindo para sobreviver àquilo tudo; implorando para subsistir lúcido-vivente pra poder dizer, contar, passar adiante, escrever, corrigir, dar testemunho, narrar, lembrar! lembrar! – cerzir-cozer com palavras-guias, como um bendito elo de continuação-contribuição às espécies futuras. Um testemunho muito além das rupturas possíveis.

Sim, eu tinha que registrar para fechamento de algum ciclo, que o ritmo do tempo era Pêndulo Nenhum, batendo enfrentações que eu não compreendia na minha miserabilidade. Um Deus fundando um sinal de vida, gênese, e um anjo caído inventando o tétrico revólver quente da morte humana, o maldito TEMPO. E Deus sempre me seguia, me intuía, derrama de sinais que eu nunca compreendia. Quereria me nortear? Eu ia e vinha animal instável, flutuante no nada cósmico. Minha libertação foi Deus, será Deus... Eu tinha sido eu próprio, vísceras, rins, coração; o ser contraditório sujeito a múltiplos apelos, tão absurdos poros, tantas vaguidões, maluquices da alma prensada entre o estojo existencial, como se aceitando-O para Nele persistir a fuga, no escape eternal, em busca de respostas de perguntas que estilhaçavam pingentes de traumas, dores, ressentimentos; diversos tipos de mortes habitáveis no mais imperceptível dentro de mim. Quão miserável eu era. Quando eu tinha algumas respostas... as perguntas se aniquilavam...

Eu tentava desesperadamente recolher tudo, captar direitinho, guardar devidamente (memorizar), sobreviver. Resgatar a mim mesmo, registrar; mente fotográfica (doente?), mas sentia que nem sete por cento de minha mente era ocasional radar absorvedor de colheitas. E eu estava quase que ficando passado de possesso. Habitava um mundo de natureza inicial, limpa, primordial e por isso portentoso. O Ninhal. Os animais estavam com roupas humanas. A cobra olhou para o silêncio e usou-o, rasgando estética risadora. Confusões mentais. Eclipse neural?

Minha mãe sabia exatamente cada verdade antes de mim. E temia que eu me perdesse de novo (dela também), naquilo que eu era em um tempo difícil. Sabia os graus de leques temporais, como se não aceitasse ser pergaminho emocional-irracional para ser preenchido a tantas mãos, de desesperos e destemperos entre os "possuídos". Deixava que só a alma fosse relida libertadora.

Sentava-se no ausente – não há tambor de dia e nem sequela letral de noite – e ali permanecia eterna. Como o seixo que não rola para criar gume medidor, sendo eterno porque não se ressente, não se faz ser-curtume, não molda o conspirar contra si na aceitação; molda-se ao que vem, está dentro do que é, imprime-se no haver, a aprimorar seu espírito, como a lâmina se afia para ser mais forte do que a mão que a usa, e sobrevive ao dono da mão sendo melhor que ele, mesmo sendo fruto de criação da mão dele.

Perdoem a minha pobre, vulgar e limitada compreensão medíocre do incompreensível, mas só escrevo o meu limite-muro, na pelica atiçada da memória evoluída com os códigos legados, fora de si, mal em mim, muito mal em mim. – Meu cérebro, pedra rupestre, depois placa, depois, reserva de domínio... depois...

Perdoem se o que construo ao narrar às vezes é vago pelo primário conjunto de signos, forma significativa do meu "sentir elevado"; forma enigmática de tocar em limites de mosaicos inteiros, e, ao mesmo tempo do muito além de mim; como se a imaginação fosse apenas cristalizada em mitos-caracteres, nem sempre perfeitos ou completamente apreendidos de forma peremptória.

Nesse estar-permanecer-continuar (no lado-ledor) – *Einstein dizia que, para a física, a separação entre passado, presente e futuro era apenas uma ilusão* – eu era um "filho da luz" na Estrada dos Escolhidos Caminhantes.

Nos horizontes do que contemplamos, tudo em nós é ponto de fuga de onde estamos. Quem existiu todas as vidas, tantas, diante da infinitude do criador, mal cruzou somente a monotonia de si mesmo.

....

E foi me dado ver, e eu vi a mutação no muito antes do primeiro humanídeo. O fermento a purgar-se (da evolução) e a sacramentar-se em curtumes que deram em todos os Seres, todas as formas de vida. A primeira Atlântida-mixórdia pós-big bang. A explosão do Todo que era o cardume do Nada. A matéria-energia e as dobraduras atemporais do espaço infinito, dos átomos ao hidrogênio-hélio. As estrelas fundando a Explosão-Master, no sistema galaxial do Sol. E os aminoácidos, a ciência inorgânica e o dióxido de carbono até o degrau do oxigênio-mãe. O homem anfíbio, os tabernáculos-santuários das plantas, as matérias, os espíritos das coisas viventes, tudo na metamorfose-ciência da Estrada dos Caminhos que vão além do "Que-Fez", Dono de Todas as Coisas (o Deus-Evolução-Verbo) plantando um novo céu e de uma nova terra... e uma nova tentativa...

– E vi descer de outros céus e zilhões de outras novas terras, aquele que trouxe sementes pelo espaço interestelar, por intermédio da pressão da luz no cacho das nuvens moleculares, na cosmoquímica (da panspermia) para serem aprimoradas. E de início de um novo gênese todos os primatas silvícolas eram escuros porque era da natureza da terra o vento com gás, a chuva com perigo, o fogo impetuosamente roxo-radioativo. Só com o clarear da natureza os que sobreviviam eram aclareados, entre outros tipos menores de primatas bipedessauros. Viriam outros cataclismas, outros entes Alfas, outros Ômegas, amargedões intermediários, diluviais, que destruiriam quase noventa por cento que sobreviveu de si mesmo, em épocas de dinastias não lineares. Mas o bicho-homem estava corrompido, todos eles meus irmãos muçulmanos, budistas, ateus, maometanos, anglicanos, hebreus, católicos, protestantes, esotéricos de alguma forma, todos, irremediavelmente somados em mim, condenado a morrer, portanto, condenada estava a própria espécie humana no arrependimento sem obras, no arrependimento-máscara, em rituais e altares cartesianos, sem que houvesse luz para a luz, com cego guiando cego, para dentro do nada; com os refeitos da matéria e seus epifenômenos de irrazões dantescas como apocalipses. Até porque, observei isso, as religiões se refugiaram no passado, como o jainismo, o budismo, o hinduísmo, ou se refugiaram no futuro, como o cristianismo, o islamismo e o judaísmo. Mas o Deus da razão não deve ser procurado nas sinagogas, nos templos, mesquitas, catedrais, igrejas, monastérios ou no Himalaia. "Aprendemos a voar como pássaros e a nadar como peixes, mas não aprendemos a arte de conviver como irmãos", conforme disse Martin Luther King, para que o verdadeiro espírito de Deus possa se mover continuadamente sobre a face da terra? Dante dizia: "Relembrai vossa origem, vossa essência; criados não fostes como brutos, mas para seguir virtude e consciência."

....

Ali, nas mãos do mistério gozoso, dentro do insondável muito além de mim, eu era o "dono" da escolha do caminho. Caminho da evolução da espécie humana. Para isso eu teria que prestar testemunho de mim, pagar tributo pela minha própria oferta. Mas havia o Reino do qual eu fui despido, numa revelação que não cabe em gestos e palavras, mas sobrevive no meu lado extremamente (agora) Sentidor. Eu me voltara para dentro de mim... Estava em diferentes estados do Ser. Tinham sido abertas as portas do inconsciente. Seria isso?

Eu, ali, não era gerador, mas totalmente completo para ir muito além do permitido nas águas da filosofia de Jung, de Lacan ou Freud, com minha loucura-lucidez-(adquirida) de escolhido antes de mim. Lembrei-me de ter lido há muito tempo – não pude compreender inteiramente tudo à época, pois era só um sonhador, respirando o espírito da juventude e no ápice da competição a qualquer custo, a todo preço – quando estava nos bancos de faculdade ainda, estudando as relações humanas e a sociabilidade do mundo chamado pós-moderno, e passei rapidamente meus olhos num texto sobre mutação de Fritjof Capra, dizendo sobre os perfis das pessoas com câncer. Em todas havia claros sinais de sentimentos de isolamentos, abandono e desespero durante a juventude, relações conflituosas na fase adulta, resultando em desespero, interiorização do desespero a ponto de serem incapazes de deixar os outros saberem que se sentem magoadas, coléricas ou hostis, sendo o câncer não apenas um problema meramente físico, mas como um problema da pessoa como um todo, numa abordagem multidimensional, sendo que o próprio câncer pode ser, ao somar-se trágico disso, a resultante de um impasse criado pela acumulação de eventos estressantes a partir das próprias crenças totais do universo do indivíduo.

Os novos conceitos até da física provocaram uma profunda mudança em uma nova visão do mundo, que se passou da concepção mecanicista de Descartes e de Newton, para uma visão holística; holis, do grego "holos", que quer dizer "totalidade"; referindo-se a uma compreensão da realidade em função de totalidades integradas, cujas propriedades não podem nunca ser reduzidas a unidades menores, conforme eu vi-vivi quando me saí de mim.

....

"Eu consigo sair de mim, em mim mesmo!

Como é que eu podia? Como era possível, estar em mim, e ver-me no meu corpo deitado, respirando normalmente, como se dormindo o prenúncio da morte, e eu também ali, no alto, vivíssimo e vendo o Eu de mim; planando como se numa dobra-dimensão do outro lado da vida-nuvem, muito além do fim, muito além de mim também? Eu tinha que ser muito forte para suportar aquilo, ou desencadearia um problema neural, físico-muscular (o coração disparando um trem) atingindo todo meu corpo, e então eu ficaria literalmente destroçado. Sim, eu tocara o manto sagracial do altíssimo, e se não era religião, não era fé, era uma coisa pós-corpórea, pós-morte, que explicação havia para aquilo tudo? Eu não podia compreender, mas, em júbilo, agradecia a Deus por aquela espécie de Viagem à casa dos espíritos. Casa dos Espíritos? Eu não estava morto, mas estava dentro da noite eterna que habitava a morte, e muito além do funil no espiral labiríntico da morte havia uma vida portentosa, muito além da passagem sacrificial, da travessia humana tida como finital. Só por Deus. A gente nasce e sobrevive a cada caos, cada desestrutura sócio-funcional do meio causado pelo homem. Depois morre e continua de alguma maneira a sobreviver--a-vida, juntando fios, emaranhados, como se estivéssemos todos de alguma maneira numa gama espiritual imensa, cósmica, ligando amigos, parentes, familiares, pessoas pelas quais temos natural empatia, como se o nosso espírito batesse com o espírito do outro totalmente diferenciado de nós, braços, pernas, membros, como se trançados muito antes de nós no meio de nós, e muito além de nós (muito acima de nós), enleados por fim de almas com almas, seres com seres, Entes com entes. Era isso? Levamos nossa alma conosco, a portabilidade; para onde formos, o céu e o inferno a partir de nós, atos, consagrações, proteções de toda a esfera no entorno, buscas, sonhos, lutas, bravezas, estudos, construções, como se nos refinássemos na luz, na paz, na caridade – as obras! – para então compormos o todo de elos por elos. Devia ser isso. O incompreensível tocado em visita, captado muito além do infinito consciencial. A fronteira vaga muito além de um ponto de junção, naturalmente transcendente. As palavras haveriam de me faltar. Será o impossível? Ora direis ver estrelas!. O espetáculo da vida eterna, vivência por vivência, nome, digital, identidade, fornecimento de prós e contras, em nós, a partir de nós. Era assim, seria isso? O esconderijo do altíssimo, sustentados pela glorificação do Criador na vida eterna. Eu "vendo" dentro do zelo do silêncio, a enormidade de meu simples-estar ali, pequena parte do todo, compondo-o, no entanto, como um som numa colmeia. O homem, o realizador de sonhos. Ainda há uma estrada para seguir, e assim também concomitantemente a vamos fazendo pari--passu, como um tear de estrelas, um arado de buscas, horizontes, perspectivas, afazeres, construções, lucros e danos, luzes e perdas. A casa-vida, degrau por degrau, cômodo por cômodo, enquanto nos deixamos em suor, sangue e lágrimas em cada parte-elo. Todas as lições. Todos os valores. Da adversidade nos fazemos heróis. Vidas-obras. O firmamento nos faz girar, a origem é eterna, o fazer-se é perpétuo, nos sujamos ou nos limpamos, no "fazimento-edificadura". A morte, personagem predileto da vida-mater. O sacrifício, o merecimento. As perdas, as lembranças, os recolhidos, os re-encontros muito além do vale da sombra da vida. Coexistir. O que seria de mim se não fosse eu? E o eu-outro: no próximo, no distante, aquele a ser acolhido, provido, sustentado. Irmãos, numa colmeia. Há os que andam vidas. Ganham vidas-evoluções. Há os que perdem vidas. Há os que se perdem pelo caminho. Há os que se acham pelo caminho. O errado procura o erro. O certo procura as oportunidades evolucionais, leais ao denodo da espécie. Eu saindo de mim, e não sabendo titularizar em palavras isso. Como é possível? Eu tinha que lembrar, precisava. Eu tinha que forçar ao máximo a minha memória de elefante. Já pensou se esqueço um detalhe? Quem iria recompor um visionário em júbilo e glória revivificadora, se não um poeta sonhador? Ah, o pacto de morte pode ser um pacto de vida, de elos em somas. Seria isso? Uma boa visão otimizada atrai outra. Loucura e lucidez são irmãs. Uns escrevem poemas, outros músicas, a criatividade como libertação. Que Deus me ajudasse a recompor tudo, sem perder pontos no crochê das palavras, recuperando sempre as ideias; imagens do que via e precisaria traduzir em palavras. Como uma edição que também refazia todo meu ser transpassado de luz".

ZERO CINCO

"O tempo sonha e oculta, e armazena; quando pensamos ter esquecido, destila sua baba de seda sobre a nossa alma"
(Lya Luft)

Eu olhava para o "dentro" de mim, com o acima de mim também em mim, e ali contrariamente me via outro. Era um outro-antes-de-mim, depois um-outro-dentro-de-mim, e, ainda, um outro depois de mim, para não dizer de um outro-muito-acima-e-além de mim; que era o Eu presente a velar-me ali, num avesso inteiro e completo, como se a me olhar no mecanismo do espelho de trás para diante, em estilhaços. O que nos importa o trabalho de gestação, o parto espiritual? Somos transportados de um mundo para outro. Antes de nascer, o silêncio. Depois da morte, o silêncio. Existir é só um ruído? A que realidade pertencemos, transfigurada por nós mesmos, por nossas imagens e pensamentos, uma vida banal, cotidiana, contra um universo transcendente? Eu era um ENTE. O que era um ente? Quem ou o que me revelava tudo, afinal? Palavras. Perguntas. "Ente", o que existe, o que é, ser, coisa, objeto. O Existir. Pessoa, indivíduo, tudo o que se crê existir. Cada um dos múltiplos seres existentes e concretos da realidade circundante (os seres vivos e objetos do pensamento e da natureza). Criação, aquilo que só existe na imaginação. Ente de razão. Do latim: "ensentis" (O que existe forjado, como parte do latim "ser/ existir/ fui esse/ ver-se(r)".

E vi, como "esse-Ente", a grande explosão que aproximou--trouxe a matéria-espírito para o nosso centro-eixo inferior. E ali, as coisas sem nome e as coisas com nome compartilharam o espaço prometido para a alma-vida, a alma-olaria, a alma-espírito, a alma--espírito-e-vida no Planeta Água, que recebeu todos os viventes ao lugar. E acho que vi (vi-senti – muito mais do que vi) o Enviado do Dono de Todas as Coisas, o "Que-Fez". E Ele trouxe de si Sua semente para o barro da vida dentro do gênese que transfigurado vi. E ali o barro molhou-se do sopro divino e saiu-se diante de uma explosão que era dínamo para dar medida para todos os tamanhos. E o Ser fez-se carne. E Deus, criando o homem e, vendo que ele não estava sozinho o bastante, providenciou-lhe uma companheira para acentuar seu sentido de solidão, no espaço de todo sistema Espírito Familiar. E então, parte separada da carne e desviada de propósito antes de ser imagem e semelhança, perambulou por séculos, até dar-se pela Estrada dos Caminhantes. Foi quando houve o encontro genético e, concomitantemente ocorreu a grande segunda explosão que plantou o recomeço (com vetores de proporções novas). E os deuses peregrinos de outra esfera se juntaram ao primata, para a viagem tecida com a matéria-espirito de que são feitos os sonhos dos deuses, apurando cada vez mais a espécie permitida. Até o estágio nômade. Então o lógico acabamento numinoso se fez. Os céus baixos e os céus altos clarearam. Os seres de todos os sentidos e evoluções naturais na crosta da terra mudaram a tez. E descobriram-se conscientes donos da vida, quando surgiram as estradas provocadas pelo Pai de Todos que levaram à descoberta do fogo, da roda. E a luz encaminhou o olhar para frente, sendo centro, afinal, para um olhar de avanço. Então, e só então, alguns seres previamente escolhidos se presenciaram e se aceitaram sendo. Iluminuras antes mesmo de um pré-iluminismo.

Então houve luz.

Mas a luz só existe para quem realmente a quer ver, e está preparado, é do rol dela. E estar na luz, para alguns, era cegar-se dela. Quem não tem luz não "lê" na luz. Porque há os que olham para o alto e só veem a dimensão infinita, mas alguns sentem o grandioso espírito do que veem, quase que a poder tocar-lhe a pele. Porque há os que não captam a frequência-éter-distancial da alquimia da luz. – Eu vi uma vazão de luz que mudou o universo, e era a veste celular do Dono de Todas as Honras.

E o "Ele" colocou cada macaco em seu galho, cada Ser perfeito na evolução provocada como irradiador de sua real grandeza, assim como separou os de luzes pífias como candeias apagadas, outros, como se fogueiras de vaidades, e ainda outros que nunca se acendem porque reinam posses e bens (e enfrentações dúbias), mesmo que às vezes estranhamente alguns gênios foram queimados como se bruxos ou magos por aqueles que não gerariam iluminações perfeitas, apesar de terem cofres com almas perdidas em dogmas de conquistas. Compreendi que um Deus jamais identificado ou decifrável, provia diariamente os falidos, pobres, simples, sensíveis e tristes com uma luz energizadora ("Olhai os Lírios no Campo!...").

No universo das imagens, sempre havia uma unidade. A anarquia era a minha interpretação dando códigos ao crível. Sim, a vida era cheia de infinitos absurdos e eu estava muito além do meu limite. Compreendi ali que muitos absurdos eram verdadeiros, e Deus não falava exatamente por letras certas, sequer dera asa à cascavel, como não daria lupa a um vidente, se o vidente não se superasse em si mesmo antes, para crescer a sua inteiração sacrificial.

Às vezes eu delirava de tanto Ver, de tamanha (e indecifrável) contemplação. Todo ridículo que eu posso, falhando, dar voz, falar, comentar, tentar dizer-traduzir-(se), é todo o impossível que eu posso ser. Cada um tem sua própria colheita específica do mesmo gesto, do mesmo ato, do mesmo salmo ou sândalo, com interpretações (bagagem-sensorial) diferente.

A invalidez da alma tem um preço. A cadeia predatória da vida vai muito além da vida... Deus esgotou toda sua expectativa lacrimosa nas dunas dos desertos. Deus ainda teimosamente – por algum motivo – tem perspectiva de manter retesado o arco da promessa, reparar perspectivas, tentar sempre.

....

Alimento-me de alguma luz, de alguma forma ainda não vista, talvez até umbilical-cósmico. Mas meu digerir é pífio. A luz por mim se cientifica e se aceita, anula-me em parte e talvez me mate para sempre, curando meu câncer adquirido com a morte, pois a morte pode ser uma forma de cura. Que sentimento de culpa, por algum motivo, teria desenvolvido em mim, em algum tempo, o problema cancerígeno?

Eu só sei que, intimamente aceito essa cura-morte, compondo um quadro futuro do meu elo sequencial limpo, condicionando espaço para receber a limpeza-dor, e a pureza que advirá na luz dessa limpeza que aceito humildemente.

....

A Luz ganhou irradiadores Dela, pregadores Dela, até mesmo mercadores Dela, quando não fanáticos insanos Dela. Impérios comprados com sangues de dogmas. Houve época em que a luz foi usada para reinar na idade das trevas, e em nome da luz também mataram seres especiais, "cabeças escolhidas" para a evolução, verdadeiros ungidos em ciência e conhecimento. O mundo perdeu mais de cem anos de evolução com a morte desses Escolhidos. Depois houve os iluminados e a luz foi repartida em liberdade, igualdade e fraternidade. Mas foi só o desvio de uma marcação de época, como página virada com sangue. Porque depois a luz foi quebrada e houve duas explosões dantescas, como se a luz da razão fosse para plantar fins em propósitos bélicos. O mundo perdeu seu rumo, e, muitas vezes, de várias maneiras, crucificaram essa luz que ainda vive apesar de tudo; que ainda sem se esgotar caminha vivificada apesar dos cravos, sendo norteadora do resgate que colocou os fiéis no caminho Dela. Quem tem fé que acredite sem ver... Essa luz novamente plantou um fim no eixo da glória de Deus, que prepara sua trombeta Número Sete, para o apocalipse, ou amargedom, e então será o fim de mais um ciclo arrasador de fogo.

As estrelas de fogo... as estrelas de sangue... as estrelas do campo de David... Há olhos de ver Luz, olhos de se ver na luz e muitos olhos que burlam a luz, ou buscam em luz refratária ou pouco esplendente em mãos erradas, e não a acendem e nem a buscam nos atos de caridade, ou em obras, nem sendo probos. Porque cada luz é parte do átomo do Todo, buscando canteiros para searas e ceifas, lavouras, colheitas, purificações; aperfeiçoamento protetor, aberturas de fronteiras muito além do sol...

Para cada ser, a verdade tem uma beleza que lhe é própria, inerente, peculiar. Até porque, a verdade é mais uma fragrância do que uma flor, e, às vezes, o que vemos como inocência nada mais é do que o selvagem intocado. Mas não nascemos prontos. Só aos poucos é que o escuro fica claro, se tivermos clareza nas ideias, sentimentos, intenções. Tudo no mundo, onde quer que aconteça ou surja, é uma passagem com o fito de dar liberdade de escolha, livre arbítrio. Seja sempre você mesmo com sabedoria...

ZERO SEIS

"A vida é um grande sono, do qual, vez em quando somos despertos, para fundar o sonho de nosso existir, ou a criação de nosso pesadelo adquirido nos umbrais da noite que habita a Morte Eterna..."

Depois foi me dado ver, e eu vi o que de mim tinha sido peregrino infinito, o caminho que evolui, o mistério que anda. Sim, às vezes sou primevo, sou puro, projeto divino, entre o Tigre e o Eufrates, plantado à beira de um Nilo antigo, entre sacerdotes e serenas lavadoras de trigo vestidas de branco. Lutas, anseios, sonhos, sofrimentos, esperanças... Era servidor de um imberbe príncipe cego, mas tinha a solidão do deserto no mais íntimo de mim; era provedor ambicioso, amante ardente e insaciável, variador de propósitos e ainda não totalmente maduro para ser sério e confiável como transmissor. Elo por elo, a construção muito além da margem de mim.

Já estivera outras vezes, outras vidas antigas, em cavernas – e em duas quarentenas de graves "doenças negras" – mais de doze aventuras em manuscritos existenciais de meu pergaminho da alma, que ali era só pagador, nada mais do que isso. Um dia os olhos grandes (e cegos) me ofereceram a cimitarra da falcatrua real (iria ganhar posses exóticas e hierarquia estrutural com isso). E comecei a plantar em mim uma dor de pagar-se com a vida: ramificações do câncer. Pois fugi e quase morri de fome por causa de perseguições, a pior morte que se morre, acabando assim por ser preso e abandonado na cisterna de um longe nunca identificado por meus entes, esgotados de esforços de tanto perdoarem meus deszelos ético-comunitários.

Depois, o que eu era (e ali dentro de mim me olhando, via rapidamente) foi fruto de um ponto de interrogação. Eu era uma pouco saudável "lady da noite" dona de seis crianças, e ainda dona do coração inteiro de um Sonhador que queria criar comércio com os povos de olhos fechados, trazer novas iguarias exóticas desses orientes extremos. Mas a clandestina amante não viveu para ver seu amado de volta. Morreu de doença maldita. E os seus descendentes bastardos foram semeados em vários cálices do exílio, despejados de posses e nobrezas. Depois fui escravo entre albaneses de perto do mar báltico, e vendido a hebreus lavradores de terras. Outra vez fui vendedor de prata no México, até morrer novamente entre aventureiros em primeiros mares de braveza. Depois tive uma passageira oportunidade em tranquilos lagos na Escócia; lá era pescador solitário. Mas com a falência genética adquirida, queria a riqueza a qualquer custo. Morri depois entre girassóis, por causa de uma doença não avisada e que nem tinha nome direito, só que era maldita e por isso mesmo esculpida quase que para sempre em dívida de pagamento no espírito atribulado. Sempre fui marcado por Deus... Até que vim de novo, muito jovem, imigrante para as novas terras virgens do Brasil de Santa Cruz, fugindo de uma paixão impossível que plantara em Nápoles. Desembarquei ao sul da terra nova, apesar de ser anarquista ainda sem saber o que era isso exatamente de utopia. Ganhei, desde o Porto de Santos, o destino sul do país-continente. Já na pessoa de um antepassado próximo que foi comprar e vender muares, ganhando a conhecer depois a região sul toda, no fluxo maior de vendas em Sorocaba, província de São Paulo, parte da região sudeste, trilha do sol. De Sorocaba, de volta para os pagos sulinos, o que era antes de ser o que descendo agora, conheceu uma mulher bela, doce e prestimosa em São Pedro de Itararé, aldeia à beira do rio cavernoso de nome Itararé (que significa "pedra que as águas cavaram") e ali deixou filial de uma vida. Inaugurando o primeiro ramo dessa oliveira de descendência-legado, nascendo rico, forte e provedor para apaziguar pagamentos eternais que não se completavam no caixa livre da vida sempre eivada, sempre atirada, sempre devedora. Não, não vi meu pai quando pereceu, não vi a sua morte, não me foi dado ver, talvez eu não quisesse ver. Ou não pudesse ver. Ele estava mesmo jurado de morte por uma doença fatal que fingia ignorar, até que houve o atentado terrorista na Terra Santa e a morte o levou. Por onde viajava o espírito de seu pai? Que nuvem, estrela, rio, chuva, relâmpago ou animal bem o representava? O morto estava vivo? Em que estética-corpo? O último passo dado, é sempre ali em que foi dado o primeiro passo, o primeiro suspiro, o primeiro choro.

....

— Nasce um Ser, morre um ser. Elos da mesma franquia da corrente entre nós nesse estágio-travessia. O rio não tem idade? Não tem idade a pedra? O que se mede não é o tempo de vacância terrestre, formal, mas a serventia. Servir é ser Ser. Muitos são chamados para amarem ao próximo como se a si mesmos, mas poucos são escolhidos nesse verbo inteiro. Há esconderijos de frustrações. Ou vertedouros de renúncias, posses sujas. Sabe quanto custa no céu, uma impaga glória telúrica? Nem queira saber o horror de. A hora da verdade de cada um chegará...

– Aproximo-me da pele íntima do altar de mim, e não sinto nada. É como se o nada ventilado se untasse de alguma maneira com o todo e isso fosse palco, hangar – travessia nunca dantes aprendida – além da aquarela da existência.

— O que tiramos de nós quando existimos? A paz.

— O que queremos de nós quando morremos? A paz.

— Vida e morte se completam. Laços de ternura, em algum não estorvado lado genético de nosso Ser, na feição de amor, provocando depurações, como se existir fosse um mero purgar-se cósmico. Que bicho exatamente é o Ser?

— Há os que olham e não enxergam.

— Há os que ouvem e não decodificam.

— Há os que sentem e se anulam, porque não têm competência existencial para se acharem no que sentem.

— Eu estou aqui para rasgar o véu da mediocridade humana. E não há sinos e nem catedrais na morte. Só o silêncio. É no silêncio que aprendemos a ascender os píncaros da Glória?

— Escolhi o meu Dia do Juízo. Quem vai nos esperar no céu? O céu começa a ser erguido aqui?

— Pelas frestas dos poros também escuto manchas ruminando nódoas de angústias e ressentimentos, como denúncias de erros capitais. Silêncios e ausências são da mesma prole da justiça divina.

— A desculpa velha ruminada com querelas toma forma de câncer. Com outras resinas de implicações (e vernizes falsos) ferimo-nos também no psicossomático.

Depois de sair-me de mim, de alguma maneira, volto-me inteiramente a compreender os sinais de segurança, num polo de dizer exato (e sentir consciente), no que eu mesmo adquiro de raciocínio, quando algo em mim delata, entrega, poda, eleva, quer levitar. Foi quando de novo vi meu patriarca armando cercas, laçando cavalos e domando, plantando girassóis... Aí começou a senda desse Ser que foi Pai do meu pai, que era dono do silêncio e dono da ausência líquida.

E foi me dado ver minha mãe Virgínia Aurora recebendo-me em seu ventre, como semente humana e como elo de espírito, fogo na pedra, já carregando em projeções um esconderijo de sentir insabido, que era dela o perguntar do seu dia, do seu amor, até o terceiro grau da geração que ali fundara seu preço, em amor e dor.

E muito me foi dado ver, para a direção certa de aceitar meu sacrifício-preço.

Ou deixar que uma dor-terminal-adquirida fosse levada, em futuro do sobrinho-filho-continuação, até um dia ser resgatada, sarada com sangue, caridade ou amor. Causa e efeito, livre arbítrio, custo-benefício.

Eu teria que estar sábio e são total, para permitir-me pela primeira vez observar sabiamente o elo da decisão que passava de mim, e trazê-la bem sobrevivida a essa estadia-dimensão, como um conhecimento de não durar muito, por obra e graça de pagar, finalmente, uma dívida de sangue derramado, de riquezas injustas e propriedades roubos, de lucros impunes; para saber que essa cura era o que iria (e para também finalmente ascender-se e florir para todo sempre) apurar o meu aceitar de ser entrega piedosa, como fechamento de um ciclo no íntimo estar de mim. Era uma conquista pouco permitida no administrável dos seres.

E vi a mim próprio dentro do ventre de minha mãe. E depois rompendo o segredo natural da placenta, cuspido na vida, já sabendo a pobre coitada bem antes da concepção, o pagamento de sua sina por parte de seus antepassados, em más heranças adquiridas com vinganças orquestradas, crimes torpes e motivações de ódio legado.

E minha genitora, ferida de morte por um lado, e ferida de mim, a própria vida expropriada, sabia que iria me perder não para o que dela me dava, mas perder-me para mim mesmo sem nunca mais me encontrar, se eu não fosse aceito no "rol dos escolhidos" para a seara dizimadora (da aproximação das virtudes), que é muito além da vida e da morte feito paga, senha, comanda.

E meu pai odiou intensamente a mim naquela hora, porque eu era Vida e trazia a Morte à minha cândida mãe. E minha mãe que era Amor se perdera por causa de aceitar-me fundado no espírito de sua vida inteira de condenada assim sem reagir. E meu pai odiou-me até o dia que lhe soaram comuns às interpretações de resgates íntimos, identificadores. Então o meu pai que me odiou desde o dia em que nasci, reparou nos gestos do menino desgarrado. Eram os gestos do meu avô. Então marcou-se de escondido e secreto em pranto sem nome e sem rosto. E secou assim, rendido no não dizer. E viu que eu era o pai dele, por intermédio dele e numa ponte para muito além dele; elo de continuação no futuro, e ali certamente estaria em mim. Então escondeu que dentro de si perdoou-me, pois já estava perdendo a criança amarga que se tornara o renegado, o não-amado, o bezerro desmamado que eu resultara, o carregado de culpas antigas além das vivências praticadas. Então me perdoou, mas já não havia misericórdia dialética para dizer, para expressar o requinte da confissão acrescida de perdão, já anulando a dor apesar de ainda haver a grave pose do orgulho. Ah maldito orgulho nutridor de tantos traumas funestos. Ah o ódio que amarga ainda mais a dor. Ah a vingança que plantamos não no outrem, mas no mais íntimo e profundo de nós. Era tarde demais para anular o que causara. Viu a revolta do espírito passar para as antenas da alma. Viu que sua falsa sabedoria de velho morrera nas mãos de uma última esperança perdida.

Eu era um ponto de interrogação na sua visão de anarquista que odiava deuses e rituais. Um comunista (sem saber direito o que era a filosofia de Karl Marx) que não sabia a medida do amor quando transfigurado.

Mas, aquilo que o menino era de receptor e sensível; rompeu amarras. Conhecera a Aia Luzia e o índio Nordo que se detiveram nele, e se ensinaram neles, o amor sem nódoa, o carinho sem jugo, a construção do ser sem julgamento. Eram pais de parceria e arrimo. Era o lar que serviu e ali foi especial, escolhido. Tinha sido o primeiro sinal dos deuses? Os deuses "marcam" os escolhidos...

E fui sendo aceito herdeiro da pureza e da beleza que há no céu do simples, como se um "escolhido" para ser uma espécie de receptáculo do conhecimento anterior deles, e estar no "lugar" em que estava agora (viagem extracorpórea), dentro do mais íntimo de mim, dentro do mais alto e sagrado de mim, ainda sendo leitor de tantos pergaminhos que eram as razões de vidas em que poderíamos escrever páginas brancas, ou seres-fogueiras que incendeiam o mundo sem rumo. A segunda consciência?

E à minha mãe Virginia Aurora foi dado o espírito da águia.

E ao senhor meu genitor foi dado o espírito do cavalo selvagem, com resquícios de uma vida entre girassóis. Que vida-dor o domaria, que morte-dor?

E o que se via animal, alimentava de sementes-grãos de girassóis preparadas para plantio, portanto, intoxicadas para o consumo. Quereria o cavalo selvagem que comia girassol, preparar um caminho próprio para o seu fim, no sagrado coração de terra, e assim como autopunição, findar a própria vida? Ah a consciência subliminar...

Fui semeador e guerreiro. Os ventos contaram. Fui recolhedor e flecha. As chuvas revelarão. Fui mosaico e pássaro-flor. Os loucos nunca mais sonharão. "Quantos caminhos um homem pode andar... os ventos contarão..."

Fui acendedor de chãos – as floradas das serras – plantador de xícaras de fogo, semeador de fogueiras de virtudes, e sabia o voo da zarabatana antes dela partir no sopro; sabia quanto de chuva haveria de cair na calha alva da manhã, quantos evangelhos gastariam nos corações cheios de mentira, quantos santos seriam inventados para envernizar egos pomposos, quantos seres sem saber foram reciclados em conjunturas universais, desde o império romano bebendo interesses na fonte do Mestre Marceneiro do Universo. Eu era, finalmente, ledor do meu próprio filamento de vida, com céu na asa da minha procura. Então foi me dado escolher o jugo do meu próprio fim. Eu estaria sendo testado? Pobre de mim. Nada poderá tirar de mim o que já recebi... A viagem fora do corpo...

Todos os meus glóbulos doentes chamaram pelas vinhas das células machucadas, e havia um ser coxo (a Morte?) que tolhia pela metade o caminho de minha resignação-chave. Nunca se sabe o que se sabe, mormente naquele degrau do meu estar loucamente pendurado entre a vida e o abismal de mim. Devaneio-vigília nos neurotransmissores? Frequência sonora, campos magnéticos, efeitos para-sensoriais. Para-normalidade?

....

E eu vi; tive um mapeamento do mundo em mim, muito além de mim, antes de mim, e o futuro, o universo, tudo atemporal, contraditório, o espaço, a terra...

A origem da vida rotativa, cíclica... a origem da mente humana protegida... a emergência da consciência... Um grande mar no futuro nordeste brasileiro... um grande deserto no centro do futuro Paraná... Cérebro, florestas, cosmos... O efeito borboleta de novo.

O último dinossauro, o último bisonte...

Babel...

O crucificado e o hediondo império romano em vil decadência...

A Quarta Cruzada do Louco Simão. Farol de Alexandria. Ivan Vassilievich, o Terrível...

Marco Pólo, as peregrinas viagens... Misturas. Fragmentos. Disformidades... Confusões mentais... Mentais?

O Sábado Negro de 1943, em Auschwitz...

Muito sangue e muita neve em Stalingrado...

Um hiper-raio especial e desconhecido por ser secreto, do Comando Omega-X, no espelho bélico de uma estação orbital, sediada alhures em órbita cósmica, destruiu a Base de Alcântara no norte do Brasil, como se apagando riscos, concorrência logística e tudo mais, sem deixar rastro da identidade-eixo.

....

O buraco negro depois da invenção do acelerador de partículas...

As naves de evacuação...

A antimatéria do laser-Y nos supercondutores que movem os discos-voadores...

A Via-Láctea número três... a terceira civilização

Na casa do pai há muitas moradas. O cérebro é a essência do que somos?. O primeiro homem bípede começou a andar pela planície da África e quando olhou para o céu forrado de estrelas, acionando seus circuitos neurais, cismou alhures, conjeturou, fez fogo em si. Pegou na mão da companheira para passear numa noite de luar sob a savana, e perguntou a si mesmo: -De onde vem tudo isso? A obsessão de explicar o mundo em torno de nós... um produto do cérebro... subproduto da poeira das estrelas... Como diria Miguel Nicolelis (neurocientista brasileiro trabalhando na Universidade de Duke, Estados Unidos): "A coisa fascinante da ciência é ter o privilégio de descobrir o caminho que nos trouxe até aqui, como uma ânsia de voltar ao útero galáctico materno; descobrir a origem do universo, a origem da vida". Ah, eu atravessei o túnel inteiro e estou aqui fora...

....

O macho alfa no berçário das estrelas. No deserto. No laboratório. No estúdio. No DNA. Na evolução – o cruzamento. A espécie. O símio. O macho alfa sempre vence no final? Vence? Final? DNA? – Lavoura cósmica. SERES ESCOLHIDOS.

ZERO SETE

"Não quero que a minha casa seja cercada de muros por todos os lados, nem que as minhas janelas sejam tapadas. Quero que as culturas de todas as terras sejam sopradas para dentro da minha casa, o mais livremente possível."
(Mahatma Gandhi)

— Eu estava separado do meu corpo físico. Uma espécie de estado infinito? Flutuei para o alto ali mesmo... luz dourada...

– Como podemos nos esconder de Deus, querer omitir dados e ignorâncias de alheamentos indevidos ou impunidades sem rosto, se somos "parte do todo" e esse Todo-Deus se fende na repugnância de nosso ferir e na cicatriz desse malfadado fazer? Foram abertas todas as portas dos sentidos. Tudo vermelho-azul ou amarelo-lilás. Sonhos lúcidos muito além do Eu de mim.

— Que laboratório celestial nos alimentou para, nos degraus e percalços de existências vilipendiadas, ainda assim, de forma piedosa, habitarmos a essência? A natureza fluída como ondas magnéticas na fenomenização...

Mãos estendidas são milhões. Acenam, benzem, vigiam, oram, condenam, indicam, criam paletas de matizes e iluminuras, apontam, solam músicas, recriam-se quando cansadas de alimentarem percursos dentro do nosso mais íntimo sentir. E também são milhões os canteiros celestiais de olhos. Como não estar neles, torná-los possíveis, se são a Soma de acertos e erros, e somos continuação deles como se partes do tecido da pupila, da estratégia nutricional na retina da íris? Que casas somos como Seres? – Invento um palco de silêncio. Voo, de onde estou, de onde me resto, voo bem acima do que estou dentro de mim. Que é aquilo? Pois sou aquilo que nem sei o que é. Água? Pedra? Nuvem? Vulcão? Metade de um cais, ou de um camarim? Crisântemo-begônia?

Caridades tornam-se pele com o passar da vida, até que as dores e as cicatrizes que parecem que não estão em nós (mas somos inteiros elas; querendo ou não, conhecendo ou fingindo outros fins) se anulem. Existir é o que pagamos para ser libertos de alguma espécie de trauma na lição de eternos caminhantes.

As estrelas descem a terra.

....

"O tempo aqui revisto sem a limitação terrestre-humana me faz acreditar que o sublime me pertence. Tenho comigo todas as minhas idades. É aqui dentro que me acho, que me caibo inteiro, pleno e perene; é aqui que finalmente me realizo como ser, é aqui dentro que gosto quando acontecem todas as minhas vidas inteiras. Finos clarins ressoam nos píncaros de glória. Estou em mim. Habitei-me de todas as formas. Libertei-me de fantasmas. Cada vida é uma eternidade inteira reunidas num corpo. Meu corpo um cemitério do tempo? (Eu sou doente da condição humana?). Eu e a morte nos reconhecemos e nos amamos. Nascemos um para o outro. Graças a Deus pelas caixas de ferramentas dela, que nos cura de nós. A utilidade da viagem é regular a infinitude do nosso precário tempo corpóreo. As coisas por si só são coisas. Eu não, eu me habito! Eu existo. Eu acredito agora! Eu sou. Estou dentro de mim e a natureza cósmica me veste em corpoluz. Não adianta ser longa a viagem, muito distante o último horizonte a ser trilhado. Um dia sempre voltamos para nós mesmos, e descobrimos que estamos em casa, quando tudo começou. Podemos morrer numa tempestade em alto mar. Podemos morrer no deserto, atrás de uma borboleta de ouro. Mas quando o corpo desfalece, quando o espírito se liberta, achamo-nos no mesmíssimo lugar em que demos o primeiro choro, o primeiro passo inicial na jornada de Existencialização, a estrada dos caminhos. Se eu for céu, haverá luz nessa hora. Se eu for relâmpago, haverá chuva. O lugar de inicio será o mesmo lugar em que deixaremos de existir, porque longe é só um lugar dentro da gente. Quando rompemos a placenta da barriga gestora, fundamos um marco historial todo próprio, todo nosso, que ninguém jamais tira de nós. O céu e o inferno a partir dali, a partir de nós. A nossa ultima lágrima de dor ou a nossa final alegria de libertação, se fará ouvir nos ares, no exato último momento como se fosse o primeiro, de resgate ou de reavaliação (para outro recomeço). Seremos recolhidos e pensados, auditados, e, assim, confirmados em nós, a sentença, a sentenciação evolutiva. Ou o horror de termos que retornar ao inferno da terra. Tudo de novo, tudo outra vez: bebê, criança, jovem, velho. Tudo até o devido aprendizado inteiro e completo de nossa cota. Quem quer desperdiçar numa existência rala a sua cota de dor? A viagem é dentro de nós. A viagem decantada por milênios, gota a gota, vida a vida. Que maravilha é estarmos longe da razão e dentro do céu de todas as origens, de todas as virtudes, de todas as vidas, de todos os tempos".

....

Chorou. Nunca na verdade foi um bebê como tinha de ser. Não sabia o que era isso. Sem o olhar da mãe; o filho sugando o seio materno, nenhuma criança jamais seria um ser humano acabado, perfeito, completo. Nunca uma mamadeira de mãe. Nem o abraço, ou colo. Nunca um afeto, um ralhar, um pito-carito, uma bulha que fosse de mãe táctil, presencial. Daria de sua cota de dor aos infelizes?

Quando bebê, sonhava com a mãe. Às vezes parecia que ela estava ali... Para onde vão as pessoas que amamos? Deus concedeu uma irmã à recordação: a Esperança.

....

"Quando morrer
A água de seu corpo subirá ao céu
Elevada pelo sol
E o carbono que se desprenderá de sua carne será eterno
Irá ao encontro do reino trino que espera
Animal
Vegetal
E mineral
Então liberto da inteligência
Poderá ser plenamente parte do todo
E se integrará ao seu pai
O Cosmo..."
(Solivan Brugnara)

PENÚLTIMA CENA

"A consciência do homem é sustentada por um tripé, sendo que o primeiro traz a observação da realidade cotidiana pura, o segundo é onde a subjetividade de cada um se encontra com o mundo real, distorcendo-o fatalmente, e o terceiro é exclusivo dos sonhos, fantasias e pesadelos (...)"
(Rodrigo Lacerda)

Confesso que, terminara de, grosso modo, recompor (e de até mesmo tentar fervorosamente traduzir "apalavradamente" os inusitados fatos) o que o dileto amigo de infância e escola primária de Itararé, Dr. Álvaro Henrique Schiola, escrevera quase que, aqui e ali, aos supetões, aos garranchos e garatujas. Talvez aos ímpetos, aos trancos e barrancos de correrias apuradas (e cismas terríveis vivenciadas em agonias e êxtases) até porque as anotações rápidas às vezes não me eram inteiramente exatas, certinhas, devidamente completas; no devir o seriam certamente, de todo possível. Iriam compor uma exata paginação de planejamento fiel e coerente do livro que acabei por corrigir, acertar, formatar, terminar parcialmente na medida até do impossível, cismando, conjeturando, aduzindo, supondo precariamente, fazendo alusões, "decodificando" numa dificuldade tremenda, fazendo "traduções", (recriações) com necessária coerência possível, pois eu estava no meu racional inteiro, mesmo que humanamente pequeno.

Os relatos, as narrativas em forma de crônica e apanhados imediatos (como se escritos desesperadamente depressa demais ou em função de vagas lembranças apuradíssimas) eram de uma "viagem para dentro do espírito" (corpo-e-alma, perispírito), suponho; uma viagem quase sem volta, ou, de muito risco, aduzo. Ele teria subido aos céus ou os céus teriam vindo até ele? O tempo de escrever deve dilatar o tempo de viver... Lembrei-me dos conceitos de Janet H. Murray que disse que a narrativa é um de nossos mecanismos cognitivos primários para a compreensão do mundo. E também um dos modos fundamentais pelos quais construímos comunidades, desde a tribo agrupada em volta da fogueira, até a comunidade global reunida diante de um aparelho de televisão, de uma tela de computador de última geração. Nós contamos, uns aos outros, histórias de heroísmos, de traição, de amor, de ódio, de perda, de triunfo, de loucuras viajosas, de encantários, de viagens astrais. Nós nos compreendemos mutuamente através dessas histórias, e, muitas vezes vivemos ou morremos pela força que elas possuem.

Por mera intuição – esse meu "Sentir" era bem abaixo do que registravam os dados coletados por Álvaro – fui, imediatamente depois de ter feito o projeto da conclusão final do livro, caçar registros dos resultados dos exames no Instituto Médico Legal de Itapeva (que cobre a região de Itararé), mais especificamente sobre os dois corpos que eram dados como se do Dr. Álvaro e do menino Perci. Diários, apontamentos, informações, relatos conflitantes e tudo mais. Senti que alguma coisa não completava, mas não sabia exatamente o que. Não fazia sentido no todo do que o livro finalmente se assentaria. Faltava algo. O elo perdido de um fim em si? O que seria? Corri atrás. Boletim, inquérito, processo, tudo muito confuso. Papelada.

Resolvi tentar de também subir a Montanha dos Índios (eu não sabia que jamais poderia) para poder parlamentar a sós com a Velha

Aia Luzia, levando um conhecido amigo meu. Um argentino psicoterapeuta que trabalhava com o processo analítico de regressão, tentando de alguma de maneira acertar um encontro que esclarecesse dúvidas finais, encaixasse as peças do quebra-cabeça que eram os apontamentos, palavras cruzadas, desenhos, garatujas (escritas na luz), anotações profundas, ou vagas, imprecisas, e que finalmente resolvessem a base do cunho final do livro ainda mal acabado no meu entender, cismando. Sonhar era preciso, viver não era preciso? Devia ser isso.

Saquei possíveis lacunas nos registros precários (em trânsito espiritual?) e nalguns depoimentos incompletos das anotações. O que realmente tinha havido no que as palavras "medidas" no foro do intraduzível (humanamente falando pela palavra, pela hermenêutica) queriam realmente dizer, e não diziam exatamente?

Por incrível que possa parecer, no entanto, antes mesmo que tentássemos entrar em contato com o Chefe Aroldo, da tribo (eu não poderia jamais subir as Montanhas das Luas), estranhamente a Velha Aia Luzia um bendito dia desceu até nós, tornou-se humildemente acessível, oferecendo-se, o que era extremamente raro e incrível. Será o impossível? Pressentia algo perigoso que a colocava em perigo ou à tribo? Mal eu sabia quem ela visava esconder. Ou a quem queria, com esse aparecimento incomum, dar proteção para eventual possível retirada, ou circunstancial saída de emergência; algo, alguma coisa ou alguém saindo de foco. Talvez em preparativos finais para morrer. Murcha como casca de árvore velha, magra e baixa, como se a face tivesse sido temperada e cerzida pelos gomos de algum tempo esticado ao máximo, a velha Aia Luzia – alegando estar cuidando (com unguentos selvagens) de um uirapuru-laranja com asa quebrada – estranhamente, ao mesmo tempo, no entanto, negou-se a falar com quem quer fosse, sobre qualquer assunto. Empacou. Descera até nós, mas emudecera? E nenhuma possibilidade levantou de início, ficando entregue a si mesma, fazendo tipo.

Como se assim fingindo pudesse fugir de seu estar ali para um alheamento qualquer que seguramente identificava como rota de fuga. Era seu costume, seu estilo. Estava a disposição mas não soava? Qual era a senha? O impiedoso Dr. Argemiro Rodriguez Baião, meu amigo argentino, muito competente, que trabalhava com a TVP (Terapia de Vidas Passadas), foi mais arguto. E no vai e vem do diálogo (ou correria de tentar um, falando muito e ordenando a dialética nesse fito) aduziu com a Velha Aia sobre a perspectiva de um tumultuado processo judicial, uma barulhenta interpelação que envolveria a tribo toda e a ela de forma direta, com riscos graves, nos trâmites da lei. Blefou com a cara e a coragem ("sentira" algo?).

Ela esteve de novo descida entre nós. Arreou, perdeu a pose sisuda. Perdeu as estribeiras. Capitulou e parou para pensar na cisma de um grave risco que correria (em seus propósitos disfarçados de interesses maiores) se fazendo de difícil. Caçou alhures uma visão permitida, olhou para o céu (como se olhasse para um "céu dentro do nada") e falou de supetão. Conferindo a chance de eventual possibilidade ali, de falar o que tinha que falar e talvez precisasse falar. Ela baixara a guarda, de alguma forma, senti. O que havia para ela esconder no medo inacessível? Que perigo era aquele que, escondendo, revelava preocupação com o fito precípuo do que buscávamos? A quem, ela, estando finalmente frequentável entre nós, tentava esconder, encobrir, disfarçar, dissimulando intenções?

Iria começar a semeadura de novos dados. Com as novas informações, tudo finalmente esclarecido, eu poderia melhorar o livro planejado. Estávamos respigando. Novo estágio de colheita, recolhes. Fim de um ciclo. Início de outro. Não é sempre assim?

....

Fizeram, depois das intenções abertas e dos ânimos desarmados de parte a parte, uma espécie de acordo de várias gravações esclarecedoras, às quais fui proibido delicadamente de assistir *in totum*, só podendo estar por perto, cercando acontecências. Uma enorme tenda lilás especialmente montada para ser cenário de revelações em áudio foi erguida, pois era de praxe o aparato todo do Dr. Argemiro. Que numa linha psicoterapêutica trabalharia noções do inconsciente, ampliando também essas noções. Permitindo ao espírito um padrão de autorregressão, com uma vigilância serena. Sabia que, no estado meditativo a paciente ganharia agilidade para relacionar dados, ficando com muito mais perspectiva, até porque, para o inconsciente, o nosso "padrão de tempo" não existe. Com um método de canalização, relaxando o paciente investigado, captaria e construiria todo um tênue fio enorme de narrativas-depoimentos, com dados concomitantes (somados aos que eu já tinha apurado inclusive de dúvidas, perguntas, questões), atingindo assim uma espécie de engenharia de caminhos, visando levantar ocorrências adjacentes, concomitantemente esclarecedoras dentro do crível no teatro operacional todo. Lembrei-me, a propósito de vidas passadas, de ter lido num livro sobre mitologia que, Pitágoras, na Grécia antiga, dizia ter sido ferido no peito, seiscentos anos atrás, na Grécia de Troia.

O prestimoso Dr. Argemiro e a ágil equipe especialista investigaram bem de forma tecnicamente profissional, segura, simulando situações, percursos, estadias, idas e devaneios. Gravando, conferindo, tirando dúvidas (ele lera os apontamentos do Dr. Álvaro Henrique), sempre sob a preciosa presença de uma enfermeira de nome Jasmim e de um assistente de nome Carlo Magno, mais um médico clínico-geral e o valoroso Chefe da Tribo de nome Aroldo Silva que julgava aquilo necessário. Ele era simples na essência das virtudes primárias.

Eu só poderia ouvir as dezenas de fitas editadas depois de tudo passado a limpo. Até porque, era um mero escritor, metido a poeta moderno, não um expert em viagens corporais, regressões, livros do assunto, coisas do gênero. Os dados todos seriam compilados, até darem um entendimento para as narrativas que incorporariam as estruturas finais do livro em formação.

Depois disso, tudo se fez claro na medida do entendível. Com os dados que, afinal, me foram conferidos com prazer, traduzidos em formatos significantes na linha técnica dos psicoterapêuticos e passados com transparência ao linguajar algo formal do entendimento menos erudito ou técnico. Com os dados fornecidos em "transe" pela Velha Aia Luzia, eu completaria, afinal, os possíveis registros incorretos, as lacunas. Poderia assim, costurar melhor o ramalhete da obra.

Mal eu sabia a missão que me fora confiada desde um pueril "pacto de morte" em juramento com sangue, porque aquilo tudo estava muito além do que eu compensava no sentir mediato. Mas as coisas tinham que ser assim. Se há um pouco de loucura na vida, há um pouco de razão na loucura. Deus escolhe os loucos para confundir os sábios? Sim, sob o molde das palavras há códigos, símbolos. O homem, o lobo do homem. Os bons, os oprimidos, os maus. A sociedade moderna, de um capitalismo que privatiza o lucro e estatiza o prejuízo, num crime lesa-pátria da falsa oferta e procura, de falso livre mercado (máfias e quadrilhas); já que tudo não passa de um jogo de cartas marcadas, um cassino globalizado. Um evento catastrófico ou uma grande ameaça é capaz de desmontar todo o sistema por completo. No sobrevivencial, os ricos serão sempre os ricos... ah os pobres estarão sempre na sustentação das pirâmides amorais de lucros impunes, riquezas injustas, contrastes sociais, propriedades-roubos. No labirinto da nova ordem econômica mundial, o câncer do neoliberalismo amoral, inumano. Eles sabem exatamente o que fazem. O cinismo social e a hipocrisia do capital camuflam as aparências dos insensíveis com obras turvas. Parafraseando Josué de Castro, "metade da humanidade não come, e a outra metade não está preocupada com isso. Não se pode saciar a fome quem lambe pão pintado."

O HOMEM, A LUTA E A ETERNIDADE

Adivinho nos planos da consciência
Dois arcanjos lutando com esferas e pensamentos
Mundo de planetas em fogo
Vertigem
Desequilíbrio de forças
Matéria em convulsão ardendo pra se definir.

Ó alma que não conhece todas as suas possibilidades
O mundo ainda é pequeno pra te encher
Abala as colunas da realidade,
Desperta os ritmos que estão dormindo.

À guerra! Olha os arcanjos se esfacelando!
Um dia a morte devolverá meu corpo,
Minha cabeça devolverá meus pensamentos ruins
Meus olhos verão a luz da perfeição
E não haverá mais tempo.

(Murilo Mendes).

FINAL

"Somos ora verdes, ora maduros. Somos ora soldadura, ora frutificação. E, não poucas vezes, somos so lidão. É quando volta a funcionar a inflorescência; em cada gomo da frutinha, que é como nos vemos, aninham-se ideias, costuram-se possibilidades, defendem-se posições, atinge-se novos patamares. Sempre diferentes. Sempre novos frutos..."
(Liane Saenger)

Parte A:

"Estávamos todos oferecendo o 'escolhido' aos mistérios eternais dos Deuses"

....

Podem acertar dados incompreensíveis a natureza humana, cortar parágrafos desnecessários no contexto todo, melhorar as narrativas e as inusitadas imagens dos meus rápidos relatos circunstanciais; podem conferir algumas das minhas precárias interpretações sob fogo cruzado, modificando-as para um compreender comum possível – mas é isso o que realmente registrei na lembrança do que captei-vivi (memória de elefante) e cuidei-me de lembrar inteiramente, ou, melhor dizendo, consciente de que para mim era o mais fidedignamente possível... Mesmo que sendo tudo isso que escrevo incessantemente uma espécie de diário de viagem... diário de mim... diário do inexplicável que inusitadamente vivi. Vivi? A verdadeira melodia pura da vida com sua alma-nau: um zero na medula. Sem loucura, o que é o homem?

Estávamos todos ali, no ato-ritual de oferenda. Galgando sustentáculo ao corpo – cabeça, tronco, membros, alma-nau, água e átomo – dentro do que se sustinha no santuário do "Que Fez". Ele, o corpo na quarta dimensão (a alma!) sentia e via – e levitava – e dizia murmurando com voz trocada (falava línguas estranhas?) do que pensava do seu sentir-ver. Sombra de vertigem... sol sem brilhar... almas cantam... embriões de revelações... sonhos, profecias?... Desvisto-me de algo que não quero ser... quero ser... não quero...

Ah, eu captava as palavras em códigos pelo meu conhecimento imediatista de intérprete:

— O espírito da água no fogo.

— O espírito do fogo na água.

— O espírito da pedra na águia.

— O espírito da águia na pedra.

— O espírito no espírito: a mortevida.

....

Não se pode evoluir, sem que se tenha por pedra fundante a própria queda. O espírito nos poros do oxigênio-éter. Que revelava para o Escolhido o que ele precisava saber e fizera por merecer, até ali no momento (estágio-estudo) finalmente a realizar-se. Havia uma espécie de éter sideral no fio tênue da alma parada, dentro do Altar do Todo. A minha própria visão, mundo de manchas liquefeitas, película vaporosa, fundindo céus, nuvens, estado viajoso do espírito, experiência vazada de atmosfera incorpórea, signos, pontuando estágios metafísicos, fusões, desconstruções, talvez liberdade-medrosa com inconformismo pela minha rude condenação à vida. Aquilo ali-lugar, supremo, reconfortante, catalisador de todas as energias do universo, energias fluidas, divinais... ah o céu que falta em nós. Pecando ou não, desejei estar para sempre ali, ser aquilo ali... o que quer que aquilo ali-eu-mesmo fosse...

....

Não podemos escolher o Cenário do Silêncio, depois de morrermos a morte terrestre. Até porque, nem é padrão de silêncio o que adquirimos quando o corpo padece a fúria de uma segunda ou terceira "morte". Temos que ir plantando, semeando, tecendo a Estrada dos Caminhos. A partir de nós, de nossos atos, de nossas famílias, dependentes e amigos (nossos amigos são nossos aperfeiçoadores-referenciais) – nossa purificação íntima como Seres, em busca, sempre, de pegadas de nós mesmos na árvore historial da existência, dentro do plano de travessia. Afinal, viver não é apenas respirar, comer, beber, ter lucro e praticar esforço físico para uns míseros 60, 70 ou 80 anos. Existir exatamente extrapola esse conceito adquirido, essa concepção em vício de erro. Viver é ir além, muito além do compreensivelmente humano, na saga dos que foram, vieram, são, estão e ainda serão, na roda eternal da humanidade, tão infinital como o Criador, o "Que Fez".

— Viver não é só simplesmente isso. Viver "isso" é tão pouco, quase nada.

— Morrer não é só e simplesmente enterrar o estojo da carne. A morte não é uma inimiga.

— Ainda temos muitos débitos e créditos a compor com o Criador.

— Quantos querem aprender lições de existir?

— Quantos sabem aprender lições de sofrências?

— Quantos desfrutam de sapiência para tirar o pecado sem precisar derramar das lágrimas? – Ah os rincões ocultos do espírito!

A areia é só um grão. Mas um monte dela pode afundar um navio. Bethoven foi feito surdo para escrever uma sinfonia insuperável.

Profetas e loucos-sábios acabam cegos de tanto ver, de tamanho ver, de um ver imenso. Pois há o quem tem olhos e não vê, tem ouvidos e não ouve, tem boca e não se pronuncia aceitador.

Estamos contra a natureza. Resistindo à nossa conexão com o cosmos, com o mundo, com a humanidade. Não suportamos a necessária e vital amplitude. Essa é a nossa pior doença. Precisamos sempre fugir e nos tornarmos sedentários ou isolados? Além de um certo limite que já ultrapassamos tudo é apenas um suicídio. Talvez muitos dos Seres-Entes tenham escolhido alguma espécie de suicídio vivencial sócio-degenerativo. Para o ser humano o hábil e providencial triunfo supremo é estar o mais ativamente vivo, o mais perfeitamente e o mais condignamente vivo em conexão com a natureza. A morte que um trauma representa, é possibilidade de ressurreição? Somos uma pergunta mal colocada no mundo. Devemos fazer, nós mesmos, a própria resposta. Ou seremos obrigados a aceitar a "resposta" que o mundo perdido nos impor.

O magnífico aqui e agora da vida na carne, é nosso instante-crédito; nosso estágio-semente. Devemos dançar o êxtase de estarmos vivos, e sermos, ainda assim e para sempre, parte do Cosmos.

....

— Súbito, percebemos, aturdidos, em estado desesperador, que um mero fio neural (uma veia) rompida de dor fragilizada estrangulava o círculo da vida, corroendo alguma veia vital do Escolhido na possibilidade emergencial, presa pelo prumo esquerdo (veia interior do crânio). Percival era dínamo necessário para aquele momento de ligação. Assisti a tudo em átomos, sais, sons, gestos e palavras... (Álvaro tentou depressinha tomar do rádio-amador – de alguma forma não no numinoso, mas no humano – e pedir ajuda emergencial. O aparelho como se tivesse sofrido uma grande radiação, pifara, as baterias derreteram, vazaram as cargas, como se com altíssima radioatividade que não eram deste mundo.)

Foi quando o Dono de Todas as Coisas falou com punho cerrado. Falou sem palavras – mas como se a exigir preço no Oferecimento. Precisávamos amainar o ímpeto. Apagar a ira do Ser Superior que queria a ruptura na paga do Seu estar em contato ali conosco. O Anjo da História, nalgum não-lugar-ali-mesmo, gostaria de parar, de acordar os mortos e recompor as ruínas. Mas uma tempestade soprava do paraíso, aninhando-se em suas asas, e ela era tão forte que ele não conseguia mais fechá-la. E eis que vi um cavalo amarelo, e quem o montava era a morte...

Foi quando, inusitadamente o "Eu" (o "Álvaro que ainda planando era") teve uma coragem-mártir que só há nos nobres, nos especiais que desde cedo se revelara ao ser renegado pelo pai e a caber no lar do longe, depois nos templários dos humildes índios. E então se ofereceu de vida inteira. De corpo e alma. De sangue e espírito. De futuro e lágrima. Para que pelo menos houvesse um definitivo fim de doenças e tragédias no seu clã – e para que seu herdeiro-continuação pelo menos fosse puro. Fosse saradinho numa descendência inteira e limpa. Levasse essa magistral cura misericordiosa para muito além dos mil anos seguintes, antes do fim da semeadura e dos replantios em outras esferas. Fiquei aturdido. Preguei-me em mim.

Então houve o que não era esperado. Rompera-se o pacto? O relâmpago explode no lado mais fraco da ligação. Isso não estava acontecendo... atravessar os caminhos das casas dos espíritos... ninguém nunca saíra incólume...

Rompeu-se o canal da consulta. Os deuses quando furiosos, criam dilúvios e sinais de pânico, pouco compreensíveis (e avisadores) ao rol dos mortais comuns. Os deuses também enlouquecem os escolhidos, os de um destino marcado para mudanças...

O corpo (o que se foi em voo, a planar além de si) em ligadura celeste sofreu incendializações neurais de trânsito, por um estranho "fogo" que veio de dentro do campo dos espíritos. E o Escolhido Álvaro (subitamente ligado aos céus sagrados de sarça ardente) vomitou espuma e grânulos de sangue, como se regurgitando desmanche hemorrágico interior. Era mais que um aviso. Fechamento de contato, de ciclo, de causa acabada antes do tempo. Ponto final na consulta que a viagem de travessia ousara. Desconexão.

Travessia que poderia ser tarde demais, mas que também poderia ter ido muito mais longe... "Nós dois andando pelos céus..." diz a balada italiana.

Colapso, ruptura, tragédia, desespero. Interrupção. Tumulto, disritmia, derrame; uma espécie de aneurisma. Tantos nomes têm as coisas que não se explicam no plausível, no imediatismo da fenda de dor inusitada. Elos rompidos. Acidente vascular cerebral?

Não havia condição de tirar a tempo a criança da ligação com o fogo sacrificial, que em um outro germinal ligava (como provedor de energia pura) aos canais do além, e acima de todos os aléns, pelas mãos da misericórdia permitida ao contato. Não deu tempo de desligar... Não dera tempo. O maldito tempo humano.

Perci também poderia ser colhido no mesmo fogo de provocação recebida como carga de consulta aos oráculos cósmicos. Houve um disparo no figo do coração pequenino. Uma hemorragia que o levou por instantes (ah o oxigênio da vida). Que lavou e sangrou parte de sua consciência instada; de seu começo de estar entre nós, em um risco de se perder para sempre no campo intraduzível do inabitável. Uma etiologia? Ou coisa inexplicável, parecida.

Podia ser tarde demais para escapar são e inteiro. A fusão rompera unilateralmente. Quem ficaria preso no colapso da linha caída? Quanto ou "quem" seria o "preço" da ligação? Havemos de pagar.

Todos nós finalmente estupefatos compreendemos, bem abatidos, constrangidos mas aceitadores, que a criança poderia estar temporariamente (em matéria e espírito) fechada em si, depois de uma espécie de ataque epiléptico. Numa fraqueza que os caras-pálidas chamavam de "território vascular afetado pela artéria cerebral média esquerda", resultando principalmente em uma sequela de déficit motor, ou coisa assim. Provocada em trânsito neural. Descarga elétrica nos neurônios e cardiopatia. Surto-circuito. Algum cromossomo seria religado num outro vaso neural...

Pensávamos que não iria sobreviver com alguma chance de um dia ter lida própria, até pertencer ao gume do futuro; ter um lar completo e sarado. Talvez tivesse que sair por algum tempo da aldeia, ser tratado de problemas neurológicos. Valer-se também de alguns remédios classificados como alucinógenos dos antigos silvícolas povos mateiros (a medicina natural da floresta). Tinham que montar um teatro de aparatos. Acharam outro corpo de criança doente e para morrer entre os seus pares na aldeia, que depois realmente morreria. Queimaram-na depois de finita a carne, e então ofereceram as provas provocadas para os necessários exames identificadores da cria na medida dos civilizados. Alegando que houvera um fogo que dizimara tio e sobrinho sob tendas. Ficando na Aldeia o corpo correto (mas ferido de dor, sequelas) daquele que tinha fugido da morte pelo câncer, ao mesmo tempo em que, se houvesse um milagre, tinha sarado várias gerações do clã. Com Perci se apresentando vivo, no entanto, parte da mentira se desfez. O guri foi levado de helicóptero para um especialista em Curitiba, Capital do Paraná, no Hospital Israelita. Tinha grana e os médicos eram do ramo, craques. Foi, tratou-se e voltou. Depois foi outras várias vezes mais. Era preciso. Deu trabalho. Foi tudo muito difícil. Mas o guri era forte. Tinha sua falange de anjos?

Tinha sobrevivido. Estava vivo, simplório além do normal. Se recompondo. Certamente saberiam salvá-lo inteiramente, pensá-lo, amá-lo (assim na terra como no céu) e num futuro próximo entregá-lo à humana civilização, quando fosse o momento certo, como se o preparassem para continuar, um dia, toda uma senda nova em tempos novos e áureos...

Álvaro Henrique, temporariamente cego, com o sumiço da Aia Velha, estivera algum tempo como se um "louco honrado" para os brancos. Um verdadeiro "enviado dos deuses" para a tribo; se recuperando na medida até do impossível. Ou vegetava?

Poderia no futural unir-se aos tesoureiros de ciências da tribo plantada ali em Itararé; ser morador num canto sagrado da Montanha.

Isso, se escapasse de suas sequelas. Se a morte não o viesse recolher. Viria? Há um preço a pagar. Ninguém fica devendo aos deuses. Ah, ele engolira sapos, comera o pão que o diabo amassou, e ainda teria que matar um leão por dia, se quisesse escapar, sobreviver, tirar de letra.

Estava enluado. Sem voz, aturdido com o que trazia em si da "viagem astral", por assim dizer. Era a sua composição final? Perci, no entanto, em contato com a ciência humana (neurologista, fonoaudiólogo, fisioterapeuta, psicólogo e pedagogo) foi aos poucos se recuperando; tinha suporte financeiro extraordinário para tanto. Tinha saúde, tinha estatura físico-espiritual e psicossomática, era um protegido. Milagres não acontecem por acaso. Poderia ser curado em médio prazo, além dos remédios dos brancos, os remédios dos vermelhos, os remédios celestes. E mudado para ser, novamente, em um tempo laboratorial de grosso calibre, um cidadão vencedor como seu pai-tio também; de quem herdara recursos e palco para futuramente brilhar com espiritualidade. Tinha sido "tocado". Marcado pelos deuses. Era a sina do clã, sempre fora assim. Mas um dia era da caça, outro do caçador.

Alguém, antes de si o plantara em novos canteiros. Ele seria totalmente curado e ainda daria testemunho de sua estadia no muito além do compreensível. Seria outro tempo. O milênio apenas estaria começando para ele. Ele sobreviveria a si mesmo. Teria a soma total dos que o plantaram na terra geoide. O mundo um dia o saberia em luz. Ainda daria muito de si à causa da humanidade, pois, afinal, alguns vivem no olho do furacão, entre um certo modelo de humanismo abstrato e a triste realidade de tenebrosos tempos pós-modernos.

Por ora, um gato comera a sua língua.

....

Parte B:

Quero subir bem alto, numa sensação de saborosa superioridade(...)
É que do outro lado do mundo tem uma casa que eu quero espiar.
(Patricia Galvão)

....

Quando fui entregar a primeira versão do bendito projeto de rascunho do livro, para ser formatado como um "boneco" em primeira digitação na Gráfica Guarani em Itararé, na Rua Lauro Sodré, Perto da Praça São Pedro, havia para mim alguns recados vencidos. Gravados num *sábat* qualquer por uma secretária-eletrônica, e, de alguma forma traduzível numa bela anotação manuscrita. Tudo deixado por um índio estudado de São Paulo, ligado à FUNAI. Que assistira documentalmente e ajudara o Psicoterapeuta nas interpretações. E que também tinha Perci como guardião de uma semente do clã do Dr. Álvaro. Resumindo – pelo que uma novata secretária bilíngue entendeu de datilografar e guardar numa pasta verde os "recados" (ouvidos várias vezes para serem compreensíveis) em meio a nervosismos generalizados da equipe, e que diziam, num apanhado geral, ânimos recompostos, o seguinte:

"Poeta: Você pode compreender agora que estamos todos dentro de um corpo natural que compõe o Todo? Somos como saquinhos de chá. Descobre-se o quanto valemos e o quanto somos fortes, quando somos colocados na fervura da vida. Na verdade não somos nada se não nos compomos conciliando

com o elo natural, o equilíbrio das essências-bases. Estamos todos dentro do Nada que compõe o Todo também. É preciso querer voar para aprender técnicas. O pássaro voa porque encontra resistência. A maior verdade está em nos atarmos inteiramente à alma da natureza-mãe, pacificando-nos nela, não destruindo a engrenagem dos caminhos do Dono de Todas as Coisas. O grande branco amigo de nosso irmão Álvaro, que jurou ajuda ainda antes de ter conhecimento de alguma fé, fez a coisa perfeita, como vimos no livro das sabedorias pacificadoras. A intenção é passar para o futuro as somas de um tempo em que nos consumimos sendo perfeitos, equilibrados. A mesma água que toca o moinho do rio hoje, é a aquela que já nos lavou ontem. E, se bem cuidada e aceita numa identificação natural, será a mesma que virá nos cuidar no beijo seguido do café torrado com açúcar de mimo, dentro do mais longínquo amanhã. Tudo é uma roda de idas e vindas. Somos feitos de luzes para sermos fogueiras e iluminar as coxilhas do mundo. Ou somos apenas e tão somente cavalos selvagens? Ah... o homem está perdendo as "Proteções", porque está destruindo as "Proteções". As proteções dos oceanos, as proteções das florestas, as proteções do baixo céu, do médio céu, do alto céu; o homem está destruindo o Planeta Vida, está desorganizando a arquitetura orquestral da natureza. – Aceite nosso respeito sincero. Chefe Aroldo.

Um: O curumim está melhor do que pensávamos. Saiu de uma anemia falciforme e já ganhou dentes de leite. Fala pelos cotovelos. Está bem e conhece os silos de girassóis dos quais é futuro dono por herança. Estará liberto para sempre (também suas gerações futuras), de quaisquer terríveis doenças terminais.

Dois: O velho cavalo "encantado" morreu mal você veio receber o diário de apanhados, e foi queimado para que suas cinzas pertençam à terra de origem.

A Aia Luzia cumpriu a missão dela. O escolhido para substituí-la já pertence aos Deuses. Foi preparado na forja da dor...

Já começamos a compreender o novo desígnio desses novos tempos que se aproximam... Não vai ser nada fácil. A insana nova ordem econômica mundial... a falta de um humanismo de resultados. Você saberá lutar pelos fracos e oprimidos, os excluídos sociais, os descamisados, os carentes. Nunca se esqueça de lembrar da marcha da Teoria de Gaya potencializada pelos desarranjos mundializados de toda ordem...

Você viverá o suficiente para dar testemunho de muitas outras aproximações divinas em épocas de vacas magras"

Findava o recado assim:

Cuidado: Respeite-se

— Você agora também habita a "tenda historial de nossos causos imemoráveis para contar", para muitíssimo tempo além de para sempre. Honre esse estágio. Seja um cara-pálida com compostura.

-o-

Fiquei em silêncio um tempão.

Pensando com meu lado sentidor sobre aquelas "mensagens".

Como se de alguma forma ainda codificadas, com a minha atiçada mente divagando; levando-me até os portais de Itararé, depois retendo na retina a face do menino especial que sempre fora Álvaro, íntegro, companheiro, solidário, muito inteligente, sensível.

Com quem aprendi lastros de amizades, pois que eu era muito pobre e ele muito rico e sem qualquer vaidade, dividindo desde então o pão farto, o gordo leite com groselha, o belo agasalho de boa qualidade, o belo brinquedo generoso, a doce estima inerente e o apreço natural e verdadeiro, mesmo dizendo não ter religião como os antepassados.

Sendo filho de um branquelo turrão e mal-encarado, que o vinha trazer com um índio de feição quadrada, toda manhã à hora da entrada em aula, e depois vinha buscar todo santo dia na hora do almoço, no Grupo Escolar Tomé Teixeira, ali na Rua XV de Novembro, centro de Itararé. Éramos ambos alunos que tínhamos os préstimos da anjo-mestra que era a prestimosa Professora Jocelina de Oliveira Stachoviack, e, tempos depois, em séries seguintes, da generosa Professora Nancy Pena, sempre muito angelical na docência de alfabetização com a cartilha chamada Caminho Suave.

Álvaro me dava carona no ford bigode de uma grande coleção de seu pai elegante e vaidoso, até a descalça periferia cor-de-rosa de uma antiga Itararé com áreas periféricas de gente humilde, a Vila São Vicente, pertinho do Chafariz do Bairro Velho.

Foi quando compreendi ali, e muito cedo, a diferença das relações sociais, as posses dos ricos, apesar da grandeza daquele colega de classe com o qual faria um juramento de amizade, uma espécie pueril de "pacto de sangue" pela união comum de consideração e apoio recíproco, que ele nunca se esqueceria, até me pedir uma espécie de ajuda que o destino obrigava, em situação delicada. Certas recordações são como amigos comuns: fazem reconciliações.

O amor, na verdade, é construído por infinitas verdades universais que nunca morrem, habitam a alma do ser humano; o amor revelando-se assim, acaba impresso na consciência e nos arquivos de luz do espírito; acaba impresso na causa humanitária que, certamente, comporá como tributo da civilização o acervo de todas as bibliotecas do mundo.

No entanto, a bem da verdade, pesquisei muito, li bastante a respeito.

Reli buscando compreensão e conhecimento. Estudar é sempre. Ler muito e educar a alma, os sentidos. E escrevendo, porque assim de alguma maneira eu me libertava também dos meus próprios fantasmas.

Procurei "intenções de respostas" nas entrelinhas de todo o pacote de escritos e registros. Tentando achar algum desdizer como dica tácita, algo revelador, dentro do implícito. Quem, ou o que revelava?

Recordei-me que quando alguém está muito além da vida, dentro do túnel da morte, e que chega a de novo voltar à vida por alguma coisa, milagre ou ciência, diz ter visto uma grande e abrigadora energia branca numa espécie de maravilhoso túnel de luz. Parece que também na hora da passagem, da travessia, passa um filme de toda a vida do moribundo, coisa assim. Por essas e outras compreendi que, no "vale da sombra da morte", a natureza toda compactuando, revelara a Álvaro o que ele, tempos depois, memória de elefante (os elefantes nunca esquecem) escreveu tanto, feito um possuído. Também memória fotográfica, procurou magistralmente recapturar símbolos, imagens e palavras dos devaneios. E, retrazendo ao seu jeito e à sua maneira no conjunto das ideias, escreveu, registrou; detalhou com especificidades, rascunhou, como se enxergasse novamente o que tinha havido e que ficara gravado nos arquivos do seu portentoso cérebro privilegiado. A Morte, de alguma maneira, tinha revelado um "mundo" a Álvaro.

É preciso saber decodificá-la, cada um ao seu jeito, a sua maneira, com sua bagagem conteudinal. Ah, a morte não é tudo isso que pintam! A morte fala todas as línguas desde a Torre de Babel. Seria isso? Seria assim? Tentei sacar, aqui e ali. Mas não me deixei iludir pela aparência das coisas, porque a natureza da vida é a impermanência, a temporalidade.

Todas as coisas são mutantes, transcendem, o que estava no alto pode cair e o que está embaixo pode ascender... E depois, todo mundo é alguém importante pra vida, pro mundo, pra orquestra da natureza, afinal, Deus, um Ser Perfeito, nunca perderia tempo fazendo um ninguém. O ceticismo é o inverso do espírito das luzes, porque só tem aparência de sabedoria, não constrói nada. O Poeta Eliot dizia que metade dos males do mundo devem-se a pessoas que querem sentir-se importantes. Não pretendem provocar danos, mas os danos não as interessam. Ou elas não os veem ou ainda ate o justificam. Estão imersos na infinita batalha do autoelogio. Aliás, sonhamos o melhor dos mundos, o homem contemporâneo descobrindo um modo de ação eficaz para combater as trevas do terceiro milênio. No entanto, nossa vida cotidiana é nosso tempo e nossa religião, disse Khalil Gibran.

Toda vez que penetramos nela, devemos levar o arado, a forja e a lira.

E veremos a Deus sorrindo nas flores e agitando as mãos nos ramos das árvores.

Lembrei-me depois do que dissera Nostradamus:

"O corpo sem alma já não é sacrificado. O dia da morte se transforma no dia do renascimento. O espírito divino faz a alma feliz quando vê a palavra em sua eternidade"

Liberdade, igualdade fraternidade, agora – na nova ordem econômica mundial inumana e amoral (o câncer social do neoliberalismo selvagem) – sonhando com um humanismo de resultados, uma Nova Ordem Internacional Pacífica?

Se a violência ainda nos choca, é sinal de que a vida de alguma maneira se renova na esperança. Antonio Vieira, no Sermão Sexagésima (1655) dizia: "Para um homem ver a si mesmo são necessárias três coisas: Olhos, espelho e luz. Se tem espelho e é cego, não se pode ver por falta de olhos; se tem espelho e olhos, e é de noite, não se pode ver por falta de luz. Logo, há mister de luz, há mister de espelho, e há mister de olhos. Que coisa é a conversão de uma alma senão entrar um homem dentro em si, e ver-se a si mesmo?"

O legado da esperança vai além da política, da sociologia, ou do sonho: AGIR. Nós podemos mudar? Sim, nós podemos. Nós devemos. Nós precisamos.

Talvez, quem sabe um dia, um operário metalúrgico na presidência do Brasil, um índio no poder de algum país latino-americano, talvez até mesmo um negro no poder dos Estados Unidos (como bem escreveu o visionário Monteiro Lobato) comecem as mudanças estruturais de uma Nova Era, não a amoral Desordem Econômica Globalizada. Mas a natureza está mudando. O planeta está reagindo... as fronteiras estão se abrindo. Os céus se movem. As fronteiras...

O sonho é nosso. Eu tenho um sonho. Você pode sonhar comigo... basta apenas imaginar... disse Lennon. Sobre qual base moral queremos o futuro da espécie? A vertente das luzes revisitadas, depois do fim das utopias, portanto, uma vertente humanista das Luzes.

As ideias do Iluminismo já estavam com os pensadores islâmicos (Século VIII), nas preleções de Confúcio na China (Século XI), nos movimentos contra as escravaturas na África (Século XVII), e o conceito primordial sempre será a tolerância, o amor ao próximo. A solidariedade. As contribuições dos pensadores árabes ligados ao islamismo, aos legados de Isaac Newton e Copérnico.

O homem de alma livre governado por si mesmo, na estrada dos caminhos, na estrada do conhecimento, como pregou Todorov, o filósofo búlgaro, pensador que agrega a tolerância que evoluiu a espécie, pois o bramanismo conviveu com o budismo na China, assim como judeus conviveram com muçulmanos e zoroastristas no Islã, assim, o espírito iluminista num neo-humanismo aceitando o homem como é e não tal como deveria ser.

E já dizia o filósofo Sócrates:

"Digam o que disserem os homens, a morte talvez seja o maior bem que lhes pode acontecer; mas eles a temem como se bem soubessem que ela é o maior dos males. E o que é isso senão aquela vergonhosa ignorância de achar que sabemos o que não sabemos?"

Fiquei nesse cismar quase maroto (sempre fui um guri maroteiro, espeloteado de tudo a reinar mundos e fundos), rendendo préstimo de homenagem póstuma ao grande ser humano que o Dr. Álvaro Henrique Schiola se tornara na vida, quando, de repente, ouvi no rádio ligado da ruiva secretária Maria Marta Lages da Gráfica Guarani, uma música belíssima que soava como um acalanto dentro do mais íntimo de mim. Gilberto Gil, entoando bem a canção melodiosa, cantava assim:

> "A Raça Humana é uma semana/ Do trabalho de Deus/ A raça Humana é a ferida acesa/ Uma beleza – uma podridão/ O fogo eterno e a morte/ A morte e a ressurreição/ A Raça Humana é uma semana/ Do trabalho

de Deus/ A Raça Humana é um cristal de lágrima/ Da lavra da solidão/ Da mina cujo mapa traz na palma da mão/ A Raça Humana é uma semana/ Do trabalho de Deus/ A Raça Humana risca, rabisca, pinta/ À tinta, a lápis, carvão ou giz/ O rosto da saudade/ Que traz do Gênesis/ Dessa Semana Santa/ Entre parêntesis/ Desse Divino Oásis/ Da Grande Apoteose/ Da perfeição divina/ Na Grande Síntese/ A Raça Humana é uma semana/ Do trabalho de Deus..." [2]

As coisas estão soprando no vento – a verdade. Música é vento... vento é música... alguma coisa soprando no vento, de que infinital tempo se me vem? Razão não tem nada a ver com isso.

Meses depois, dei uma rápida entrevista, via Internet, ao Repórter Jack Stark Noam, Correspondente em Paris da Revista Ciência & Natureza, porque uma ong internacional sobre direitos indígenas vazara na web alguma coisa sobre o que ocorrera na Montanha das Luzes. Eram tempos novos, o mundo globalizado. Os altos tetos além das serras azuis do Bom Sucesso de Itararé, teriam alguma mensagem ao mundo? A rede rangia quando acabei a entrevista.

A doença-sequela do amigo de infância Álvaro (que na verdade não era "doença") estagnou-se. Depois ele teve uma recaída, quando – com a própria memória vazada (de tudo o que viu, de tudo o que tinha sido, de tudo o que era) – foi inteiramente "aceito pelos Deuses". Quantos nomes temos para a Senhora Dona Morte?

....

"Do amigo Álvaro, em noites de lua cheia, as lendas indígenas já contam belas histórias e causos popularescos ao redor de concorridas fogueiras... Até a travessia, o último suspiro, a própria passagem. Era uma manhã nublada, como se as nuvens fossem sobrancelhas

[2] Música *A raça humana*, letra e música de Gilberto Gil, disco Raça Humana.

do sol. O astro-rei preguiçoso se fora como viera. Ares de setembro, pré-primavera na montanha das luzes. Álvaro ainda estava sedado: chá escuro maltado com raízes amargas (tubérculos da Serra de Bom Sucesso de Itararé), suco de espinho de amora silvestre roxa. Purgava o corpo. Precisava. Limparia as veias aerofágicas da mente ainda com sequelas do pós-êxtase espiritual. Tentavam, com ele, preparações para reavivar por completo o espírito, drenando ramificações neurais, para depois recompor a carne, ainda sob registros da conexão, da "viagem" de escolhido que sempre fora. Seus olhos, dizem, não eram mais de um ser cansado de existir, de um ser conturbado da existencialização, de doente que fosse, sequer tinha alguma desestrutura que desse em algum tipo de medo. Havia estranha luz em seus olhos, como se ele ainda de alguma forma estivesse conectado com o etéreo. Estaria? Sabia-se chamado. Cumprira sua missão. Revertera o fio descascado de si mesmo. Achava um fio-terra para a sua sina, descarregara o que tinha que ser depositado aqui. Falava bem pouco, quase nada. Minguadas palavras. O silêncio era mais importante do que o soar da voz humana. Mas falava e falava muito por gestos, sinais, sentimentos, sussurros; a própria magnitude do silencial dele era enorme, quase traduzível, perto do sublime. A velha Aia, Luzia, os índios, todos o pensaram, preservaram, guardaram seus últimos momentos na face da terra, confirmando sua altivez, sua serenidade ao ser finalmente resgatado. Álvaro via pegadas muito além das nuvens? Quem o esperaria no céu? Ele sabia. Ele passara por um estágio nesse sentido. Fora testado. Fora preparado. Estava feliz, realizado por si e pelo seu clã todo. Não tinha mais tempo a perder conosco. Não tinha mais nada a pagar. Tinha pago aqui. Feliz é aquele que paga aqui. Súbito, de algum modo, dentro de si, deve ter ouvido o chamado. Mais: "viu" o chamado. Caminhava para a sua libertação, muito além do campo das estrelas de Itararé. Sentiu que era chegado a sua hora. Vencera com louvor mais um teste de vida. Desarticulou-se todo. Alvoroçou cabeça, tronco, membros, coração, sentidos, instintos, alma nau, espírito em elevação. Mãos estendidas para o alto. Apontando a parede (túnel) de milhões de olhos acesos (luzes) que vinham recebê-lo na passagem... Tinha finalmente chegado a sua hora. Caminhava acima das nuvens, andando pelo céu, no meio de fantasmas que eram a neblina, e a neblina era composta de espíritos libertos, como ele. Foi recolhido. O Criador mandara um Anjo vir buscá-lo. Uma gota de luz voltara para o centro da LUZ maior."

....

Finalmente poderia "viver" do outro lado da vida (todos têm uma casa do outro lado); poderia ali habitar-se em paz – quem o iria receber no céu? – além de ter findado para sempre a doença grave de seu clã inteiro. Pagou seu precioso preço. No celeiro do céu estava curado, leve, limpo, suave. Tinha ido para os campos de anjonautas do céu. Em busca de um estágio seguinte de evolução como "escolhido". O tempo é senhor da evolução, da mudança. Mas a mudança só ocorre na continuidade. O lugar que ocupamos é menos importante do que o lugar para o qual iremos. Einstein dizia que o futuro nos chega a uma velocidade de sessenta minutos por hora. Quem (ou o que; que "ente"?) possui os átomos do tempo? O filósofo Agostinho dizia: "Os tempos são: o presente do passado. O presente do presente. O presente do futuro. E eles estão na alma. O presente do passado é a memória. O presente do presente é a percepção. O presente do futuro é a expectativa." O tempo fala (responde) mas a gente não pergunta, não capta, não vê, não ouve, não sente, não "lê" como deveria. Até ser tarde demais. Até se achar dentro dele, ou nos braços macios dele, e sorrir feliz... "encantado"... com a pergunta de como o bendito tempo poderia ser inominável, indecifrável (e estado oculto), se tinha sido o óbvio? Sim, Álvaro temporariamente ficou "encantado" porque humildemente se ofereceu em sacrifício – esse era o ponto de transmutação, o plug redentor. Tendo até aceitado morrer pelo sobrinho-herdeiro. A quem destinou seus bens, sua cura, suas conquistas, sua redenção divina. A morte o curara... o libertara... Sim, Álvaro tinha finalmente abraçado a Morte. A Morte tinha sido finalmente a sua vitória. Eu tinha absoluta certeza disso.

O guri Percival escapou melhor até do que se esperava dos "problemas" acometidos, demonstrando até uma aceleração evolutiva surpreendentemente fora do comum, um talento excepcionalmente precoce para resistir como fora de série que era; com força para superar tudo de alguma maneira, milagre ou conquista de uma herança espiritual. Tudo isso, claro, somado a tomografias, ressonâncias magnéticas, mais cuidados sagrados a partir de segredos milenares dos indígenas com seus remédios naturais. Aliás, já começa a dar mostras de sua vida espetacular (e diferente dos finitos seres mortais comuns), com seu temperamento-chave, sua lucidez-luz notória e seu caráter abençoado, fazendo muito sucesso na Creche Arco-íris de Itararé. Estamos todos de olho nele. Vigiamos. Sangue bom, dizem seus coleguinhas, antenados, puros, cercando-o de mimos fora do comum. Irradiados?

O corpo de Álvaro Henrique foi queimado e as cinzas atiradas aos quatro ventos, muito além dos alísios celestes, no alto da montanha das luzes... Poeira cósmica. Não somos todos?

A velha Aia Luzia está pensa no alto de uma gruta pequena dentro de uma enorme caverna secreta no pico da montanha. Eternizada e já quase "pétrea" entre outros "médicos" ervistas, como os índios a classificam. Abduzida de alguma forma, um dia pertencerá à falange dos Seres-Pássaros? Em que plano estaria de volta, um dia, evoluída?

A Fazenda Luar de Itararé começa novamente a exportar sementes de girassóis para a Austrália e o Canadá. Apesar dos cavalos selvagens estranhamente terem rareado a procriação, e, certamente, com o passar do tempo, deixarão de se reproduzir por algum fator genético não explicado por ciência alguma, talvez uma doença, um fechamento de ciclo natural, um vencimento de tempo na tábua da existência. Há ideias, também, de se implantar na Fazenda Luar de Itararé, um Projeto chamado "Equoterapia". Em que cavalos domados são utilizados para desenvolver equilíbrio, autoestima, raciocínio e coordenação motora de pessoas acometidas de derrame, paralisia cerebral, tetraplegia, autismo, paraplegia, síndrome de *down*, e outras dificuldades que a neurociência pesquisa solução até com utilização de células-troncos. A utilização dos cavalos é importante, pois, ao se movimentar, o animal mexe a frente, a parte de trás, ambos os lados, para cima e para baixo. Isso provoca no paciente a sensação de que está andando, e ocorre importante estímulo à coluna cervical, além de melhorar a respiração, o equilíbrio; além de melhorar bastante também o quadro clínico da consciência, da autoestima e da própria espiritualidade integrada às condições equilibracionais da natureza.

O gracioso Poeta rueiro Vandico, popularmente conhecido como a "patativa de Itararé", desde muito tempo atrás já dizia que, no futuro, vacas, cavalos e baleias estarão num museu de grandes novidades. Será o impossível?

A fazenda, na periferia rural do município de Itararé (Itararé, "pedra que o rio cavou em tupi-guarani") progrediu muito em outras áreas. Dinamizou pesquisas, modernizou-se e também já explora veios de calcáreo e jazidas de minério de ferro. Os filões dos solos de Itararé, campo de estrelas.

A bela, pitoresca e bucólica Cidade Poema de Itararé, bonita pela própria natureza (a história do Brasil passa por lá), por conseguinte, está se tornando uma área de turismo de peregrinos carentes espiritualmente – como se também suas terras fossem um campo semeado de venturas divinas. Ah os fanáticos por Itararé!

Brincamos de dizer que, o "céu pode ser lá"... Canta a tua aldeia e serás eterno, dizia León Tolstói.

O próprio Parque Ecológico "Gruta das Andorinhas Bentas" está muito frequentado. Dali, os visitantes, após acenderem velas bentas, ascenderem preces, saem fervorosos de fé (e em busca de conhecimentos) para os lados da aldeia dos índios.

Sempre em busca de sinais no céu. Quem tem olhos para ver que veja.

Em busca de sinais no íntimo. Quem procura, acha.

Sinais em pedras, pinheiros, flores, nuvens, fogos fátuos, e áreas de retiros sensoriais-sensitivos. Procura e acharás. Bate e se abrirá...

Com lendas e causos (mais a história oral), já houve testemunhos de pessoas vendo anjos, de carentes de alguma maneira recebendo milagres e tudo mais. Inúmeros milagres são testemunhados na Gruta de Pedra da Santa, a chamada Gruta da Barreira.

Os mistérios de Deus não são os nossos. Estamos a caminho, na busca. A carroça dos milênios ainda reina. Quatro tribunais nos julgam e nos condenam neste mundo, segundo Mariano da Fonseca: a Natureza, a Lei, a Consciência, a opinião pública. O homem tem que tirar de si a vaidade, o orgulho, o egoísmo.

Há céticos, claros. Sempre haverá. O lado telúrico precisa deles. É da natureza e da espécie humana. O vislumbre é evolução, crescimento. Nada é por acaso. Há causos, murmúrios, rumores, invencionices e crenças. O universo é um grande livro.

Há também acontecências propagadas com vezo de fanatismo ou exageros de ocasião, próprio do humanus. Há quem jura ter visto o "fantasma" da velha Aia Luzia ao lado do Poço da Cruz (subterrâneo de pedra do piscoso rio Itararé que divide São Paulo do Paraná). E ainda contam que a "alma penada" serenamente puxa por um cavalo marchador, cantando uma plangente ladainha, feito um banzo melancólico.

Na verdade, a bem dizer, partimos como orgulhosos guerreiros em busca do autoconhecimento – quem sou, de onde vim, para onde vou? – e não por acaso terminamos como Narciso, contrastando uma imagem, uma simples e única imagem, e não por acaso também podemos acabar nos afogando nela, como disse Francisco Fuchs. Quem sou eu? Devemos responder: eu sou minhas forças, minhas ideias, meus afetos...

Nenhuma cultura ou civilização existe sozinha, isolada de outras, por mais diferentes ou contraditórias que pareçam ou sejam; nenhuma entende esses conceitos de individualidade e de iluminismo como sendo exclusiva, e nenhuma existe sem os atributos humanos fundamentais que são a comunidade, um viver ético-plural-comunitário, com a valorização do amor, da solidariedade, do congraçamento, sempre por um humanismo de resultados. E depois, o que é o homem na natureza? Um nada em comparação com o infinito. Um tudo em face do nada. Um intermediário entre o nada e o tudo.

Henry Wadswerth Longfellow já dizia: "Não existe morte! O que assim parece é uma transição. Esta vida de sopro mortal não é senão um subúrbio da vida elísia..."

-o-

Fiquei pensando na belíssima música de Gilberto Gil. A composição ficou soando por muito tempo ainda na minha mente atiçada (eu fora de alguma maneira "tocado" também?). E o belo poema com melodia, harmonia e ritmo pareceu-me ter sido a propósito de alguma coisa que na verdade eu não entendia bem; não estava inteiro para mim. Não fazia sentido completo. Faltava algo. Uma senha? Um mote? Uma comanda? Sim, faltava uma espécie assim de explicação perene. Seria impressão minha? A "resposta" estava soprando ao vento? Quantos livros um homem poderá escrever, antes de pousar o livro de sua vida no arquivo do céu?

....

Talvez sejamos todos quadrúpedes de alguma forma. Talvez não tenhamos a exata consciência do que fazemos com as nossas mãos de martelos e pregos, puxando carroças de poses, sempre montados por leviandades de conquistas injustas, mais a ordinária ração de cada dia que já assimilamos como legitima defesa do ego, entre os antros da manada. Talvez sejamos todos quadrúpedes. Adoramos o bezerro de ouro do lucro impune. As ferraduras são grifes e há vaidades no indecoro íntimo, entre tantos cochos sociais... Seguimos, afinal, como reprodutores no redil, entre currais e estábulos. Rédeas, chicotes, pelegos e cabrestos não nos alertam, insensíveis que nos tornamos, como bichos xucros escondendo o rabo entre as pernas da consciência pesada... Nelson Rodrigues dizia que nós só não estamos urrando de quatro, na floresta, como javalis, porque possuímos o sentimento de culpa...

Ou, talvez, afinal, mas só talvez, façamos parte dos escolhidos pra viagens. Afinal, cobaias também podem ser poeira cósmica, e assim deixaremos um dia a nossa própria experiência no laboratorial da existencialização. Temos espírito e evoluímos? Talvez, afinal, sob múltiplas formas de vida, todos somos carbonos portadores de arquivos vitais. Um dia, então, se valerão de nossos historiais para melhorar a rude espécie humanizada. Teremos rastros no espaço? Talvez, afinal, como meros bancos de dados viajosos, de uma forma ou de outra, participemos de alguma evolução futural, e assim revelaremos as virtudes que escondemos de utilizar, que deixamos de utilizar na tão atrasada terra. Temos asas e não sabemos? Deus mora nos desfechos.

....

Estando em São Paulo muitos meses depois, já com a obra pronta para ser devidamente corrigida, recebi, na minha secretária eletrônica, avisos repetidos de que desejava falar comigo o prestimoso Dr. Argemiro. Que estava em Buenos Aires fazendo uma regressão urgente com o problemático jogador Maradona, para saber qual era a sequela que o abalava, na fuga com drogas pesadas e comportamentos insanos, desaforados, irracionais, dementes.

Afinal, certa "filosofia" é necessária para quem procura respostas para os problemas da vida, particularmente o sofrimento, a solidão, a morte. Mais cedo ou mais tarde, tocamos o céu ou o inferno de tais questões. Será o impossível? A melhor resposta pode ser a ideia de Deus a partir de uma confluência ou harmonização das religiões, mais uma interpretação filosófica consensual com ramos na física quântica. Afinal, a fé ainda remove montanhas.

Um dia, depois de muitas tentativas, consegui finalmente completar a bendita ligação demorada. E ficamos por fim, pinchando conversa fora, falando de Deus, de Moisés, de Maomé, de Buda, de Anjos e de Humanos. E de Itararé também, claro. A fala do Itarareense é lisa como quiabo na pedra.

Na verdade, expliquei-lhe que o bendito projeto de livro em si, não pretendia transmitir ideias impositivas, mal-e-mal iria talvez sugerir certas ideias. E fornecer alguma razões para considerá-las verdadeiras. E ainda considerei: se algum leitor aceitar uma ou outra ideia, será porque teve motivo, espírito elevado e sensibilidade para tanto. Até porque, o ser humano é essencialmente social, e a futura obra seria para aquele que desejasse perquirir, sempre.

Ele me disse como tinha sido complicada a regressão com o craque – incrivelmente também problemático, descendente de índios e espanhóis – que estivera envolvido com cocaína, desde uma Copa do Mundo de Futebol. O céu e o inferno. A riqueza e a vergonha. Ah o homem, tão contraditório... A fama é reles...

Contou que Diego Maradona (um fracasso que produz dinheiro) tivera problemas nas vidas passadas (o fanfarrão argentino e a ópera bufa de toda uma vida errada); que renegava certas coisas de origem. Trazia vinganças incompletas no espírito atribulado, por isso era mal resolvido, maníaco-depressivo e tinha fama de valentão fora de propósito, por dívidas impagas desde tempos infinitos. Que fim teria com tantos problemas? Mas não era sobre esse jogador que me interessava o contato difícil que finalmente resultou frutífero. Conversamos sobre Borges, Cortázar. E sobre cinema, tango, filé argentino com alho porró. Essas coisas. Variamos assuntos. Conversa fiada pra boi dormir?

Depois, finalmente conversamos sobre o processo de regressão. Sobre a Velha Aia, grande figura! Até que o doutor me explicou, meio sem querer, a “pergunta” que não queria calar: se a velha Aia aqui e ali, dissimuladamente, por metáforas, por tabela que fosse, dissera sobre quem "seriam os salvos"; de que maneira, com que status, caridade e condição evolutiva ou espiritual até? Eu queria uma resposta arrazoada para o meu limitado compreender comum. Tem cabimento? A civilização precisa de um compromisso espiritual. No abismo de seres insensíveis, restam sempre dobras dimensionais de almas que ainda não foram despertas... Ah quando o sol estiver morrendo!... Os camarões com cérebro do tamanho de partículas de fiapos de juta sabem como não sujar o ninhal. Os microorganismos unicelulares sabem. Por que o homem não sabe? Precisará que um grande zelador do universo venha à Via-Láctea corrigir nossos abusos com choro e ranger de dentes? Vidas entrelaçadas cobram entendimentos cósmicos. Extravios de impermanências... Incompletudes. O instinto é grátis. O destino é caro... Terra, Cuidado Frágil!

Talvez a resposta, a verdade, "estava soprando ao vento" (como diria o refrão do rock-balada pop de Bob Dylan), mas eu não captara... Ele, por outro lado, gostava de enigmas. Vivia disso.

Eu, na verdade, tropeçando em português coloquial com ele (pra me fazer entender bem melhor) e troteando um espanhol maleixo, querendo saber demais... O que move o ser, além da curiosidade?

O velho doutor riu muito. Tinha um ótimo humor. E criticou que eu mesmo não tivesse levantado isso do livro em que tinha dado os devidos arremates finais e a formatação peremptória. Sapecou que o amigo Álvaro me dera aquilo – a resposta! – de mão beijada, e eu, como um burro velho, uma "toupeira", não captara. Viajara na batatinha, disse ele, "cerrindo" com sotaque. Eu merecia.

Lembrei-me, no momento, de um fragmento poético de Octávio Paz que diz: "Prevejo um homem-sol e uma mulher-lua, um livre de seu poder, a outra livre da sua escravidão, e amores implacáveis raiando o espaço negro. Tudo há de ceder a essas águias incandescentes...".

Eu nunca tinha sido um religioso, era da pá virada; também sequer me achava dono de alguma teoria (debaixo do sol é só vaidade).

Mas ele usou a velha expressão "maktub" (ele era muçulmano), reafirmando que já estava escrito há séculos, no Talmude, no Corão e nas Escrituras Sagradas.

Antes de desligar, fazendo chistes entre impropérios pueris de descendente de espanhóis que era, disse a senha da salvação. Daqueles que estariam "no paraíso" muito além da terceira civilização. A palavra-chave era a mesma, tinha sido sempre e ainda seria por milênios o mote central como único pilar da fé:

— *Amarás o teu próximo como a ti mesmo!*

....

"Pertenço a tudo para pertencer cada vez mais a mim próprio. A minha ambição era trazer o universo no colo." - Álvaro de Campos.

(A Caixa de Ferramentas do Pai de Álvaro)

"Sob as árvores meditei nesse labirinto perdido, imaginei-o inviolado e perfeito no cume secreto de uma montanha; imaginei-o infinito, não já nos quiosques oitavados e de caminhos que voltam, mas sim rios e províncias e reinos. Pensei num labirinto de labirintos, num sinuoso labirinto crescente que abarcasse o passado e o futuro e que envolvesse, de algum modo, os astros."

(Jorge Luis Borges)

....

A caixa de ferramentas do pai de Álvaro, era de aço, retangular, da cor verde-marinho.

O preocupado e inquietante Álvaro, antes de subir as Montanhas, a abriu. E escreveu, ele mesmo, emocionado, uma nota toda sua a respeito. Achei uma folha solta do diário, do dia em que ele a abrira. Estava numa caixa de fósforos grande cheia de palitos usados (entre precoces desenhos pueris da Rita Formiga) como se ele quisesse esconder só para si o deleite íntimo de um momento mágico, magno, todo especial. Deixei propositalmente para citá-la ao final do livro.

Achei que ele gostaria assim.

....

"Foi como se abrisse uma porta na minha memória enferrujada, um arquivo de mel no meu cérebro estrambólico, desbaratinado. Lá estava um belo lápis vermelho de marceneiro. Um outro lápis preto, com uma borracha bem usada numa ponta. Uma espécie de metáfora para que eu pudesse por mim mesmo apagar eventuais erros de percurso, e prosseguir, levantar-me, atuar, ir adiante? A cura é uma questão de tempo, disse Hipócrates. Se quero viver, devo esquecer meu corpo histórico.

A caixa tinha pregos de diversos tamanhos, parafusos de vários tipos e cabeças, porcas, arruelas, tachinhas e percevejos. E ainda um alicate azul, um pedaço torto de serra-fita, uma régua de madeira carcomida pelo uso, esquadro de plástico manchado de tabaco, uma lupa com nódoas, uma chave inglesa, pedaços de cera, pedaços de giz, pedaços de carvão, uma lixa grossa redonda, pedaços de folhas secas (de rosas vermelhas?), sementes antigas de estrelícias, páginas velhas de calendários, torrões vermelhos de terra, pedaços de vida e morte, figurinhas de esquilos (tiradas de algum álbum, talvez de um gibi antigo em preto e branco), reminiscências.

Era como se tudo ali fizesse meu pai tentar remodelar-se; como se quisesse também que eu a descobrisse e, por mim mesmo, perseverasse, pudesse criar a minha própria sorte, minha própria lavratura e assim por mim mesmo tivesse as minhas próprias respostas.

Deus do céu, havia ainda três piões na caixa! Um pião vermelho, de cedro, um pião marrom-cheiroso de sassafrás, e um outro pião branco de madeira marfim. Eu não contava com aquilo. Ponderei que certamente os piões foram feitos caprichosamente pra mim, mas ele não me entregou nunca. Que moleirão.

Como se quisesse que eu descobrisse muito tempo depois (os presentes certamente que torneados por ele) como quem redescobre a criança que sempre foi, trazendo a infância consigo, apesar de tudo. Seria isso?

Mas, a maior surpresa veio depois: entre uma pedra-pome gasta, uma grosa grande e uma lima sem uso, um improvisado e rústico bilhete do meu pai pra mim, escrito num pedaço de papel de pão.

Comecei a chorar antes mesmo de ler. Eu fora tocado. Cavalos no peito. A feia letra garranchal dele (como a minha, como a minha) era quase uma intuitiva despedida:

"Para o Álvaro: em qualquer lugar que se encontre. Por onde andará meu curumim, meu rapaz? Ah minhas mãos e braços de palha não o abraçaram e nem retiveram quem me amou com medo de amar. O que era meu foi levado pelo vento, pela distância, pela dor, pela metade, pela morte, talvez. Não quis nunca mais me receber, nem me ver. Que culpa tenho eu? Ah que sina a minha. Ah pedaço afastado de mim. Que cruz é essa, a da solidão de amigos... parentes... ruínas e despertencimentos? Espero que possa me perdoar um dia. Creio muito nisso. Deus, dai-me forças! O meu filho será muito mais do que eu, porque eu na verdade nunca consegui ser direito nada, nunca consegui ser certo e perfeito como ninguém consegue. Eu devia saber. Espero que ao achar esta caixa, ao ver as ferramentas, servir-se delas, e achar este meu recado, continue forte, rijo, determinado como seu avô. Não sei quanto tempo tenho de vida, com os pulmões fraquejando, mas, por onde eu for, sei que meu filho será aquele que me continuará muito melhor. Álvaro, perdoe o cavalo xucro do seu pai. Senti muito a sua falta quando você se perdeu no mundo. Como me arrependo de tudo, das besteiras que fiz. Acho que sempre tive um parafuso solto. Que você encontre dentro do seu coração a paz que tanto procura. Se um dia, de alguma maneira, nalgum lugar, houver a chance de um reencontro, acredite, não vou ser tão sistemático, tão chato, tão ranzinza, tão exigente de tudo e de todos. Preciso evoluir muito ainda. Nem sei porque estou escrevendo isso. Por favor, tente perdoar o pai que eu nunca consegui ser. Quando compreendi que amava você, era tarde, muito tarde, tarde demais. Tenho uma espada no coração. Espero que você seja um vitorioso com as mãos limpas, com o coração aberto, com a alma boa que você sempre demonstrou. Até um dia. Adeus."

Dentro da antiga caixa verde de ferramentas do meu pai, havia também uma velha capa de chuva azul, de nylon transparente. Ao abri-la, curioso, para recordar com doçura, imaginando meu pai de terno gabardine, todo pimpão, chapéu verde de feltro, guarda-chuva, galochas e aquela capa, levei um baque, levei um baita susto.

Quase desmontei inteiro da pose, frente ao inusitado. Ao romper o fecho, veio-me à fronte – ativando maravilhosos arquivos na minha mente extremamente sensível então – o cheiro guardado do meu pai vaidoso, o suor guardado do meu pai determinado, talvez o oxigênio do meu pai, talvez o éter do meu pai, tudo ali na minha cara, na minha surpresa, na minha dor, na minha emoção alumbrada.

Pior, na minha saudade reviçada. Cavalos no peito. Quebrando muros que aprisionavam sonhos.

Era como se ele, o Pai, de alguma maneira estivesse por alguns milésimos de segundo de novo redivivo em minha frente.

Como se estivesse novamente comigo e me abraçasse feito uma asa, um Milagre.

Pegadas no céu de minha alma.

FIM

Agradecimentos finais

Meus sinceros agradecimentos pelo apoio, ajuda, generosidade, afeto, respeito, amizade e consideração:

Aos amigos Adelto Gonçalves, Ademir Antonio Bacca, Antero Barbosa, Antonio Vinicius Lages, Helio Porto, Jamil Snege, João Contieri, Joaquim Maria Botelho, Jorge Chueri, Lázara Aparecida Fogaça Bandoni, Leila Míccolis, Nicodemos Sena, Olga Savary, Oscar D´Ambrósio, Ricardo Jordani, Roberta Rizzo, Sálvio Nienkötter.

Para meu pai, maestro Antenor Corrêa Leite, *in memoriam.*

Para meus irmãos, Paulo Tarso, Célio Eli e Luis Antonio, *in memoriam.*

Para minhas irmãs, Erzita, Sueli, Clarice e Neusa, e Lili, Sirlei e Claudia, *in memoriam.*

O autor

Estância Boêmia de Santa Itararé das
Artes, São Paulo, Brasil, Planeta Vida
https://poetasilascorrealeite.com.br/

pólen soft 80 gr/m2
tipologia athelas
impresso no outono de 2021